GEORG ELTERLEIN

SPRACHE DER KRÄHEN

Für die Verlorenen

Gedruckt nach der Richtlinie des
Österreichischen Umweltzeichens
„Druckerzeugnisse",
Druckerei Theiss GmbH, Nr. 869

FSC
www.fsc.org
MIX
Papier aus verantwortungsvollen Quellen
FSC® C012536

Grafische Gestaltung: Dorothea Löcker, Wien
Umschlagabbildung: plainpicture/Westend61
Druck und Verarbeitung:
Druckerei Theiss GmbH, St. Stefan im Lavanttal
ISBN 978-3-7117-2039-9

Informationen über das aktuelle Programm
des Picus Verlags und Veranstaltungen unter
www.picus.at

GEORG ELTERLEIN

SPRACHE DER KRÄHEN

ROMAN

PICUS VERLAG WIEN

EINER VON IHNEN

Abschaumsiedlung. So haben sie sie genannt. Die Siedlung, in der er aufgewachsen ist. Sechzehn Wohnblöcke, zweiunddreißig Stiegen. Eine Ansammlung brauner Quader am nördlichen Stadtrand. Nichts als Ebene und Felder rundherum. Und kein Tag ohne Wind und Staub.

Er ist acht gewesen, als ihre Mutter sie verlassen hat. Von einem Tag auf den anderen. Sie haben sie nie wieder gesehen. Mit neun hat er gewusst, was ein Springer ist. Mit zehn hat er einen gehabt. Mit elf den ersten Zigarettenautomaten geknackt.

Den Springer, den hat er nie gebraucht. Hat alles mit den Fäusten geregelt. Aber das Gefühl, das Messer in der Hosentasche zu haben, das war damals was. Nicht für alle. Nicht für Max.

Max, sein kleiner Bruder. Der nie in die Siedlung gepasst hat. Ist immer mit Büchern herumgelaufen. Die Burschen aus der Siedlung hätten ihn gern fertiggemacht. Aber sie wussten, hätte nur einer von ihnen seinen Bruder angerührt, er hätte allen die Knochen gebrochen. Einem nach dem anderen.

Nur wenn der Vater betrunken nach Hause gekommen ist, hat er um den Kleinen Angst gehabt. Hat ihn im Kasten des Kinderzimmers versteckt. Betrunken ist der Vater unberechenbar gewesen. Hat der Vater ihm eine gelangt, egal. Aber Max? Der ist mit einer papierenen Seele auf die Welt gekommen. Also hat er auf ihn aufgepasst. Bis zu dem Tag, an dem der Vater erschossen worden ist. An diesem Tag sind sie getrennt worden, Max in eine Pflegefamilie, er ins Heim. Bei Max hätten sie noch Hoffnung, haben sie gesagt, bei ihm nicht. Die. Vom Jugendamt. Und sie haben recht behalten.

Als sie kamen, war er nicht vorbereitet. Das Fauchen der Flammen hatte das Motorengeräusch übertönt, den Wagen entdeckte er erst, als er vor der Werkstatt stehen blieb. Durch die verschmierten Fenster sah er sie aussteigen. Sie waren zu zweit. Er hörte ihre Stimmen, eine von einer Frau.

Mit der Zange zog er das Eisen aus den Kohlen, öffnete die Klappen über der Esse. Der Luftzug riss Funken in die Höhe. Wie Splitter brannten sie sich in die Haut. Über den Flammenspitzen glühte das Orangerot zu einem satten Gelb. Zu dunkel, dachte er. Dennoch trug er das Eisen zum Amboss. An der Scheibe der Eingangstür sah er das Gesicht der Polizistin.

Bin gleich da, brüllte er.

Beim ersten Schlag knallte der Hammer schwer auf das Eisen. Gluttropfen explodierten. Er lockerte den Griff, ließ den Hammerstiel in der Hand rotieren. Fäuste pochten gegen die Tür.

Bin gleich da!!

Der Hammer sauste durch die Glut. Mehrere Male. Bis das Eisen platt war. Mit einer zweiten Zange griff er nach dem Eisen, drehte es, bog es, spürte den Widerstand. Das Eisen brach auseinander. Die Teile schleuderte er in den Löschtrog. Dampf zischte in die Höhe. Die Zangen warf er auf die Werkbank.

Scheißkieberer.

Das Glockenspiel über der Werkstatttür schlug an. *Child in Time.* Während er das Hemd über den verschwitzten Oberkörper streifte, die Neun-Millimeter-Beretta aus der Schublade unter der Werkbank nahm, sie entsicherte und am Rücken in den Hosenbund steckte, ertönte das Glockenspiel ein weiteres Mal. Er summte die Melodie. *The line that's drawn between good and bad.*

Herr Leonard Steiner?

Ja.

Maximilian Brendboe, ist der Ihr Bruder?

Nein.

Dann vielleicht Maximilian Steiner?

Was heißt vielleicht?

Er blickte in den Hof. Die Höflichkeit der Polizistin, ein Scheißtrick, ihn abzulenken? Doch kein Schatten bewegte sich im Durchgang zur Straße, kein Schatten zwischen Fahrzeugen aus Murats Werkstatt. Er streifte das Hemd über den Pistolengriff.

Sein Bruder habe seinen Namen geändert, hörte er die Beamtin sagen.

Dürfen wir reinkommen, Herr Steiner?

Nein.

Irritierte Blicke. Der Polizist, der hinter seiner Kollegin gestanden war, stieg die Stufen herauf, nun beide vor ihm, Schulter an Schulter, auf Augenhöhe. Die Beretta klebte an Leonards Haut.

Was ist mit Max?

Er ahnte die Antwort, bevor die Polizistin sie aussprach.

Ein Unfall?

Ja, heute Morgen.

Der Polizist schaute ihm in die Augen.

Dürfen wir jetzt reinkommen?

Mit der Ferse trat Leonard gegen die Werkstatttür. Die Hitze erwischte die beiden unvorbereitet, sie traten einen Schritt zurück. Er zeigte auf das Metallschild auf der gegenüberliegenden Hofseite.

Schlosserei Friedrich Büro

Ob es nicht besser sei, sich dort zu unterhalten?

Beim Überqueren des Hofes sah Leonard Murat aus dem

Schatten seiner Autospenglerei treten. In der rechten Hand surrte die Schleifmaschine im Leerlauf. Mit der linken zog Murat den lackverkrusteten Mundschutz herunter und hustete.

Probleme?

Leonard bemerkte, wie die Polizistin und ihr Kollege seinen Freund musterten, ihre Schritte langsamer wurden.

Keine Probleme.

Er deutete ihm zu verschwinden. Denn seit Murat, ohne es zu wissen, ein gestohlenes Auto für einen Bekannten umlackiert hatte und Polizisten ihn aus der Werkstatt in Handschellen weggeführt hatten, bekam er bei Uniformierten einen dicken Hals.

Leonard wartete, bis Murat zurück in die Spenglerei gegangen war. Erst dann folgte er den Polizisten ins Büro.

Also. Was genau ist mit meinem Bruder passiert?

Die Polizistin sprach schnell, in kurzen Sätzen. Ein Sattelschlepper hatte in einem Baustellenbereich den Mittelstreifen der Flughafenautobahn durchbrochen. Max und seine Frau waren beim Transport ins Spital verstorben, nur ihr zehnjähriger Sohn hatte überlebt. Nach einer Pause fügte sie hinzu, dass es ihr leidtue.

Sie fragte, ob er verstanden habe.

Er nickte, wischte mit der Hand über den Mund, sein Hals war so trocken, als hätte er eine stundenlange Patrouillenfahrt durch die Wüste hinter sich. Er hustete in die Faust, ging zum Spülbecken. Das kalte Wasser lief über die hohle Hand in den Mund. Nach ein paar Schlucken nahm er zwei Papiertücher aus dem Spender, wischte Mund und Hände trocken.

Und wie geht es dem Buben?

Die Polizistin konnte die Frage nicht beantworten

Kennen Sie den Namen Ihres Neffen nicht?, fragte der Polizist.

Nein.

Haben Sie mit Ihrem Bruder keinen Kontakt gehabt?

So kann man es sagen.

Und wie lange nicht?

Sehr lange.

Er schickte die Kieberer nach draußen. Die Pistole sperrte er in die Schublade. Danach saß er am Schreibtisch, wartete auf eine Regung, bei der Vorstellung, dass sein kleiner Bruder tot war. Trauer. Erschütterung. Passend zu der Nachricht. Er starrte auf die Kratzer auf dem Schreibtisch, sah seinen Bruder vor sich. Als sie einander das letzte Mal begegnet waren. Vor zwanzig Jahren. Armeejacke, Jeans und Stiefel, die blonden Haare schulterlang. Wie ein Biker hatte er ausgesehen. Keine papierene Seele mehr. Er konnte nicht tot sein. Nicht Max. Der ihm vor zwanzig Jahren, nach einem missglückten Überfall, in seiner Studentenwohnung Unterschlupf gewährt hatte. Ohne Fragen zu stellen, hatte ihn sein Bruder vor den Kieberern versteckt. Er hatte seine Schusswunden verarztet, ihn gepflegt, und nachdem er wieder zu Kräften gekommen war, hatte er ihn zur Grenze gefahren. Auf einer grünen Kawasaki. Und zum Abschied hatte Max nur zwei Sätze gesagt: Wir beide sind jetzt quitt, Leonard. Und: Verschwinde aus meinem Leben.

Daran hatte er sich gehalten.

Zwanzig Jahre.

Der Tod war nichts Neues für Leonard. Er hatte Leichen gesehen, von der Hitze aufgedunsene Körper, Menschen bis zur Unkenntlichkeit verbrannt oder zerschossen. Doch hier im stillen Blau des Spitalgangs erinnerte nichts an den Tod. Dennoch, irgendwo hinter der Tür, durch die die Polizistin verschwunden war, lagen sein Bruder und dessen Frau, und einige Stockwerke über ihnen ihr Sohn, der überlebt hatte. Zimmer 511, Kinderstation.

Leonard stemmte sich von dem Plastiksessel hoch. Er ging ein paar Schritte auf und ab, lehnte sich an die Kachelwand. Vielleicht war das alles nur ein Irrtum. Dieser Maximilian Brendboe ein Fremder? Eine Verwechslung?

Leonard hörte Schritte im Gang hinter der Tür. Nicht das Quietschen von Polizeischuhen. Eine Frau in weißer Spitalskleidung trat in den Gang.

Herr Steiner?

Er folgte der Krankenschwester durch Gänge und über Stiegen, den Blick auf den blonden Haarspitzen, die bei jedem Schritt gegen den abgewetzten Mantelkragen stießen. Erst als sie stehen blieb, bemerkte er den Raum hinter der Glaswand. Zwei Bahren auf Rollen. Zwei Menschen mit Laken bedeckt. Die automatische Schiebetür öffnete sich. Die Polizistin kam ihm entgegen, gemeinsam blieben sie zwischen den Bahren stehen.

Sie haben zwar gesagt, Sie kennen Ihre Schwägerin nicht. Darf ich Sie trotzdem bitten?

Er schaute in das Gesicht einer rothaarigen Frau. Schmal und blass, an der Wange ein Leberfleck. Ihre Unversehrtheit überraschte Leonard. Wie Fallschirmseide senkte sich das Laken auf das fremde Gesicht, nur mehr die Konturen waren erkennbar.

Der Kugelschreiber der Polizistin glitt lautlos über das Papier. Er bemerkte ihren Blick, als er von dem Laken, unter dem sein Bruder liegen sollte, hochschaute.

Brauchen Sie eine Pause?

Den Toten nie ins Gesicht schauen. Als Rekruten haben sie ihnen das in Castelnaudary eingetrichtert. Für den Umgang mit gefallenen Kameraden. In den Jahren in der Legion hat ihm das oft geholfen. Aber nun konnte er nicht auf die Brust schauen. Nach einer Erkennungsmarke greifen.

Zertrümmertes Gesicht. Die linke Hälfte wie von Granatsplittern weggesprengt. Dennoch hat er die Narbe auf der Stirn erkannt. Eine Verletzung, die sich Max bei einem Sturz von einem Baum zugezogen hatte. Ein zartrosa Strich über der rechten Augenbraue von der Nasenwurzel zur Schläfe. Max. Aber nicht den Max aus seiner Erinnerung. Die papierene Seele. Den Biker. Einen Unbekannten hat er identifiziert. Ein zertrümmertes Gesicht mit Narbe.

Murat hatte nicht gefragt, ob er ihn begleiten sollte. Murat hatte sich einfach in den Pick-up gesetzt, ihn hierhergefahren, vor dem Spital gewartet. Leonard hockte sich auf die Bank neben ihn, roch das harzige Aroma von Murats Zigarette.

Willst eine, Bruder?

Das Zippo flammte auf. Er hatte es Murat zum Geburtstag geschenkt, mit eingraviertem Namen auf dem Deckel. Mit dem Ellenbogen auf die Oberschenkel gestützt inhalierte Leonard den Rauch und beobachtete den Polizeiwagen, der sich in den Verkehr einfädelte. Die Polizistin am Steuer. Beim Abschied hatte sie ihm ein Kuvert übergeben, persönliche Dinge der Opfer, die sie an der Unfallstelle eingesammelt hatten. In der Innentasche der Lederjacke drückte es hart gegen Leonards Brust.

Wie geht's deinem Neffen?

Leonard antwortete nicht. Er ließ die brennende Zigarette fallen, zertrat die Glut. Er war bereits auf dem Weg zu dem Buben gewesen, doch vor dem Lift im Erdgeschoß war er stehen geblieben. Dreimal hätte er zusteigen können, dreimal hatte er dem Öffnen und Schließen der Aufzugstür zugeschaut, dreimal das Stoßen der Wartenden beim Einsteigen, weil er ihnen im

Weg gestanden war. Das Beobachten der Stockwerksziffern. Das Aufleuchten der Fünf.

Leonard versuchte, Murat sein Zögern zu erklären. Der Bub, der ein Fremder war. Der Bub, dem er den Tod der Eltern erklären sollte, die nur ein paar Stockwerke unter ihm in Kühlfächern lagen? Murat legte die Hand auf Leonards Schulter. Sie roch nach Lack und Tabak.

Hat der Sohn deines Bruders, der Bub, auch einen Namen?

An der Decke der Kinderstation hingen bunte Girlanden, als wäre Fasching. Leonard ging den Gang entlang, die Türen standen offen. Kinder schauten aus ihren Betten hoch, andere bemerkten ihn nicht oder schliefen. Eine Schwester stellte sich ihm in den Weg.

Dürfte ich wissen, wen Sie suchen?

Zimmer 511 befand sich am Ende des Ganges. Der Bub lag im mittleren der drei Betten, ein Bett, das ihn zu schlucken schien. Leonard hätte ihn auch ohne die Krankenschwester sofort erkannt. Wie sein Bruder im gleichen Alter war der Bub dünn, hatte weißblondes Haar. Erst beim Näherkommen löste sich die Ähnlichkeit auf. Übrig blieben die blonden Haare, die langen Wimpern, das fast durchsichtige Blau der Augen.

Die Krankenschwester stellte ihn als Onkel Leonard vor. Für einen Moment schaute der Bub aus dem Bett hoch, seine Verwunderung machte Leonard klar, Max hatte nie von ihm erzählt. Er legte die Schokolade auf das Nachtkästchen. Karamell hatte Murat genommen, die schmecke ihm sicher.

Willst du deinem Onkel nicht die Hand geben, Erik?

Die Augenlider des Buben klappten herunter. Die Schwester versuchte etwas zu sagen, doch Leonard berührte ihren Arm.

Lassen Sie nur. Das wird schon.

Vom Tisch neben dem Fenster holte er sich einen Sessel.

Der Junge im Nachbarbett beachtete ihn nicht, schaute auf den Fernseher an der Wand. Ein Zeichentrickfilm lief. Eine Katze jagte eine Maus, schlug sie mit einer Pfanne. Doch die Maus rannte weiter.

Als Leonard den Sessel neben dem Bett abstellte, bemerkte er unter den geschlossenen Lidern des Buben eine Bewegung. Die Augen folgten dem Geräusch. Leonard gefiel der Trick, sich schlafend zu stellen, dabei aber wachsam zu bleiben.

Erik war klein für sein Alter. Dünn und bleich. Zehn Jahre, hatte die Stationsärztin gesagt. Dass er die Wucht des Unfalls fast unbeschadet überstanden hatte, war für sie ein Wunder. Nur Prellungen, wo der Gurt den Aufprall abgefangen hatte. Keine Zerrungen, Brüche oder inneren Verletzungen. Wenn es Schutzengel gab, meinte sie, hätten sie sich alle um den Buben geschart. Einzig der Verlust der Fähigkeit zu sprechen mache ihnen Sorgen. Die kommenden Untersuchungen würden Aufschluss geben, ob die Ursache psychischer oder physischer Natur war. Ob er darüber etwas wisse, einen früheren Krankheitsverlauf? Er hatte sie angeschaut.

Ist das erste Mal, dass ich ihn sehe.

Leonard knetete seine Knöchel, starrte auf das rußige Leder seiner Arbeitsschuhe. Er hatte keine Ahnung, was er zu dem Buben sagen sollte. Der einzige Verwandte. So hatte ihn der Polizist in der Werkstatt genannt. Beim Aufschauen bemerkte er den Blick des Jungen aus dem Nachbarbett.

Ist er sehr krank?, fragte er.

Leonard verneinte.

Wie heißen Sie?

Leonard. Und du?

Daniel.

Erst jetzt sah Leonard, dass Daniel an einem Gerät hing, ein blutiger Urinbeutel am Bettrand festgemacht war.

Sind Sie sein Papa?
Nein, sein Onkel.
Ich hab auch einen Onkel, den Onkel Hermes.
Und magst du ihn?
Er ist ganz nett.
Eriks Augen bewegten sich unter den Lidern im Rhythmus des Gespräches hin und her. Leonard beugte sich über ihn und flüsterte ihm ins Ohr, ob er das gehört habe.
Ganz nett.
Die Augen blieben geschlossen.
Ich weiß, dass du mich hören kannst.
Leonard beobachtete die Unruhe, die den schmalen Körper befiel, doch die Lippen des Buben blieben aneinandergepresst.
Sturer kleiner Kerl, dachte Leonard und stand auf. Er berührte den Arm, bereit, sofort loszulassen, falls der Bub versuchte, sich dem Griff zu entziehen. Doch alles blieb ruhig. Noch nie in seinem Leben hatte Leonard so etwas Zerbrechliches berührt wie diesen Arm.

An der Zimmertür ist er dann stehen geblieben. Hat sich umgedreht. Der Anblick des Buben war wie ein Hieb in die Magengegend. Wie er dagelegen ist. Die Einsamkeit. Die Verlorenheit in diesem viel zu großen Bett. Was noch auf ihn zukommen würde. Die ganze Scheiße mit den Heimen oder Pflegefamilien. Da hätte er am liebsten eine Zeitmaschine gehabt. Eine, die den Buben zurück auf die Autobahn bringt. Der Moment, in dem der Sattelschlepper in das Auto kracht. Den Buben mit den Eltern in den Tod reißt.

Das gebrochene Eisen im Löschtrog. Der Hammer auf dem Amboss. Die Lederschürze am Haken. Nach der Rückkehr in die Werkstatt war noch alles so, wie er es vor Stunden verlassen hatte. Dennoch schien es Leonard für einen Moment wie ein Blick in die Vergangenheit, die nicht mehr existierte.

Murat hatte ihn zum Tee in sein Büro eingeladen.

Eine Tasse, Bruder. Ist nicht gut jetzt allein.

Doch Leonard wollte allein sein. In der Küche nahm er die Espressomaschine aus der Abwasch und zerlegte sie. Den Sud klopfte er aus dem Sieb, löffelte frisches Pulver hinein, presste es glatt. Um vier in der Früh hatte er Kaffee gekocht, die Liste für den Tag geschrieben, Dinge, die er zu erledigen hatte. Um vier in der Früh war sein Bruder noch am Leben gewesen. Hätte er ihn auf der Straße getroffen, er hätte ihn nicht wiedererkannt. Das schüttere Haar, das Doppelkinn.

Während die Kaffeemaschine auf dem Gasherd rumorte, beobachtete er durch die offene Jalousie zwei Mädchen, die auf der Hinterhofmauer balancierten. Mit ausgebreiteten Armen versuchten sie, das Gleichgewicht zu halten. Leonard stellte sich den Buben auf der Hofmauer vor, ein Fliegengewicht, das wie ein Flummi den Sims entlanghüpfte. Die Ärztin hatte von einer guten Konstitution gesprochen, die ihm vielleicht das Leben gerettet hatte. Ein trainierter kleiner Kerl. Die Sportlichkeit musste er von seiner Mutter geerbt haben, denn Max und Sport, das waren zwei weit entfernte Gestirne gewesen.

Leonard zog das Kuvert, das ihm die Polizistin im Spital übergeben hatte, aus der Lederjacke. Brendboe. Mit Filzstift in Großbuchstaben stand der Name auf dem braunen Kuvert. Brendboe. Er las den Namen laut, wiederholte ihn mehrere Male, horchte auf die eigene Stimme. Maximilian Brendboe. Doch der Klang des Namens blieb ihm fremd. Wie der tote Mann mit der Narbe unter dem Laken.

Den Inhalt des Kuverts leerte Leonard auf den Küchentisch. Ein Schlüsselbund, eine Ledergeldbörse. Ein Plastiketui für Kreditkarten. Eine Puderdose mit Veilchenmuster. Ein Lippenstift. Zwei Uhren, zwei Eheringe. Auf dem Gold klebte Blut. An der Innenseite der Ringe entdeckte Leonard Gravuren. Zwei Namen. Tove. Maximilian. Ein Datum. Es lag zwölf Jahre zurück. Damals war er noch in Marseille gewesen, in den Anisschwaden der Bar des Maraîchers gesessen, in der Rue Curiol. Ein Junitag. Die flirrende Hitze des kommenden Sommers, drei Gläser Pastis. Véronique, Philippe und er. Während Max geheiratet hatte. Alle waren sie nun tot!

Er klappte die Geldbörse auf. Ein paar Zehner, Fünfer, Münzen. Im Seitenfach steckte neben einem norwegischen Führerschein und Personalausweis Max' alter Führerschein. Leonard zog den zerknitterten Lappen heraus und öffnete ihn. Das Foto zeigte Max als Achtzehnjährigen, in der Erwartung des Blitzes, ein angespannter Blick in die Linse.

Manchmal in den zwanzig Jahren hat er den Wunsch gehabt, eines Tages würden sein Bruder und er wieder zueinanderfinden. Im Alter. Die Haare grau, ihre Gesichter von Erfahrungen gezeichnet. Zwei Männer, die auf einer Parkbank sitzen, vereint in der Versöhnlichkeit des Vergebens und Vergessens. Doch nun: nur mehr Erinnerung.

Leonard hatte sich geschworen, in diese Gegend nie mehr zurückzukehren. Doch nun musste es sein. Seines toten Bruders wegen fuhr er die Straße Richtung Norden, an der Bahnlinie entlang, sah in der Ferne die Quader der Abschaumsiedlung in der Dämmerung rostig schimmern.

Schumannweg 14. Die Adresse war leicht zu finden gewesen. Im Telefonbuch gab es nur einen Brendboe. Beim Blättern im Stadtplan hatte er bereits geahnt, in welche Gegend sein Bruder gezogen war. Die Bahnlinie, die Haltestelle erkannte Leonard sofort wieder, auch wenn sich die Umgebung der

Abschaumsiedlung stark verändert hatte, Felder und Wälder waren verschwunden, waren neuen Straßen, neuen Siedlungen gewichen.

Den Pick-up ließ Leonard auf dem Parkplatz vor der Haltestelle ausrollen. Dreißig Jahre war er nicht mehr hier gewesen. Hierher zurückzukehren war wie in dunkle Kälte zu steigen. Er stieß die Fahrertür auf, stieg aus, zündete sich eine Zigarette an. Der Regen hatte aufgehört. Die Feuchtigkeit verdampfte auf der Kühlerhaube. Er schaute sich um. Nichts hatte sich hier verändert. Die verwitterten Wände des Wartehäuschens waren vollgeschmiert mit Flüchen und Fickfantasien. Der Parkplatz war von Bogenlampen spärlich ausgeleuchtet, die Hälfte funktionierte nicht. Auf dem Asphalt glitzerten Glasscherben, in den schattigen Ecken unter den Bäumen lagen gebrauchte Kondome.

Der Weg zur Haltestelle und zum Parkplatz war neu angelegt worden. Er folgte exakt der Abkürzung über den Rasen, die sie als Kinder von der Siedlung zur Haltestelle genommen hatten. Irgendwann war das Gras niedergetrampelt und verschwunden gewesen, ein erdiger Streifen übrig geblieben.

Entlang des Weges stand alle paar Meter eine Laterne, malte Lichtinseln auf den nassen Asphalt. Mülleimer hingen schief in der Verankerung, Müll verteilt auf Weg und Wiese. Trotz des Regens roch es nach Hundescheiße.

Leonard ging die Straße zwischen den Wohnblöcken entlang. Hinter Fenstern flimmerten Fernseher, Katzen streunten um Mülleimer, ein zerschlissener Fauteuil stand auf dem Gehsteig, daneben ein Gasherd. Im Erdgeschoß der Viererstiege bellte ein Hund hinter einem gekippten Fenster, eine Männerstimme brüllte. Ein paar Meter weiter wummerte ein Bass aus einem Sportwagen. Hinter der Windschutzscheibe sah Leonard zwei junge Männer rauchen. Die Glut hellte ihre Gesichter auf, sie bemerkten seinen Blick, streckten ihm den Mittelfinger entgegen.

Vor Stiege elf blieb Leonard stehen, schaute in den fünften Stock. Die Räume waren dunkel. Das Fenster neben dem Stiegenhaus war damals die Küche gewesen, daneben das Wohnzimmer, das Fenster an der Hausecke das Kinderzimmer. Ein schmaler Raum, ein Stockbett, zwei Kleiderkästen, dazwischen gerade genug Platz, um die Kastentüren zu öffnen.

Jeden Streit der Eltern haben sie mitgehört. Das Kreischen und Fluchen der Mutter, wenn sie den Vater verdroschen hat. Sein Bruder ist dann immer zu ihm unter die Decke gekrochen. Er hat ihn gehalten, den Kleinen, ganz fest, bis das Zittern vorüber war, er in seinen Armen eingeschlafen ist. Das Knallen der Wohnungstür hat Max nicht mehr gehört. Die Mutter aus dem Haus, diese plötzliche Stille. Nur das Knarren des Parkettbodens im Flur. Das Öffnen der Zimmertür. Der Vater, der stumm und gebeugt zu ihnen hereingeschaut hat. Scham und Abscheu hat er bei seinem Anblick empfunden. Der Mann, der sich nicht zu wehren gewusst hat.

Leonard hörte das Zuschlagen von Wagentüren. Die zwei jungen Männer aus dem Sportwagen kamen auf ihn zu. Lockerer Gang, die Hände in den Jacken, die Ellenbogen weit und provozierend von sich gestreckt.

Was schaust du da?

Leonard blickte den beiden kurz in die Augen. Ihre Pupillen waren unruhig, die Lider nervös.

Ihr wollt keinen Ärger.

Und wenn doch?

Dann landet ihr im Krankenhaus.

Er bemerkte, wie der rechte die Schulter hob, das Gewicht

verlagerte. Leonards Faust traf ihn am Kinn, fegte ihn von den Füßen. Der zweite wich blitzschnell zur Seite, versuchte mit dem Bein einen Treffer. Leonard blockte ab, schnappte den Fuß, ehe der Gegner begriff, was geschah, drehte Leonard das Bein mit voller Kraft nach links, das Knie knackte, das Schnalzen, als wäre ein Seil gerissen. Leonard ließ das Bein los. Der Mann verlor das Gleichgewicht, stürzte schreiend zu Boden. Die Baseballkappe landete in einer Pfütze.

Der Mann, den Leonard niedergeschlagen hatte, richtete sich auf.

Bleib liegen.

Der Mann spuckte ihn an, griff in seine Jackentasche. Leonard sah ein Butterfly-Messer aufschnappen, trat es ihm aus der Hand. In hohem Bogen flog das Messer auf die Straße, landete im Gully. Leonard packte den Mann am Jackenkragen, zog ihn zu sich hoch.

Ist noch immer die Abschaumsiedlung, oder?

Der Mann wich seinem Blick aus. Leonard ließ ihn los. Ohne sich umzudrehen, ging er bis zum Ende der Wohnblöcke, erst dort schaute er zurück. Die beiden Männer rappelten sich hoch. Der Mann mit dem kaputten Knie wurde von seinem Freund zum Auto geschleift. Jeder Schritt ein Stöhnen, ein unterdrückter Schrei. Scheinwerfer flammten auf. Der wummernde Bass entfernte sich. Leonard wartete. Hinter Fenstern sah er Schatten von Neugierigen, die auf die Straße herabschauten. Wieder bellte der Hund von der Viererstiege. Der Mann brüllte. Der Hund jaulte.

Den Wald hinter der Abschaumsiedlung hat er vergeblich gesucht. Abgeholzt und verschwunden. Stattdessen eine Siedlung von Einfamilienhäusern, irgendwo dort mittendrin der Schumannweg, das Haus seines Bruders.

An dem Tag, an dem die Mutter die Familie verlassen hat, haben sein Bruder und er in dem Wald ein Baumhaus gebaut. Sperrholzbretter, Nägel, eine Strickleiter. Mehr haben sie nicht gebraucht. Zwischen den Ästen ein freier Blick auf den Himmel, zu den Wolken. Das Rauschen der Blätter. Ihr gemeinsames Versteck, von dem niemand gewusst hat. Nur sein Bruder und er. Und aus dem Kassettenrekorder David Coverdales Stimme: Ride the rainbow, crack the sky, stormbringer coming.

Wie alle anderen Wege der Siedlung war der Schumannweg eine gerade Gasse. Thujenwände, Holzzäune verstellten den Blick auf die Grundstücke. Nur die Alarmanlagen waren über die Hecken gut sichtbar an den Hauswänden montiert.

Die Lampe am Gartenzaun von Nummer vierzehn beleuchtete die leere Einfahrt. Büsche wucherten über die Holzplanken des Zaunes, der Wind trieb Tropfen in Leonards Gesicht. Im Postkasten steckten vom Regen aufgeweichte Werbezettel. Leonard zog sie heraus, warf sie in die Mülltonne. Neben dem Klingelknopf war ein rostiges Namensschild festgeschraubt. Brendboe. Also hatte sein Bruder schon länger hier gelebt.

Ein gepflasterter Weg führte durch den Garten. Es gab keine Bäume oder Blumentöpfe oder Gemüsebeete. Angewehtes Laub glänzte feucht auf dem frisch gemähten Rasen. Ein kleines Fußballtor stand mitten auf der Wiese, ein Lederball lag im Netz. Betonstufen führten von allen Seiten auf die Terrasse, zwei Glasfronten öffneten das Haus zum Garten hin. Die Vorhänge waren zugezogen, verhinderten den Blick ins Innere.

In allen Räumen des Hauses drehte Leonard das Licht auf. Doch das Licht betonte die fremde Leere, durch die er sich bewegte. Das Haus seines Bruders. Geräumige Zimmer, an den weißen Wänden Gemälde, kräftige Farben, grobe Strukturen. Sachen lagen auf den Tischen herum, Sachen, die darauf warteten, wieder verwendet zu werden. In Rahmen gesteckt standen Fotos auf den Kommoden, auf den Regalen der Bücherschränke. Alle zeigten Tove und Erik und Max.

Das Haus seines Bruders. Den Gedanken musste er wiederholen. Denn trotz des Schlüssels in der Hand fühlte er sich als Einbrecher. Wie bei einem Einbruch ging er dann auch vor, konzentrierte sich auf das Wesentliche, die Suche nach Dokumenten, blendete alles Private aus. Bis er im Schlafzimmer endlich auf einen Safe stieß, ein handliches Modell, versteckt und verankert im Boden des Kleiderschranks. Er brauchte nur wenige Minuten, um ihn aufzubrechen.

Das Zimmer des Neffen hingegen war leicht zu finden. Am Ende des Ganges. Ein Poster eines Airbus 320 hing an der Tür, daneben eine Serie von Fotos, die den Buben in einem Cockpit zeigten. Mit der rechten Hand hielt er den Gashebel, saß aufrecht auf dem Pilotensitz, der vergebliche Versuch, über Armaturen und Knöpfe und Displays hinweg durch das Cockpitfenster nach draußen zu schauen. Der Kleine auf dem Bild hätte auch Leonards Bruder im selben Alter sein können. Max' Traum, eines Tages Pilot zu werden.

Die Ordnung im Kinderzimmer überraschte Leonard. Kein Spielzeug lag auf dem Boden, der Schreibtisch aufgeräumt, das Bett gemacht, die Tagesdecke glatt gestreift. Selbst die Stofftiere lehnten fein säuberlich an der Wand. Nur die Holzkrähe unter der Deckenlampe hing schief in den Schnüren. Beim Anstreifen bewegte sie ihre Flügel.

Auf dem Schreibtisch stapelten sich links Hefte, rechts Bücher, an der Pinnwand hingen neben einem Stundenplan Autogrammkarten von Fußballern, und mittendrin ein Foto. Es zeigte den Buben auf dem Rasen eines Stadions, an jedem Armgelenk baumelte ein grün-weißer Schal. Leonard nahm das Foto von der Pinnwand, betrachtete das Gesicht. Diese Freude und

Selbstsicherheit. Er stellte sich vor, wie der Bub an diesem Morgen aufgestanden war, das Zimmer in der Zuversicht verlassen hatte, dass der nächste Morgen wie der vergangene sein würde. Doch diese Sicherheit und Ordnung war in einem Knall, in einem Bersten von Metall und Glas für immer verloren gegangen. Morgen würde er in einem fremden Bett aufwachen und diese Morgen der Einsamkeit würden sich wiederholen. Tag für Tag. Woche für Woche. Bis sie Teil seines Lebens waren.

Zwei Kartons nahm Leonard aus Max' Haus mit. In beide hatte er Kleidung, Schuhe und Bücher für Erik gepackt, dazu die Dokumente aus dem Safe und obenauf lag die Holzkrähe aus dem Kinderzimmer. Als er die Kisten aus dem Pick-up räumte, entdeckte er den aufglimmenden Lichtpunkt hinter dem Fenster seiner Werkstatt. Die Eingangstür stand einen Spalt offen.

Leonard ahnte, wer sich in der Werkstatt aufhielt, beim Betreten roch er Rons französische Zigaretten. Er drehte das Licht auf, Ron saß auf dem Holzsessel neben dem Löschtrog, die Beine übereinandergeschlagen. Die Kisten stellte Leonard auf der Werkbank ab, deckte sie mit Tüchern zu.

Du hättest vorher anrufen können.

Hab ich. Viermal sogar. Und normalerweise rufst du innerhalb einer Stunde zurück. Ich hab angefangen, mir Sorgen zu machen.

Die Arme vor der Brust verschränkt, lehnte sich Leonard an die Werkbank.

Es hat Schwierigkeiten gegeben.

Sollte ich davon wissen?

Privatsache.

Leonard mochte nicht, dass Ron in seiner Werkstatt auftauchte. Normalerweise rief Ron von einer Telefonzelle aus an, er rief sie zurück, sie vereinbarten einen Treffpunkt, und erst dort wurde über die Arbeit gesprochen. Ihr unangemeldetes Auftauchen verhieß Probleme.

Während Leonard in der Küche die Kaffeemaschine vorbereitete, beobachtete er Ron durch das Fensterglas. Wie vor über zwanzig Jahren, dachte er, Rons braune Augen, ein Blick, der keine Schuld vermuten ließ.

Kennengelernt hat er Ron auf der Straße. Ein Abbruchhaus, in dem sie mit einem Dutzend anderer Jugendlicher gehaust hat. Ein Energiebündel ist sie gewesen, immer auf dem Weg zum nächsten Adrenalinschub. Ihr lockiges schwarzes Haar hat sie kurz getragen. Ron hat sich damals auf Wohnungseinbrüche spezialisiert, einen Partner gesucht. Erst später haben sie dann gemeinsam Banken überfallen. Die Zeitungen haben über ein Gangsterpärchen berichtet. Das sind sie auch gewesen. Beruflich und privat. Bis zu dem Überfall auf den Juwelierladen, bei dem er angeschossen worden ist. Da haben sich ihre Wege getrennt. Dreizehn Jahre später das Wiedersehen. Zufällig. Auf einer Kreuzung. Sie auf dem Motorrad, er im Pick-up. Sie hat das Visier hochgeklappt, ihn gefragt, ob er noch im Geschäft sei. Er hat geantwortet: Kommt darauf an.

Leonard füllte zwei Gläser mit Wasser, stellte sie neben die Kaffeetassen auf den Tisch. Ron bot ihm eine Gauloise an.

Es gibt schlechte Neuigkeiten. Sie bauen im Bürohaus Alarmanlagen ein. Und im Stockwerk mit Szabos Büro sind sie schon fertig.

Hast du genauere Informationen?

Leonard zündete sich die Zigarette an.

Nur, dass sie im Erdgeschoß und im Keller Bewegungsmelder montieren und ein halbes Dutzend Kameras rund um das Haus.

In den Stockwerken keine Sensoren?

In den Gängen schon, und so wie es aussieht, werden dort nur die Bürotüren alarmgesichert sein, nicht die Räume dahinter.

Leonard sah das Bürohaus vor sich, dachte an seinen Plan, den er nun vergessen konnte.

Noch mehr solche Neuigkeiten?

Ron dämpfte die Zigarette im Aschenbecher aus, der Rauch strömte aus ihrer Nase.

Du wirst jetzt jemanden für die Anlage brauchen.

Leonard verzog den Mund zu einem Lächeln. Er hatte mit diesem Satz gerechnet. Seit Jahren schon versuchte ihn Ron mit anderen Leuten zusammenzubringen, träumte von einem Team, von einer richtig großen Sache, die sie mit einem Schlag reich machen sollte.

Du weißt, dass ich allein arbeite.

Doch dieses Mal, wie es scheint, wirst du eine Ausnahme machen.

Ron befeuchtete ihre Lippen. Die Lippen, die Leonard auch nach über zwanzig Jahren noch manchmal küssen wollte. Er beugte sich in den Lichtkegel der Lampe.

Ich arbeite allein oder gar nicht.

Leonards Versteck war eine Garage in einer Satellitensiedlung am anderen Ende der Stadt. Niemand scherte sich hier um ihn, wenn er weit nach Mitternacht vorfuhr, Autos tauschte.

Die Garage hatte Leonard zur Tarnung mit Sperrmüll vollgeräumt, gerade genug Platz für einen silbergrauen Ford und einen Einbaukasten. Die abnehmbare Seitenverkleidung des Kastens war nicht zu erkennen, zwei unauffällige Längsrisse im Holz. Leonard klopfte auf den oberen Spalt, das Holz kippte heraus, ein Hohlraum öffnete sich. Darin steckten mehrere Nummernschilder und eine Blechbüchse. In der Büchse lagen achttausend Euro, drei Pässe mit verschiedenen Namen und eine Neun-Millimeter-Glock samt Munition.

Die Fahrt zu Szabos Büro dauerte eine halbe Stunde. Das Bürohaus stand in einer Seitengasse nahe der Innenstadt. Leonard blieb im Wagen sitzen, beobachtete die Straße. Altbau reihte sich an Altbau, Häuser mit hohen Fenstern, an den Fassaden Figuren und Säulen. Mittendrin als Fremdkörper das Bürogebäude. Sechs Stockwerke, Waschbeton, quadratische Fenster. Szabos Büro lag im obersten Stockwerk. Zwei Räume, ein Tresor. Ein Capella II, in dem kurze Zeit Diamanten im Wert von einer Viertelmillion lagern würden.

Ein Rundgang um das Haus bestätigte Rons Angaben. Bewegungsmelder, Magnetkontakte, Kameras. Seinen alten Plan, durch den Müllraum in das Gebäude einzudringen, konnte er vergessen. Er riss am Knauf des Hintereingangs, löste den Alarm aus. In den umgebenden Häusern gingen keine Lichter an, niemanden interessierte das Heulen der Sirene, das nach einer Minute endete. Leonard stoppte die Zeit, bis das Fahrzeug eines Wachdiensts heranrauschte. Zwanzig Minuten.

Danach stieg er durch ein Kellerfenster in das Wohnhaus auf der gegenüberliegenden Straßenseite ein, gelangte auf dessen Dach. Mehrere Nächte lang hatte er von dort aus das Bürogebäude, die Gewohnheiten der darin arbeitenden Menschen und Szabos Büro beobachtet. Wenn er nicht durch das Erdgeschoß in das Gebäude eindringen konnte, blieb ihm nur mehr der Weg von oben. Er würde von außen in das Büro eindringen. Über das Dach, durch das Fenster. So konnte er Alarmanlagen, Kameras und Bewegungsmelder umgehen. Katapult, Enterhaken, Seile. Mehr brauchte er nicht. Das einzige Risiko war das zweifache Überqueren der Straßenschlucht von Dach zu Dach, Minuten, in denen er völlig ungeschützt sein würde. Ein Risiko, das er einging für den Vorteil, weiter alleine zu arbeiten.

Da hat er aber noch nichts von den zwei Männern gewusst. In ihrem dunklen Van. Bei der Abfahrt von Szabos Büro sind sie plötzlich im Rückspiegel aufgetaucht. Anfangs hat er an einen Zufall geglaubt. Aber nach Minuten sind sie noch immer hinter ihm her gewesen. Er hat mehrmals die Fahrtrichtung geändert, das Tempo gewechselt. Doch der Van ist an ihm drangeblieben.

An einer Kreuzung, im Schein der Bremslichter, hat er ihre Gesichter erstmals gesehen. Ein Hagerer mit Hakennase hinterm Lenkrad, ein bulliger Vierkanter auf dem Beifahrersitz. Zu auffällig für Kieberer, zu jung, um jemand aus seiner Vergangenheit zu sein. Der Blickkontakt durch den Rückspiegel hat die beiden nicht gestört. Kurz darauf sind sie in eine andere Richtung abgebogen, verschwunden gewesen.

Es dämmerte bereits, Leonard saß noch immer im silbergrauen Ford und beobachtete seine Garage von einem Parkdeck aus. Erst als Schulkinder die Häuser verließen, immer mehr Menschen zu der nahegelegenen U-Bahn-Station strömten, er sicher sein konnte, dass die zwei Unbekannten nicht in der Nähe der Garage waren, tauschte er die Autos, legte die Waffe zurück in ihr Versteck.

War er nachlässig geworden? Hatte er in der Routine seines Alltags etwas übersehen? Denn niemand außer Ron wusste von dem Auftrag bei Szabo. Dass Ron ein doppeltes Spiel trieb, konnte Leonard sich nicht vorstellen. Also woher kamen diese beiden Männer, die es darauf anlegten, dass er wusste, dass sie hinter ihm her waren?

Bei Leonards Rückkehr nach Hause stand ein Mann in brauner Cordjacke und Jeans vor dem Eingang zur Werkstatt. Als Leonard den Pick-up im Hof ausrollen ließ, kam der Mann auf ihn zu.

Herr Steiner?

Ja?

Manfred Krutis, Jugendamt.

Er hielt einen Ausweis hoch. Auf dem Foto, das einen jungen Mann zeigte, war er kaum wiederzuerkennen, nur das schulterlange Haar schien unverändert geblieben.

Sie sind wegen des Buben da?

Ja, das auch. Aber eigentlich bin ich wegen Ihnen da.

Leonard bemerkte, wie der Mann vom Jugendamt ihn musterte. Die staubige Schlosserjacke, die eingerissene Jeans, die schmutzigen Schuhe. Er habe auf einen Anruf von ihm gewartet, sagte der Mann.

Leonard erinnerte sich an den Zettel mit der Telefonnummer, den ihm die Oberschwester im Spital gegeben hatte. Er hatte vergessen anzurufen.

Leonard stand am Küchenfenster, schaute in den Hof. Noch immer lag das rosa Handtäschchen, das die Mädchen bei Ausbruch des Regens tags zuvor vergessen hatten, auf der Mauer. Er erinnerte sich, wie er sich den Buben auf der Mauer springend vorgestellt hatte. Wie einen Gummiball. Aber das war gestern gewesen. Heute standen zwei Kisten mit Sachen des Buben in der Küche und ein Mann vom Jugendamt war in seiner Wohnung, um sich einen Überblick zu verschaffen, ob ein Zehnjähriger hier leben konnte. Hier leben? Der Bub?

Leonard hörte Krutis die Stiegen herunterkommen. Ein Pager summte. Krutis ignorierte ihn.

Ich muss sagen, ich hab schon Schlimmeres gesehen, Herr Steiner.

Der Mann vom Jugendamt öffnete die Mappe mit seinen Notizen, streifte das schuppige Haar hinter die Ohren.

Sie halten die Wohnung in Schuss, Bad und Toilette sind brauchbar sauber. Sie sorgen für Ordnung. Nur, was befindet sich hinter der verschlossenen Tür, zwischen Ihrem Zimmer und dem Bad?

Das Zimmer vom Alten.

Vom Alten?

Der Mann, dem diese Wohnung und die Schmiede mal gehört hat. Er ist vor zwei Jahren verstorben.

Wie war sein Name?

Friedrich.

Wie auf dem Schild über dem Büro?

Seit Wochen war Leonard nicht mehr in Friedrichs Zimmer gewesen. Es roch nach Staub, die Jalousie brach das Tageslicht in Streifen. Leonard öffnete das Fenster. Eine Turbopropmaschine dröhnte im Tiefflug über den Hof. Das Fensterglas schepperte im Kitt.

Krutis schaute sich um. Das Bett mit der löchrigen Tagesdecke, auf den Regalen die komplette Sammlung der Karl-May-Romane. Auf dem Nachtkästchen lagen noch Friedrichs Medikamente. In der Ecke hinter der Tür standen der Infusionsständer, die Sauerstoffflasche. Nach dem Tod des Alten hatte Leonard nichts verändert.

Der Mann vom Jugendamt betrachtete die Fotos an der Blumentapetenwand.

Ist das Herr Friedrich?

Er deutete auf ein Foto, das Friedrich und seine Frau eng aneinandergeschmiegt in einer Gondel in Venedig zeigte. Der letzte gemeinsame Urlaub vor Lauras Tod, hatte ihm der Alte erzählt.

Leonard nickte.

Und wie lange leben Sie schon hier?

Seit drei Jahren.

Das heißt, Sie sind vor Herrn Friedrichs Tod hierhergezogen? Dürfte ich fragen warum?

Weil der Alte schwer krank geworden ist.

Sie haben sich also um ihn gekümmert?

So ist es.

Leonard ging zum Fenster und lehnte sich an den offenen Flügel. Der Holzboden knarrte, als ihm Krutis folgte. Leonard sah seine letzte Notiz: *Pflege von Herrn Friedrich. Soziale Kompetenz.*

Krutis legte die Mappe auf das Fensterbrett, beugte sich hinaus und schaute in den Hof.

Ich weiß, Herr Steiner, diese Fragen klingen alle aufdringlich. Gerade in so einer Situation. Aber falls Sie sich entscheiden sollten, Ihren Neffen aufzunehmen, dann werden noch mehr Fragen folgen. Intimere.

Er klappte die Mappe zu, steckte den Kugelschreiber in die Jacke. In Murats Spenglerei kreischte eine Schleifmaschine, spuckte Funken.

Sie und Herr Friedrich, Sie waren befreundet?

Er hat mir in einer schwierigen Situation geholfen.

Darf ich erfahren, in welcher?

Leonard verschränkte die Arme vor der Brust und schwieg. Der Alte ging den Mann vom Jugendamt einen Dreck an. Das war eine Sache zwischen ihm und Friedrich, der ihn aufgenommen hatte, als er vor zehn Jahren mit nichts als einer Sporttasche in der Hand an seine Werkstatttür geklopft hatte. Keine Frage, warum er damals als Siebzehnjähriger von einem Tag auf den anderen die Lehre bei ihm abgebrochen hatte, keine Frage, was danach passiert war. Der Alte hatte ihm Arbeit gegeben, die Lehre beenden, die Meisterprüfung machen lassen, und als er krank geworden war, hatte Leonard die Werkstatt übernommen, sich bis zum Tod um ihn gekümmert.

Leonard fragte den Mann vom Jugendamt, ob er einen todkranken Mann, der sein ganzes Leben hier verbracht hatte, in ein Pflegeheim gesteckt hätte?

Krutis erwiderte Leonards Blick.

Wahrscheinlich nicht, Herr Steiner.

Dieser Krutis ist anders gewesen. Das hat er in diesem Moment gespürt. Ein Mann, der einem Blick hat standhalten können. Anders als diese Paragrafenreiter von der Fürsorge, die er als Jugendlicher kennengelernt hat. Die beim kleinsten Querschläger in Deckung gegangen sind. Die sich einen Scheiß gekümmert haben, was in den Heimen abgelaufen ist. Keine Fragen stellen. Deckel drauf. Egal wie viele von ihnen verprügelt, gefickt, wie trockenes Holz gebrochen und fürs Leben verstümmelt worden sind. Dieser Krutis ist härter gewesen. Einer, der, wenn er mal eine Idee hatte, nicht so schnell lockerlassen würde. Zum Abschied hat er ihm eine Checkliste für Pflegeeltern gegeben. Da seien ein paar nützliche Fragen drauf, hat er gesagt.

Das Raunen in der Eingangshalle des Spitals, das Gewühl von Patienten und Ärzten, Krankenschwestern und Pflegern, Rollstühlen und Betten, deren Wege sich wie auf einer Ameisenstraße kreuzten, ohne einander zu berühren, zu stoßen, war Leonard beim ersten Besuch hier nicht aufgefallen. Er stellte sich an den Rand einer Menschentraube, die im Erdgeschoß auf den Aufzug wartete, blickte dabei in das zahnlose Lächeln eines Patienten auf Krücken, der nur mehr Haut und Knochen zu sein schien. Der Mann deutete auf die Holzkrähe in Leonards Hand.

Mein Burli hat auch so eine gehabt.

Im fünften Stock verließ Leonard den Aufzug. Während er auf die Stationsärztin wartete, betrachtete er die Kinderzeichnungen an der Wand. Auf keiner war eine Darstellung ihres Alltags im Spital zu sehen. Fast alle zeigten lachende Familien. Auf einer, der Zeichnung eines Küstendorfes, grinsten Fische aus dem Blau des Meeres, die Zeilen eines Gedichts in ihre Sprechblasen gepackt, die Hoffnung, im nächsten Sommer gesund dorthin zurückkehren.

Herr Steiner?

Während er die Hand der Stationsärztin schüttelte, versuchte Leonard, sich an ihren Namen zu erinnern. Ihm fiel nur der Anfangsbuchstabe ein.

Sie gingen zu einer Sitzecke im Aufenthaltsraum. Auf dem Tisch am Fenster lagen stapelweise Kinderbücher. Das einzige Buch aus seiner Kindheit, an das sich Leonard erinnerte, war *Kriki, das tapfere Entlein.* Als Max drei oder vier Jahre alt gewesen war, hatte er ihm oft abends daraus vorgelesen, der kleine Bruder an ihn geschmiegt, um erst nach dem erlösenden Ende, als die tapfere Ente gerettet war, beruhigt einzuschlafen.

Die Ärztin legte ihre Unterlagen auf den Tisch.

Wie Sie wissen, Herr Steiner, ist das Jugendamt für Erik zuständig. Aber vor einer Stunde habe ich einen Anruf von Herrn Krutis erhalten, dass Sie unter allen Umständen ab jetzt über unsere Behandlungsschritte informiert werden müssen.

Informiert? Worüber?

Eine Lupenlaryngoskopie. Eine Kehlkopfspiegelung.

Die Ärztin zog ein Merkblatt aus der Mappe. Leonard sah den schematischen Querschnitt eines offenen Mundes, in den ein Untersuchungsgerät geschoben war. Die Ärztin legte die Hand auf das Blatt, ihre Finger verdeckten die Grafik.

Dieser Eingriff ist notwendig, Herr Steiner. Denn nur so können wir eine Diagnose stellen. So wie ich es Ihnen gestern bereits kurz erklärt habe: Eriks Problem, nicht sprechen zu können, ist entweder eine psychische Reaktion auf den Unfall, oder eine Schädigung des Kehlkopfs. Die Untersuchung wird uns helfen, das abzuklären.

Leonard legte die Holzkrähe auf den Tisch, zog das Merkblatt unter der Hand der Ärztin hervor, überflog es. Ein dünner Stab mit Lupe, Licht und Kamera werde in den Kehlkopf eingeführt, um ihn aus unterschiedlichen Winkeln betrachten zu können. Risiko gebe es keines, nur der Würgereiz stelle ein Problem dar. Leonard deutete auf das Merkblatt.

Weiß der Bub davon?

Die Ärztin verneinte. Auf seine Frage, ob die Untersuchung für Erik schmerzhaft sein werde, bemerkte er ihr Zögern.

Wie ich Ihnen bereits gesagt habe, Herr Steiner, es ist notwendig. Und deshalb wäre es auch so wichtig, wenn Sie, der Onkel, morgen dabei sind. Soweit wir informiert wurden, sind Sie Eriks einziger Verwandter?

Leonard legte das Merkblatt zurück auf den Tisch.

Wird es ein langer Eingriff?

Hängt davon ab, wie der Patient sich verhält. Aber Ihre Gegenwart wird Erik beruhigen. Ihm Sicherheit geben.

Ihm Sicherheit geben. Dem Buben. Eine Weile ist er vor dem Fenster gestanden, hat auf das dunkle Wolkenband geschaut, das von Norden her über die Stadt gezogen ist. Die grauen Fäden eines Wolkenbruchs. Es sind nur Worte für ihn gewesen zu diesem Zeitpunkt: der Verwandte. Der Onkel.

Seit der Montage der Holzkrähe über dem Spitalbett tat der Bub nichts anderes, als das Tier zu betrachten. Leonard überlegte, was in dem Buben vorgehen musste, die Krähe aus seinem Zimmer, die plötzlich über dem Spitalbett baumelte. Begriff er, dass er in seinem Zimmer gewesen war? Oder dachte er an seine Eltern, dass sie noch lebten, den fremden Mann an seinem Bett angewiesen hatten, ihm das Spielzeug zu bringen? Leonard versuchte sich die letzten Momente im Auto vorzustellen, als der Lastwagen einer Rakete gleich auf sie zugeschossen war. Hatte er den Aufprall mitbekommen? Die Wucht, die die Eltern zermalmt hatte? Oder war alles gelöscht, lag er da, eingeschweißt in dumpfer Verlorenheit?

Willst du ihr nicht einen Namen geben?, fragte Daniel aus dem Nachbarbett. Der Bub reagierte nicht.

Leonard dachte nach, wie er ihm die morgige Untersuchung erklären sollte. Doch eigentlich war es noch viel zu früh, wozu sollte sich der Bub eine Nacht lang fürchten? Stattdessen fragte er ihn, ob er je in einer Schmiede gewesen sei. Der Bub antwortete nicht.

Also beschrieb Leonard den Raum mit dem Steinboden, die Esse, in der die Kohlen glühten, die Werkbank an der Fensterseite, den Amboss, die Hitze bei der Arbeit, die manchmal die Luft zum Kochen brachte. Er erzählte von dem Hof vor seiner Schmiede, der die Form eines riesigen Pentagons hatte.

Weißt du, was ein Pentagon ist?

Erik drehte sich zur Seite. Aus der Schublade des Nachtkästchens zog er Zettel und Bleistift, setzte sich auf. Fünf schnelle Striche, das Pentagon war fertig. Er hielt es Leonard hin.

Leonard zeigte auf die linke Seite des Fünfecks.

Und da ist meine Schmiede. Sie ist ein Vorbau aus Ziegeln und Eisenfenstern.

Der Bub setzte ein Rechteck an die Linie, malte die Fläche aus.

Und da ist die Zufahrt zur Straße. Und da die Autospenglerei von Murat. Murat ist mein Freund. Dauernd kommen Autos in den Hof. Leonard betrachtete das Gesicht des Buben. Die zusammengezogenen Augenbrauen, zwei Stirnfalten bogen sich über der Nase, während er Autos in den Hof zeichnete. Er erkannte in diesem Gesicht seinen Bruder wieder, den gleichen konzentrierten Blick. Als Erik fertig war, hielt er Leonard die Zeichnung hin.

Leonard nickte.

Genau so sieht's bei mir aus im Hof.

Er kreiste mit dem Finger über das Kreuz und Quer der abgestellten Autos, als suchte er etwas.

Und da, zwischen dem Citroën und dem Renault, da ist der Hauseingang.

Der Bub schaute ihn fragend an. Leonard tippte auf die beiden Autos.

Das sind doch ein Citroën und ein Renault, oder?

Der Finger des Buben zeigte auf einen anderen Wagen, dann auf noch einen.

Ein Peugeot? Ein Volvo?

Immer schneller fuhr der Bub über das Papier, bis Leonard keine Automarken mehr einfielen, er Stopp rief, rechts auf die Gebäudelinie zeigte.

Hauseingang. Genau hier.

Der Bub zeichnete eine Tür und dahinter mit kurzen Strichen die Andeutung einer Stiege. Danach schob er den Bleistift zwischen die Lippen, drehte ihn hin und her. Dann begann er zu schreiben. Er schrieb langsam, die Buchstaben sorgfältig nebeneinandergesetzt.

Und wo wohnst du?

Es war bereits dunkel, die Besuchszeit vorüber, als Leonard das Spitalzimmer verließ. Erik hatte nur diese eine Frage gestellt, danach den Block zurück in die Schublade gelegt, war einige Male kurz eingeschlafen, nach jedem Aufwachen der unbeirrbare Blick zur Holzkrähe über dem Bett. Die Lebhaftigkeit, die ihn während des Zeichnens erfasst hatte, war erloschen. Beim Zuziehen der Tür hörte Leonard ein leises Quietschen. Er schaute zurück ins Zimmer, sah den Zeigefinger des Buben gegen die Flügel der Krähe stupsen.

Auf dem Weg zu seinem Wagen überfiel Leonard eine Müdigkeit, als würde sein Körper von Blei durchflossen. Seit vierzig Stunden hatte er nicht geschlafen.

Im Untergeschoß der Spitalsgarage fand er unter einer ausgefallenen Neonröhre einen freien Parkplatz. Er stellte den Wagen ab, schloss Fenster und Türen, nach wenigen Sekunden kippte er in einen unruhigen Schlaf. Er träumte von einem startenden Helikopter. Von pochenden Rotorblättern. Dem Hämmern eines Maschinengewehrs. Er lag auf einer Trage im Inneren des Helikopters, seine Hand auf dem blutgetränkten Verband, sein Bauch brannte, als hätte jemand Säure in die Eingeweide gegossen. Der Helikopter hob ab. Gelber Staub wirbelte auf, verdeckte die Sonne. Der Soldat, der das Maschinengewehr bediente, schrie ihn an: Mettez-vous à l'abri, caporal! Der Helikopter neigte sich zur Seite. Im gleichen Moment schlug eine riesige Krähe ein, zerfleischte das Gesicht des Soldaten und fragte: Où habites-tu?

Ein Klopfen riss Leonard aus dem Schlaf. Durch das geschlossene Fahrerfenster schaute ein Wachmann auf ihn herab. Leonard rappelte sich von den Sitzen hoch, auf denen er zusammengerollt gelegen war. Die Uhr auf dem Armaturenbrett zeigte halb zehn. Mehr als eine halbe Stunde hatte er geschlafen. Er kurbelte das Fenster herunter, der Kopf des Wachmanns beugte sich vor, sein Atem roch nach Zigaretten.

Sie dürfen hier nicht schlafen. Der Aufenthalt in der Garage ist verboten.

Beim Warten auf das Öffnen des Garagenschrankens schaute Leonard auf den Beifahrersitz. Dort lag zerknittert die Zeichnung des Buben. Er streifte sie glatt, sah ihn vor sich, während des Spiels mit den Autonamen. Für einen Moment war die Anspannung aus dem Gesicht des Bubens verschwunden gewesen.

Keine Arbeit heute?!

Murats Stimme weckte Leonard. Die Bettdecke wurde weggerissen. Kalte Luft strich über Leonards nackten Oberkörper. Er blickte in Murats Gesicht, das auf ihn herabschaute.

Verschlafen?!

Stimmen und Lachen drangen durch das offene Fenster aus dem Hof in Leonards Zimmer. Die Sonne klebte als greller Fleck an den Fenstern der obersten Stockwerke, stach in die Augen. Leonard beschattete sein Gesicht, der Wecker zeigte halb elf.

Leonard setzte sich auf. Er versuchte etwas zu sagen, aber die Bewegung löste ein Pochen an den Schläfen aus, als wäre sein Kopf zwischen zwei Schmiedehämmern gefangen. Leonard bemerkte, dass er die Arbeitshose nicht ausgezogen hatte, Hemd und T-Shirt lagen auf dem Boden, Socken und Schuhe neben der Tür. Langsam kehrte die Erinnerung wieder. Bis weit nach Mitternacht hatte er versucht, Antworten auf die Fragen von Krutis' Checkliste für Pflegeeltern zu finden. Aber je länger er über den Fragen gebrütet, die Sache mit dem Buben überdacht hatte, je mehr Gläser Anisschnaps, desto klarer die Einsicht, dass er nur einem einzigen Punkt auf der Liste entsprach. Er war belastbar. Aber selbst das stellte er in diesem Moment infrage.

Die Stimmen, das Lachen im Hof wurden lauter. Murat lehnte sich aus dem Fenster, brüllte seinen Spenglern zu, dass die Pause längst vorüber sei. Murats Stimme schlug wie ein Glockenklöppel gegen Leonards Kopf. Er wälzte sich aus dem Bett. Der Spannteppich kratzte die nackten Fußsohlen, die Schnalle des Ledergürtels stach in den Nabel. Murat grinste ihn an.

Du stinkst wie eine Ziege, die zu viel Anis erwischt hat, Bruder. Geh dich duschen.

Leonard schnappte nach Murats Handgelenk, zog sich an ihm hoch.

Scheiß auf deine Ziegen. Bruder.

Nach einer langen kalten Dusche saß Leonard mit Murat in der Küche, gemeinsam tranken sie Kaffee. Die leere Flasche Pastis stand noch auf dem Tisch, Zettel mit Notizen lagen herum, die Checkliste für Pflegeeltern und eine Skizze von Friedrichs Zimmer. Leonard hatte überlegt, das Zimmer für den Buben herzurichten. Als vorübergehende Lösung, wenn der Bub aus dem Spital entlassen würde. Aber nun, nach der kalten Dusche und zwei Tassen Kaffee, schien ihm das keine Lösung mehr. Leonard schob die Zettel auf einen Haufen, zerriss sie, warf sie in den Mülleimer.

Murat fragte, wer der Mann gestern Vormittag gewesen sei.

Leonard erzählte, dass der Mann vom Jugendamt sich seine Wohnverhältnisse angesehen, in jedem Raum herumgeschnüffelt hatte.

Sie überlegen, den Buben bei mir unterzubringen.

Du überlegst das auch?

Sie werden sich da was anderes einfallen lassen müssen.

Aber er ist dein Neffe.

Wie ich dir im Spital schon gesagt hab, der Bub ist ein Fremder.

Murat blickte ihm in die Augen. Leonard kannte diesen unnachgiebigen Blick. Diese Bereitschaft, etwas anzupacken, etwas durchführen zu wollen.

Was ist?

Du hast doch dem Mann auch Friedrichs Zimmer gezeigt?

Und?

Seit zwei Jahren redest du davon, dass du es räumen willst. Wär nicht jetzt der richtige Zeitpunkt?

Er hätte nicht nicken sollen. Ein Nicken war für Murat ein Ja. Wie Grabräuber standen die drei Männer in der offenen Tür zu Leonards Werkstatt, breitbeinig, ihre trainierten Oberkörper eingezwängt in schwarze T-Shirts mit grellen Aufschriften. *Casino. Racing Team. Tiger.*

Bist du Leonard?, fragte Racing Team.

Er betrachtete das glühende Kreuz, das Leonard mit Zangen aus der Esse zog, die Schräge des Querbalkens schien ihn zu irritieren.

Und wer seid ihr?, fragte Leonard.

Murat sagt, wir räumen was bei dir.

Leonard versenkte das Kreuz in der Wanne mit Leinöl. Nach einer Weile zog er es wieder heraus, drehte es im Lichtkegel des Strahlers über der Wanne. Das Öl dampfte in einer dunklen Wolke ab, die mattschwarze Tönung wurde sichtbar. In Tücher gepackt legte Leonard das Kreuz auf den Amboss.

Nach einem Anruf bei Murat schickte er die drei Männer zurück in den Hof. Metallstaub wirbelte auf, als er einen Packen Kartons aus dem Regal über dem Fenster auf die Werkbank fallen ließ. Nach Friedrichs Tod hatte er die Kartons gekauft, um dessen Sachen darin zu verstauen. Dann hatte er die Arbeit aber immer wieder aufgeschoben.

Durch das offene Fenster in Friedrichs Zimmer sah Leonard das Trio vor Murats Spenglerei stehen. Sie redeten schnell und laut, ihre Arme und Hände dirigierten Worte. Murat blickte zu ihm hoch.

In zwei Stunden! Passt so?!

Leonard hob den Daumen, setzte sich auf den Korbsessel neben dem Fenster. Zwei Jahre lang hatte er hier nichts verändert, in zwei Stunden würde das Zimmer geräumt werden. Seine Handflächen strichen über die geflochtenen Lehnen. So wie es Friedrich nach dem Niedersetzen immer gemacht hatte.

In seinen letzten Lebenswochen hat er den Alten täglich zu dem Sessel am Fenster getragen. Leicht ist er gewesen, sein Körper ausgezehrt von Metastasen. Bei jeder Bewegung hat der Alte Schmerzen gehabt. Doch keine Sekunde hat er gejammert. Hart im Nehmen ist er gewesen, der Alte. Bis zum Schluss. Und manchmal hat er sogar gelächelt. Wenn er ihn in die blaue Decke gehüllt vor das offene Fenster geschoben hat. Der Alte hat aber nie in den Hof hinuntergeschaut. Nur hinauf zu den oberen Fenstern, in denen sich der Himmel gespiegelt hat.

In Kartons gepackt verstaute Leonard Friedrichs Sachen im Keller. Im Zimmer zurück blieben nur der Korbsessel, das Bett, der Kasten, das Regal, die Sauerstoffflasche. In wenigen Minuten würden Murats Männer diese Reste entsorgen, die Tapeten von den Wänden kratzen, den Boden herausreißen. Und danach? Ein Zimmer für den Buben? Dem Alten hätte diese Idee sicher gefallen.

Leonard dachte an die Zeichnung aus dem Spital. Mit einem Magneten hatte er sie an der Kühlschranktür in seiner Küche befestigt. Das Pentagon. Der Hof. Die Frage, die der Bub notiert hatte. Jeder Buchstabe für sich allein stehend, als hätte der Bub gezögert, diesen kurzen Satz zu schreiben. Leonard erinnerte sich an die Angst, die ihm nach dem Tod des Vaters widerfahren war, weggezerrt von Max, allein auf sich gestellt, all diese fremden Stimmen und Gesichter um ihn herum. Die ersten Wochen im Heim hatte er kein Wort gesprochen. So verstand er auch Eriks Schweigen. Es hielt die Angst zurück. Deshalb rührte ihn diese Frage. Er bewunderte den Mut des Buben, das Schweigen, das ihn wie eine Mauer schützte, auf diese Art zu durchbrechen. Dennoch, auch wenn er das Zimmer räumen ließ, war für den Buben dauerhaft in seinem Leben kein Platz. Er musste im Haus seines Bruders nach Namen und Adressen suchen, einer sicheren Bleibe. Denn es konnte nicht sein, dass er der einzige Verwandte war.

Vor Max' Hauseinfahrt parkte ein VW-Bus. Die hinteren Sitzbänke waren abmontiert, zwei Rasenmäher standen auf dem mit Kartons ausgelegten Boden, Gartenwerkzeuge lagen herum, aus dem offenen Fenster roch es nach frisch gemähtem Gras und Benzin. Der Schlüssel steckte im Zündschloss, ein Flipflop mit der kaum mehr lesbaren Aufschrift »Biarritz« baumelte an der Anhängerkette.

Im Garten kam Leonard eine rothaarige Frau mit einem Hund entgegen. Die Frau trug Arbeitskleidung, Arbeitsschuhe, in der Hand hielt sie einen Ring mit mehreren Schlüsselbünden. Leonard blieb im offenen Gartentor stehen, der schwarze Hund knurrte ihn an. Er blickte ihm in die Augen. Der Hund setzte sich. Das Knurren verstummte.

Wer immer Sie sind, Sie haben eine erstaunliche Wirkung auf Lilly.

Ich bin der Bruder des Hausbesitzers. Und Sie?

Die Hand der Frau unterbrach das Kraulen der Hündin.

Max' Bruder? Dann bist du Leon?

Seit Jahrzehnten hatte ihn niemand mehr so genannt.

Tina?, fragte er.

Sie nickte.

Leonard versuchte, Tina, das Mädchen vor dreißig Jahren, im Gesicht der Frau wiederzuerkennen. Doch die vertrauten weichen Züge waren verschwunden. Er blickte in ein vom Leben gehärtetes Gesicht. Statt der schwarzen Haare trug diese Frau künstliches Kastanienrot. Nur mehr das Kakaobraun ihrer Haut war geblieben, die Farbe, in die er sich als Vierzehnjähriger verliebt hatte. Und ihre Augen. Schwarz wie brünierter Stahl.

Tina gab der Hündin einen Klaps. Lilly rannte los, schnupperte an Leonards Hand. Er klopfte ihre Flanke, packte und rüttelte sie am Nacken. Sie leckte seine Finger.

Du bist zu früh gekommen, Leon. Max wird erst in drei Tagen zurückkehren.

Leonard ließ Lilly los. Sie rannte über den Rasen, schnappte nach dem Lederball, vor Spielfreude knurrend. Er schob die Hände in die Hosensäcke.

Max kommt nicht mehr zurück.

Was willst du damit sagen?

Max und seine Frau sind tot. Ein Unfall. Vorgestern Morgen.

Leonard sah die Neuigkeit sich wie eine Schockwelle in Tinas Gesicht ausbreiten. Sie rief Lilly zu sich. Ihre Finger gruben sich in das Fell.

Beide tot, sagst du?

Ja.

Und Erik?

Er hat überlebt.

Tinas Haus stand nur zwei Gassen weiter. Die blaue Fassade war feucht und verwittert. Verputz bröckelte ab. Die Jalousien hinter den Fenstern im Obergeschoß waren geschlossen. Der Vorgarten bestand aus leeren Beeten, von Kopfsteinpflaster umrandet ergaben sie ein Mosaik, in dessen Zentrum Leonard Lillys Kopf zu erkennen glaubte. An manchen Stellen waren die Pflastersteine herausgebrochen und nicht ersetzt worden.

Durch einen dämmrigen Flur folgte Leonard Tina in die Küche. Aus einem Schrank fischte sie eine Flasche Rémy Martin, dazu zwei Gläser in Tulpenform. Ohne zu fragen füllte Tina beide Gläser, stellte sie auf den Küchentisch. Lilly legte sich mit einem Schnaufen vor den Kühlschrank.

Tina schwenkte ihr Glas, nippte daran, leerte es in einem Zug. Leonard rührte seines nicht an. Ihm fiel auf, dass es in Tinas Küche nichts Persönliches gab. Keine Fotos, keine Notizen. Nicht einmal Blumen. Kein schmutziges Geschirr stand herum, die Arbeitsfläche blank poliert, kein Essensgeruch. Als säßen sie in der Küche eines unbewohnten Hauses. Diese tote Ordnung passte aber nicht zu Tina. Zumindest nicht zu der Tina in Leonards Erinnerung. Ihr Zimmer in der Wohnung der Eltern war vollgepflastert gewesen mit Postern und Fotos, Figuren und Blumen, in den Regalen ein Durcheinander bunter Buchrücken. Ihr Schreibtisch war ein Chaos aus Heften und Büchern und Zetteln gewesen. Bei jedem Besuch dort hatte das Zimmer anders ausgesehen. Dauernd hatte Tina umgestellt, neue Pflanzen, neue Poster, neue Bilder. Jedes Jahr frische Farbe an den Wänden. Das brauche sie, hatte sie damals gesagt, sonst würden sich ihre Augen langweilen.

Tina schaute ihn nachdenklich an. Als wollte sie noch immer nicht wahrhaben, was er ihr im Garten des Bruders mitgeteilt hatte. Leonard fragte sich, wie nahe Max ihr gestanden war. Sie war der erste Mensch, der ihm begegnete, mit dem sein Bruder Kontakt gehabt hatte. Tina fragte, wo der Unfall passiert sei.

Auf der Flughafenautobahn.

Gestern Morgen, hast du gesagt?

Ja. Warum?

Weil gestern am frühen Morgen Tove zu mir gekommen ist. Sie hat mir den Schlüssel vom Haus gebracht. Ich wollte sie noch auf einen Kaffee einladen, wie wir es immer gemacht haben, wenn sie zu mir gekommen ist. Aber sie hat es eilig gehabt. Sie hat noch gesagt, in fünf Tagen würden Max und Erik zurück sein. Und dann hat sie was gemacht, was sie vorher noch nie getan hat. Sie hat mich umarmt. Als hätte sie geahnt, dass es keine Rückkehr mehr geben wird.

Eine Fliege landete auf Tinas Glas. Sie verscheuchte sie mit einem Fingerschnippen.

Max hat nie erzählt, dass du zurück bist.

Hat er überhaupt was erzählt?

Eigentlich nein. Nur einmal hat er erwähnt, dass du im Ausland lebst, und später, dass du Schlosser geworden bist. Aber das ist schon alles gewesen.

Der harzige Geruch des Cognacs. Da hätte er gern einen Schluck genommen. Zur Ablenkung von dem Gedanken, dass sein Bruder zumindest einmal in seiner Nähe gewesen ist. Auf der Straße, irgendwo in der Stadt. Oder ist Max vielleicht sogar bei der Werkstatt gewesen? Ein fremder Mann im Hof, eine Silhouette vor den Werkstattfenstern. Unerreichbar.

Tina erzählte von der Überraschung, als sie Max wiedergesehen hatte. Auf einem Parkplatz vor einem Supermarkt. Vor fünf Jahren. Sie habe ihn beinahe nicht wiedererkannt, die aufrechte Haltung, die breiten Schultern, keine Spur mehr von dem Jungen, der Leonard hinterhergelaufen war, ein richtiges Mannsbild sei er geworden. Nur das blonde, schulterlange Haar. Das sei von dieser Zeit übrig geblieben. Einer Zeit, von der Max' Ehefrau, Tove, keine Ahnung gehabt habe.

Du hättest ihr erstauntes Gesicht sehen sollen, als ich ihr alles erzählt habe. Denn das Einzige, was Tove gewusst hat, war, dass Max Vollwaise gewesen ist. Dass er bei Pflegeeltern aufgewachsen ist, die schon längst verstorben sind. Von eurer Mutter, die von einem Tag auf den anderen weggegangen ist, eurem Vater, den die Polizei erschossen hat, davon hat sie keine Ahnung gehabt. Da hat sie angefangen, mir Fragen zu stellen, und später dann hat sie einmal gemeint, dass sie nun verstehe, warum Max so sei.

Und wie ist er gewesen?

Darüber hat sie nichts gesagt.

Tina blickte Leonard ins Gesicht.

Wie lange hast du Max eigentlich nicht gesehen?

Zwanzig Jahre.

Zwanzig Jahre? Das ist eine lange Zeit. Warum?

Weil es Max so wollte.

Das versteh ich nicht. Du und Max, ihr wart doch unzertrennlich.

Aber nach Vaters Tod ist es vorbei gewesen. Wir sind getrennt worden. Max zu einer Pflegefamilie und ich ins Heim. Um Max zu sehen, bin ich aus den Heimen immer wieder abgehauen. Bis mich die Fürsorge in eines für Schwererziehbare gesperrt hat. Das ist wie ein Häf'n gewesen. Da hat's kein Abhauen mehr gegeben.

Und später?

Da haben wir uns kaum mehr gesehen. Max hat zu studieren angefangen. Und ich? Na ja. Das letzte Mal jedenfalls ist vor zwanzig Jahren gewesen. Da hat mir Max klargemacht, dass er mit meiner Welt nichts zu tun haben will.

Mit deiner Welt?

Das ist lange her, Tina.

Ihr Blick erinnerte Leonard an Tina als Mädchen vor dreißig Jahren. Sie würde gleich nachhaken, wissen wollen, was seine Welt bedeutete. Doch Tina fragte ihn, was er eigentlich über Max' Leben wisse.

Gar nichts. Ich weiß nicht mal, was er gearbeitet hat. Nur dass er mit einer Norwegerin verheiratet war und hier gelebt hat und einen norwegischen Führerschein besaß. Weißt du mehr über ihn?

Sein Maschinenbaustudium hat er jedenfalls abgeschlossen, erzählte Tina. Nach ein paar Jahren in Deutschland hat er bei einem Urlaub in Schweden dann Tove kennengelernt und ist zu ihr nach Norwegen gezogen. Bei der Heirat hat er ihren Namen angenommen. Kurz danach ist Erik geboren worden, und als Tove vor fünf Jahren dem Angebot ihrer Firma, die Zentrale für Südosteuropa hier zu übernehmen, gefolgt ist, sind sie hierhergezogen. Während Tove arbeiten gegangen ist, hat Max sich um Erik gekümmert. Bis vor zwei Jahren. Da hat er eine Stelle als Servicetechniker für Windräder angenommen. Das hat dann gepasst. Die Arbeit hat ihm Spaß gemacht. So in luftiger Höhe, immer draußen. Er hat sich seine Arbeit meistens selbst einteilen können und so genug Zeit für Erik gehabt. Der Kleine ist ihm wichtig gewesen. Wichtiger als alles andere. Manchmal, wenn ich die beiden gesehen hab, da hat mich Max an dich erinnert.

An mich? Inwiefern?

Die Nähe. Die Zärtlichkeit. So wie du dich als großer Bruder um Max gekümmert hast.

Tina deutete auf das Cognacglas, das vor Leonard auf dem Tisch stand.

Trinkst du nichts?

Leonard schob das Glas ein Stück von sich.

Nicht bei Tageslicht.

Tina zog das Glas zu sich, trank einen Schluck. Leonard betrachtete ihren Hals. Falten zeichneten feine Linien in ihre dunkle Haut. *Nähe. Zärtlichkeit.* Er versuchte, sich Max mit dem Buben vorzustellen. Doch alles, was er sah, war der Mann mit der Narbe im Spital, die linke Gesichtshälfte weggesprengt.

Tina fragte ihn, ob er sich noch erinnerte, wie sie einander kennengelernt hatten. Leonard nickte. Der kleine Park mitten in der Siedlung. Mit seinen Freunden war Leonard auf Bänken herumgelungert, wie jeden Tag auf der Suche nach Ärger und Prügeleien. Und jeden Tag war Tina an ihnen vorübergegangen, den Jungen in den Lederjacken, hatte ihre derben Sprüche gehört, aber auch Leonards Blicke bemerkt. Nur kurze, verstohlene Augenblicke, aber sie waren ihr aufgefallen. Der Junge mit den roten Haaren, den sie oft seinen kleinen Bruder von der Bahn abholen gesehen hatte, wie sie Hand in Hand losgegangen waren, das Lachen des Kleinen, wenn der große Bruder ihm etwas erzählte. Die Zärtlichkeit dieses rothaarigen Wolfes. Und eines Tages war Leonard aufgestanden und ihr entgegengetreten, dem Mädchen mit der kakaobraunen Haut, den schwarzen Haaren, in Jeans und blauem T-Shirt. Das Verstummen seiner Freunde, als er sich ihr in den Weg gestellt hatte. Sie war stehen geblieben und hatte ihn gemustert und gesagt: Lad mich auf ein Cola ein und zeig mir, dass dein Hirn größer ist als deine Faust.

An das erinnerst du dich noch?

Diesen Spruch vergisst man nicht, Tina.

Leonard lehnte sich zurück. Tinas Blick folgte ihm. Er fragte sie, wie es ihr in den Jahren so ergangen war. Tina leerte das zweite Cognacglas, ihre Lippen schimmerten feucht.

Ärztin, wie ich dir damals oft erzählt habe, bin ich keine geworden. Verheiratet bin ich gewesen, die Ehe ist schiefgelaufen, mein Ex hat eine Jüngere gefunden und lebt jetzt auf einem Bauernhof, weiß Gott wo. Geblieben sind mir nur das Haus und die Gärtnerei und Lilly. Und bei dir?

Leonard schaute aus dem Fenster. Vögel schwirrten im Tiefflug über die Hecke, schossen in das Grau des Nachmittaghimmels. Er erzählte von der Meisterprüfung, der eigenen Werkstatt.

Und das ist alles, Leon?

Warum?

Na überleg mal. Damals in der Siedlung hat jeder über dich gesagt, der Steinerbastard, irgendwann kriegt ihn die Polizei.

Und vor zwanzig Jahren, erzählst du, hat dein Bruder dir gesagt, er will mit deiner Welt nichts mehr zu tun haben. Mit deiner Welt? Warum wohl?

Da war sie wieder. Die Tina seiner Jugend. Geradlinig. Keine Wortverschwenderin. Doch sie waren keine Kinder mehr. Und er kein Steinerbastard. Leonard stand auf.

Willst du schon gehen?

Ich denke, es ist besser so.

Tina begleitete ihn zur Tür.

Hast du eigentlich Eriks Großeltern schon verständigt?

Seine Großeltern?

Sie leben in Hamar. Nördlich von Oslo. Das hat mir Tove erzählt, und dass sie ein Haus am Wasser haben. Mehr weiß ich aber auch nicht.

Leonard dachte an das Foto, das er im Flur von Max' Haus gesehen hatte. Der Bub eng an seine Mutter geschmiegt, auf einem weißen Zaun sitzend, im Hintergrund ein rotes Haus, in der Ferne das verschwommene Blau des Meeres. Er war also nicht der einzige Verwandte.

Zum Abschied versuchte ihn Tina in den Arm zu nehmen. Leonard wandte sich ab. Am Gartentor hörte er ihre Frage: Seh ich dich wieder?

Bei der Fahrt zurück in die Stadt hat er an Véronique denken müssen. Philippes Schwester. Wie er sie kennengelernt hat. Beim ersten Ausgang nach der Grundausbildung in Castelnaudary. In dem Eckbistro am Hafenbecken des Canal du Midi. Plötzlich ist sie am Tisch gestanden, hat Philippe auf die Wange geküsst, sich auf den freien Stuhl gesetzt. C'est Véronique, ma petite sœur. Philippe hat nie von ihr gesprochen gehabt, und plötzlich ist diese Frau neben ihm gesessen. Dunkles glattes Haar, braune Augen. Ein schlanker, zerbrechlicher Körper, keine Frau, der er zuge-

traut hätte, ein Fluchtauto mit zweihundert Sachen zu lenken. Ihre erste Frage ist gewesen: Et toi, tu es Leonard? Dabei hat sie das Haar hinters Ohr gestrichen, sich vorgebeugt. Der Duft von Mandelholz. Das gleiche Haar, das Jahre später mit Teilen ihrer Hirnmasse an der Wand des Hotelzimmers in Dijon geklebt ist. Einundzwanzig Schüsse. Eine Hinrichtung.

Den Termin für die Kehlkopfspiegelung erfuhr Leonard per SMS. Er fuhr ins Spital, doch im Zimmer des Buben war das Bett leer. Der Fernseher lief. Die Fernbedienung lag auf dem Nachtkästchen, daneben die aufgerissene Packung Karamellschokolade. Einige Rippen fehlten. Leonard berührte die Matratze, sie war noch warm. Der Bub konnte nicht lange fort sein.

Auf dem Gang traf Leonard die Stationsschwester. Ein Kollege hatte den Buben zur Lupenlaryngoskopie gebracht, früher als geplant, weil ein Patient ausgefallen war. Sie erklärte Leonard, wo sich die Behandlungsräume befanden.

Alle Lifte waren besetzt. Leonard lief die Stiegen hinunter, folgte den beschriebenen roten Pfeilen im Erdgeschoß, bis ihm eine Menschenansammlung vor einer Toilette den Weg versperrte. Leonard drängte durch die Menge, da hörte er jemanden den Namen des Buben rufen. Er blieb stehen, horchte wieder. In der Toilette entdeckte er einen Pfleger, neben ihm einen Wachmann, der an eine Kabinentür klopfte. Der Pfleger rief Eriks Namen, er solle nicht so dumm sein und die Tür aufmachen.

Ich kenn den Buben da drinnen. Ich bin sein Onkel.

Der Pfleger erklärte Leonard, Erik sei ihm entwischt, als er ihn vor dem Behandlungszimmer einen Moment allein hatte warten lassen. Wäre nicht der Wachmann dem Jungen in die Quere gekommen, hätte es Erik bis zum Ausgang geschafft.

Oder sonst wohin. In Panik habe sich der Junge dann in die Toilette geflüchtet, die Tür hinter sich verriegelt.

Leonard bat den Pfleger und den Wachmann, die Toilette zu verlassen, ihn mit dem Buben allein zu lassen. Durch die geschlossene Tür hörte er die Aufforderung des Wachmanns an die neugierigen Gaffer, weiterzugehen, es gebe nichts mehr zu sehen. Das Raunen auf dem Gang verstummte. Leonard wartete. Er wollte dem Buben Zeit lassen, sich an die veränderte Situation, die plötzliche Ruhe zu gewöhnen. Nach einer Weile fragte er ihn, ob er sich noch erinnere, wer er sei.

Der Bub rührte sich nicht.

Wir sind jetzt allein. Der Wachmann ist draußen.

Ich hab gesehen, dir hat die Schokolade geschmeckt. Soll ich dir später noch eine besorgen?

Leonard beugte sich zu Boden. Durch die Öffnung unter der Kabinentür sah er die nackten Füße des Buben. Die Beine zitterten. Bei seinem Versuch, abzuhauen, musste der Bub seine Schlapfen verloren haben.

Leonard war sicher, es würde dauern, bis Erik die Kabine verließ. Umso überraschter war er, als die Tür entriegelt wurde. Nach einer Weile öffnete der Bub die Tür zur Gänze. Rote Ränder um die Augen, verweinter Blick, verrotzte Nase. Leonard hielt ihm wortlos ein Taschentuch hin. Der Bub zitterte am ganzen Körper. Leonard schlüpfte aus seiner Jacke, bot sie ihm an, half ihm beim Anziehen.

Jemand klopfte an die Tür. Der Bub wollte in die Kabine flüchten, doch Leonard hielt ihn zurück. Jemand versuchte die Tür zu öffnen, Leonard trat sie zu.

Besetzt!

Ist alles in Ordnung?

Leonard erkannte die Stimme des Pflegers.

Alles im Griff. Geben Sie uns nur ein bisschen Zeit.

Danach stellte er sich vor die Tür, drückte mit der Ferse dagegen.

Keine Angst. Wenn du nicht willst, kommt da keiner rein.

Als Leonard und Erik die Toilette verließen, war der Gang davor leer. Weder der Wachmann noch der Pfleger waren zu sehen. Als nach einer Weile niemand auftauchte, führte Leonard den Buben zum Behandlungszimmer, das ihm die Stationsschwester genannt hatte. Auf sein Klopfen öffnete ein Arzt. Es werde ein wenig dauern, erklärte der Arzt und deutete in Richtung Ende des Ganges, dort sollten sie warten.

Auf dem Monitor im Warteraum flimmerten in monotoner Reihenfolge Landschaftsbilder. Aufnahmen von grünen Wiesen, Äckern und sonnigen Hochgebirgslandschaften lösten einander ab. Dazwischen wurden die Nummern der einzelnen Behandlungszimmer eingeblendet, die Patientenlisten darunter waren leer. Bei Behandlungszimmer 044 schienen zwei Namen auf. Einer in roten Buchstaben, der andere Name weiß: Brendboe.

Der Bub deutete Leonard, dass er etwas schreiben wollte. Aus der Beintasche zog Leonard seinen Block.

Wird sie wehtun, die Untersuchung

Du packst das schon.

Der Bub tippte auf seine Frage. Leonard bejahte.

Es wird wehtun.

Der Blick des Buben verdüsterte sich.

Du hast versprochen, es wird nichts passieren

Es wird dir auch nichts passieren. Es ist nur eine Untersuchung und ich bin bei dir.

Versprochen

Leonard blickte dem Buben in die Augen.

Versprochen.

Das Behandlungszimmer war ein fensterloser Raum. Der Arzt saß an seinem Schreibtisch, sprach in ein Diktiergerät. Leonard und Erik setzten sich. Die Schultern bis zu den Ohren hochgezogen, starrte der Bub auf das Gerät mit den Schläuchen auf dem Behandlungstisch, sein Oberkörper begann nervös vor und zurück zu wippen.

Nach einigen Sätzen beendete der Arzt die Ansage.

Na, dann wollen wir mal, kleiner Mann.

Die Hände des Buben schnellten unter den Oberschenkeln hervor, klammerten sich an die Sessellehne. Der Arzt wollte nach seinen Armen greifen, doch der Bub zuckte zurück. Leonard bat den Arzt, einen Moment zu warten, hockte sich vor Erik.

Schau mich an.

Der Bub reagierte nicht. Leonard schob seine Hand unter das Kinn des Buben, drückte den Kopf gegen seinen Widerstand sanft in die Höhe.

Willst du nicht Pilot werden?

Der Bub neigte den Kopf verwundert zur Seite.

Du willst doch später einen Airbus fliegen? Zumindest hab ich die Fotos gesehen. An deiner Zimmertür zu Hause. Du weißt, wovon ich rede?

Die Lippen fest aufeinandergepresst, nickte der Bub.

Dann weißt du ja auch, was Piloten auszeichnet?

Erik ließ die Lehne los, griff nach Leonards Hemdtasche, zog Kugelschreiber und Notizblock heraus. Leonard las das Wort, das der Bub geschrieben hatte.

Das ist richtig. Aber es gibt noch was viel Wichtigeres als Mut. Das hat mir ein Kampfpilot erzählt. Hie und da, wenn er in seiner Mirage auf die Startbahn hinausrollt, da hat er sie. Kannst du dir vorstellen, wovon ich rede?

Mit dem Kugelschreiber drückte der Bub Punkte auf das

Papier. Nach einer Weile hob er den Kopf und zuckte mit den Schultern.

Es ist ganz einfach. Gute Piloten geben zu, auch Angst zu haben.

Angst

Leonard nickte.

Angst ist nichts Schlimmes.

Er tippte auf das Brustbein des Buben.

Genau hier, da macht sie dich wach. Nur an einer Stelle darf sie nie sein. Nämlich da.

Leonard berührte Eriks Stirn.

Denn ist sie mal im Kopf, kannst du nicht mehr mutig sein, und bist du nicht mehr mutig, kannst du nicht klar denken. Und eines muss ein Pilot immer. Klar denken. Verstanden?

Der Bub malte die Silhouette eines Kampfjets. Leonard boxte ihn sanft gegen die Schulter und stand auf. Mit einem Ruck glitt der Bub vom Sessel, Block und Kugelschreiber behielt er in Händen.

Der Arzt erklärte Erik, was jetzt geschehen würde, fragte ihn, ob sich sein Onkel neben ihn setzen solle. Der Bub verneinte.

Kein Muskel im Gesicht des Buben zuckte, als der Schlauch in seinen Mund geschoben wurde. Doch als die Kamera tief in den Rachen eindrang, riss er die Augen weit auf, die Iris schwarz vor Angst, sein Oberkörper krümmte sich im Würgereiz. Der Arzt hielt dagegen.

Ganz ruhig schlucken, Erik. Ganz ruhig.

Leonard behielt den Buben im Blick, spreizte die Arme wie die Flügel eines Flugzeuges.

A 320, flüsterte er.

Das Mondlicht warf den Schatten des Fensterkreuzes auf den Boden des Spitalzimmers. Obwohl die Untersuchung bereits

Stunden zurücklag, die Lichter in den Zimmern bereits abgedreht waren, hatte Leonard das Spital nicht verlassen. Er saß neben Eriks Bett und horchte auf dessen Atmung. Gleichmäßig und flach, kein Röcheln oder Räuspern, wie es nach einer Kehlkopfspiegelung oft der Fall war.

Die Untersuchung hatte den Verdacht auf psychogene Afonie bestätigt. Ein Gefängnis, hatte es der untersuchende Arzt genannt, eine Lähmung des Sprechens, die Worte eingekerkert im Kopf. Der Bub würde Therapien brauchen, und ein stabiles Umfeld sei nun sehr wichtig für ihn, würde ihm die Rückkehr in ein normales Leben ermöglichen. Über den Zeitraum der Behandlungen konnte der Arzt nichts sagen, man müsse aber rasch handeln, jeder Tag, der ohne Therapie vergehe, sei ein verlorener. Der Arzt hatte ihn dabei angesehen, als wäre es selbstverständlich, dass der Onkel dem Neffen diese stabile Welt bieten könnte. Leonard erinnerte sich, was ihm Tina über Max erzählt hatte. Der Kleine sei ihm das Wichtigste gewesen. Er dachte an ein Foto in Max' Haus. Sein Bruder und der Bub. Ein Schnappschuss auf dem Jahrmarkt. Im Hintergrund die Lichter der Karusselle, der Blick seines Bruders auf den lachenden Sohn. Wie sollte er dem Buben diese Sicherheit bieten können? Mit zwei Unbekannten, die hinter ihm her waren, einem Einbruch, den er in wenigen Tagen durchführen musste? Und danach? Er hatte keine Antwort. Blieben also nur die Großeltern in Norwegen. Er musste sie schleunigst ausfindig machen.

Bevor Leonard das Zimmer verließ, strich er dem Buben durchs Haar, machte drei Kreuze auf dessen Stirn.

Bis morgen, Kleiner.

Als würden diese drei Kreuze den Buben vor irgendetwas bewahren können. Dennoch hat er sie auf seine Stirn gezeichnet. So wie es die Mutter jeden Abend bei Max und ihm gemacht hat. Das zärtliche Wischen ihres Daumens, ihre Stimme, die ihnen eine gute Nacht gewünscht hat. Jeden Abend die Wiederholung dieses Rituals. Nicht die zornige Frau, die den Vater verprügelt hat, ihre Stimme gewaltig und furchteinflößend. Nein. Leise und sanft ist sie gewesen. Einen kurzen Augenblick.

Den dunklen Van sah Leonard schon von Weitem. Der Wagen parkte schräg gegenüber der Hofeinfahrt zwischen zwei Lastwagen. Ehe die Männer im Van ihn entdecken konnten, bog Leonard in eine Seitengasse ab. Durch das Nachbarhaus, über die Hinterhofmauer gelangte er zu seiner Küche. In Wohnung und Werkstatt machte er kein Licht, die Beretta im Versteck unter der Werkbank fand er im Dunkeln. Zurück in der Küche wählte er Murats Nummer.

Was ist, Bruder?

Im Hintergrund hörte Leonard das Lachen und Quietschen von Kindern.

Hast du Besuch?

Meine Neffen und Nichten. Sie zerlegen grad die Wohnung. Was gibt's denn?

Zwanzig Minuten später bog ein dunkelblauer BMW in die Gasse ein, wo Leonard wartete. Murat hielt in zweiter Spur an. Aus dem Wagen sprangen drei Kinder, Murat scheuchte sie auf den Gehsteig. Über die Motorhaube hinweg warf er Leonard die Autoschlüssel zu.

Ist was mit deinem Pick-up?

Leonard verneinte.

Was dann?

Ich brauch nur kurz einen anderen Wagen.

Bist du in Schwierigkeiten?

Nichts, was ich nicht unter Kontrolle hätte.

Es war das erste Mal, dass Leonard Murat um Hilfe bitten musste. Das erste Mal, dass sein Leben abseits der Schmiede Murats Alltag streifte. Er sah seinen Freund kurz überlegen, doch dann, ohne weitere Fragen zu stellen, zog Murat den Zipp der Lederjacke hoch, klopfte mit der flachen Hand auf die Motorhaube.

Er gehört meinem Bruder. Also pass gut auf.

Leonard wartete, bis Murat mit den Kindern um die Hausecke verschwunden war. Danach fuhr er Umwege durch die Gassen, bis er sicher sein konnte, dass ihm niemand folgte. Erst dann kehrte er in die Straße zurück, die zu seiner Werkstatt führte, parkte den BMW in einer Baustellenzufahrt. Um nicht entdeckt zu werden, kletterte er durch die Beifahrertür ins Freie. Im Schatten der Planken des Baustellenzauns zündete er sich eine Zigarette an. Den Van im Blick dachte er an seine letzten Aufträge. Einstiege in Büros, Villen und Lagerhäuser. Routinearbeiten. Er hatte alle Aufträge immer allein durchgeführt, außer Ron, als Hehlerin, war niemand daran beteiligt. Sie blieb die einzige Verbindung zu den beiden Männern. Doch wozu ihn beschatten, noch dazu so auffällig? Ron kannte ihn.

Kurz vor Mitternacht rollte der Van aus der Parklücke. Die Verfolgung der beiden Männer führte Leonard bis zu einer Pension am Stadtrand. Ein Stadtteil mit Villen und Vorgärten.

Nachdem die beiden Männer die Pension betreten hatten, stieg Leonard aus, schaute sich um. Die Pension war ein Backsteinbau mit zwei Stockwerken und Efeu an der Fassade. Die Fenster im Erdgeschoß und im Keller waren vergittert. Eine Feuerleiter führte zum Dach. Es gab nur einen Eingang. An der Rückseite des Gebäudes befand sich ein Parkplatz, umrandet von einer hohen Ziegelmauer. Eine Katze huschte über den Parkplatz, einer der Lichtsensoren erfasste sie, Lampen, die an der Mauer montiert waren, flammten auf, fluteten den Hof mit weißem Licht. Die Katze schlüpfte unter den Van, der in Fahrtrichtung zur Ausfahrt geparkt stand.

Die Lichter in einem Zimmer im zweiten Stock gingen an. Hinter den zugezogenen Vorhängen glaubte Leonard kurz den Schatten des Hageren zu erkennen. Nach einer Weile wurde es dunkel im Zimmer, doch niemand verließ das Gebäude.

Die Feuerleiter führte zu einem gekippten Gangfenster im zweiten Stock. Um es zu öffnen, würde er Sekunden brauchen, in das Zimmer der Männer einzudringen, wäre kein Problem. Sie wären tot, ehe sie begriffen, was gerade geschah. Ohne den Buben an seiner Seite würde er so handeln. Doch nun musste er warten, herausfinden, wer die beiden Männer wirklich waren.

Am nächsten Morgen weckte Leonard das Krächzen einer Krähe. Sie war auf dem Fensterbrett vor dem offenen Schlafzimmerfenster gelandet, ihre Füße kratzten über das Blech. Leonard erkannte sie am weißen Fleck auf ihrem linken Flügel wieder. Die Morgenkrähe. Bei jedem Tagesanbruch landete diese Krähe im Hof, stolzierte über Autodächer, die Spengler aus Murats Werkstatt warfen Steine nach ihr. Manchmal hockte sie auch auf den Stufen zu seiner Schmiede, bearbeitete die Risse im Stein mit dem Schnabel. Doch noch nie zuvor war sie zu seinem Schlafzimmerfenster gekommen.

Die Krähe bewegte den Kopf zur Seite. Mit dem rechten Auge beobachtete sie Leonard im Bett. Als er sich aufsetzte, stieß sie einen Schrei aus.

Du mich auch.

Das Windgeräusch ihrer Flügel beim Abheben. Ein paar Schläge und sie war aus Leonards Blickfeld verschwunden. Er schwang sich aus dem Bett. Im Flur bemerkte er Licht in Friedrichs Zimmer. Er hatte abends vergessen, es abzudrehen.

Leere Wände, nackter Estrich. Ein Leben in wenigen Stunden herausgebrochen, abgekratzt, in Kisten gepackt und fortgetragen. Leonard versuchte sich den kahlen Raum als Zimmer des Buben vorzustellen. Vergebens.

In der Werkstatt entzündete Leonard das Feuer in der Esse. Er mochte diese morgendliche Ruhe. Im Holzsessel des alten Friedrich sitzend trank er Kaffee, hörte dem Knistern und Fallen der Kohlen zu, die Hitze, die sich langsam wie eine Feuerhaut an ihn legte. Dabei betrachtete er das fertige Kreuz auf der Werkbank. Der Sockel war noch ohne Inschrift.

Den elpizo tipota
De fovoume tipota
Eimai lefteros

Ich hoffe nichts. Ich fürchte nichts. Ich bin frei. Die verstorbene Frau eines Kunden hatte sich diese Inschrift für ihr Grabkreuz gewünscht. Denn diese drei Sätze sagten alles über den Tod aus.

Leonard blickte auf das Foto, das ihm der Kunde als Vorlage für das Kreuz und die Grabinschrift seiner Frau gegeben hatte. Das sei Kazantzakis' Grab in Heraklion, hatte ihm der Kunde erklärt, Kazantzakis, ein griechischer Schriftsteller. Weder der Name noch der Ort waren Leonard bekannt. Auch nicht das bekannteste Werk, das ihm der Mann genannt hatte: »Alexis Sorbas«. Dafür beeindruckte ihn die Schlichtheit der Grabstelle. Nur ein Kreuz aus Olivenholz mit schrägem Querbalken schmückte das weiße Grab, angelehnt daran stand eine Marmortafel, in die die Sätze des Dichters eingraviert waren.

Diese drei Sätze hätten auch zu Friedrichs Sterben gepasst, dachte Leonard. Der Alte, der keine Angst vor dem herannahenden Tod gehabt hatte, für den der Tod immer endgültig gewesen war, keine Hoffnung, dass ihn hinter dem dunklen

Vorhang etwas erwartete. *Hoffnung gehört zum Leben, nicht zum Sterben, Leonard.*

Er erinnerte sich an die letzten Stunden im Leben des Alten. Wie er an seinem Bett gesessen war, die faltige Hand gehalten, das langsame Abkühlen der Haut gespürt hatte. Kein Kampf, kein Festklammern, die Augen des Alten geschlossen, sein Gesicht entspannt, und lange nachdem das Licht des Tages auf der Blumentapete erloschen war, hatte der Alte zu atmen aufgehört.

Leonard schaute auf die Temperaturanzeige über der Esse. Der Zeiger hatte die schwarze Markierung erreicht. Er öffnete die Lüftungsklappen, im Luftzug brannte die aufsteigende Hitze in seinen Augen. Mit dem Schürhaken bearbeitete er die glühenden Kohlen, verteilte sie gleichmäßig. Das Telefon in der Werkstatt läutete. Leonard hörte, wie sich der Anrufbeantworter einschaltete. Die Stimme der Stationsärztin bat um raschen Rückruf.

Als Leonard das Zimmer 511 im Spital betrat, lag der Bub wie festgeschraubt in seinem Bett. Er war mit einem Pfleger allein im Zimmer, die Reisetasche, die Leonard aus dem Haus des Bruders mitgebracht hatte, lehnte gepackt am Bettende.

Die Stationsärztin hatte Leonard informiert, der Bub bekomme in Absprache mit dem Jugendamt einen Platz in einer Klinik, in der man auf sprachgestörte Kinder spezialisiert sei. Mehrmals hätten Schwestern und Pfleger versucht, den Buben aus dem Bett zu locken, alle Anstrengungen vergeblich.

NUR MIT MEINEM ONKEL

Leonard setzte sich auf die Bettkante, betrachtete den Satz, den Erik mit Kugelschreiber auf den Kopfpolster geschrieben hatte.

Nur mit deinem Onkel also?

Der Bub schlüpfte unter der Decke hervor, wie Kreidestriche baumelten seine Beine vom Bett herunter. Er beugte sich zum Nachtkästchen, nahm den Notizblock heraus, den ihm Leonard dagelassen hatte.

Fahren wir zu deiner Werkstatt

Nicht heute.

Wann dann

Bald.

Der Bub zeichnete ein Fünfeck. Er malte es blau an, den Kugelschreiber dabei so fest aufdrückend, dass das Papier einriss.

Kommt Papa auch bald

Leonard schüttelte den Kopf.

Erik zog die Augenbrauen zusammen, öffnete den Mund. Leonard dachte, er würde etwas sagen, beugte sich zu ihm. Kein Laut entwich ihm. Stattdessen legte er den Block auf das Bett, rutschte von der Matratze und ging zum Kasten. Seine Füße hinterließen Schweißabdrücke auf dem Boden. Wusste es der Bub bereits, fragte sich Leonard. Oder ahnte er nur, dass seine Eltern tot waren?

Erik begann sich anzuziehen. Es dauerte eine Weile, bis Leonard begriff, was ihn an der Frage des Buben irritiert hatte. Er hatte nur nach dem Vater gefragt.

Der Krankentransporter wartete vor dem Spital. Der Fahrer saß hinter dem Steuer, der Sanitäter stand abseits des Fahrzeugs und rauchte. Als er Leonard und den Buben kommen sah, trat er die Zigarette aus.

Herr Brendboe?

Nein, Herr Steiner.

Der Sanitäter mit dem Zivildienstabzeichen an der Brust schaute auf die Mappe.

Ach ja. Der Onkel.

Er öffnete die Schiebetür. Beim Anblick des offenen Krankentransporters blieb Erik stehen, bewegte sich keinen Schritt weiter. Der Sanitäter fragte, ob er helfen könne. Leonard bat ihn um einen Moment Geduld. Er stellte die Tasche ab, ging vor dem Buben in die Hocke.

Du kannst da nicht einsteigen, was?

Erik schüttelte den Kopf.

Das musst du auch nicht.

Leonard richtete sich auf, zum Sanitäter gewandt sagte er, es tue ihm leid, aber der Bub werde da nicht einsteigen.

Aber wir haben den Auftrag, Sie und den Jungen zu der Klinik zu fahren.

Dann rufen Sie Ihre Zentrale an. Ihr Auftraggeber ist das Jugendamt, Herr Krutis. Die sollen sich mit ihm in Verbindung setzen, ihm die Situation erklären. Herr Krutis wird es verstehen.

Der Fahrer, der mitgehört hatte, funkte die Zentrale an. Nach einer Weile bekamen sie Antwort. Herr Krutis bat um einen Anruf von Leonard.

Leonard musste nichts erklären, denn Krutis hatte befürchtet, dass Erik in kein Auto steigen würde. Er fragte Leonard, ob es ihm etwas ausmachte, Erik mit öffentlichen Verkehrsmitteln zur Klinik zu bringen. Leonard notierte die Adresse.

Über eine Stunde werden wir sicher brauchen.

Machen Sie sich deswegen keine Sorgen, Herr Steiner. Ich informiere die Klinik und regle das mit den Sanitätern.

Erst als der Krankentransporter über die Abfahrtsrampe verschwunden war, entspannte sich das Gesicht des Buben.

Wir beide suchen jetzt die U-Bahn-Station. Bist du bereit, mein Späher zu sein?

Leonard hielt Erik seine Hand hin. Der Bub ergriff sie.

Es dauerte einige Meter, bis sich Leonard den kurzen Schritten des Buben angepasst hatte. Sie marschierten zu der verglasten Brücke, die über die Straße zu der U-Bahn-Station auf der anderen Seite führte.

Auf dem Parkplatz, auf dem Leonard seinen Pick-up abgestellt hatte, entdeckte er den dunklen Van. Leonard fluchte. Nach dem Anruf aus dem Spital war er sofort losgefahren, hatte bei der Fahrt vergessen, auf Verfolger zu achten. Leonard versuchte, den Buben hinter die Säulen des Eingangsportals zu zerren, wo sie die beiden Männer nicht entdecken konnten. Doch Erik folgte ihm nicht. Wie ein Pflock blieb er stehen, zeigte auf den blauen Würfel mit dem weißen U-Bahn-Zeichen auf der gegenüberliegenden Straßenseite. In diesem Moment wurde die Fahrertür des Vans aufgestoßen. Der Hagere mit der Hakennase stieg aus und schaute zu ihnen herüber.

In der U-Bahn-Station bei einem Zeitschriftenstand kaufte Leonard einen Stadtplan und gab ihn dem Buben.

Wirst du gut darauf aufpassen, Späher?

Erik nahm den Plan und nickte.

Am Fahrscheinautomaten schaute Leonard zurück in die verglaste Brücke, ob ihnen die Männer aus dem Van gefolgt waren. Doch der Zeitschriftenstand, die Leute, die an ihm vorbeidrängten, verstellten die Sicht.

Der Automat schoss die Fahrkarten in den beleuchteten Behälter. Kleingeld klimperte. Der Bub nahm die Fahrscheine heraus, in der hohlen Hand hielt er Leonard die Münzen hin.

Leonard schloss die Hand des Buben zu einer Faust.

Das gehört jetzt dir.

Hand in Hand gingen sie zum U-Bahn-Abgang, auf der Rolltreppe drehte sich Leonard um. Hinter der Glaswand der Brücke entdeckte er die beiden Männer. Sie schauten zu ihnen herunter.

Nächster Zug in fünf Minuten stand auf der elektronischen Anzeige. Am anderen Ende des Bahnsteigs setzten sich Leonard und Erik auf eine leere Bank. Von hier aus konnte Leonard die Station im Blick behalten. Sie saßen in der Falle. Denn einen zweiten Ausgang, wie Leonard gehofft hatte, gab es hier nicht.

Leonard ließ den Buben den Buchplan öffnen, seinen Namen auf die Innenseite des Buchdeckels schreiben. Danach nahm er den Stadtplan an sich, notierte seinen Namen und seine Adresse darunter.

Es dauerte nur wenige Momente, bis Erik die Adresse im Straßenregister gefunden, die richtige Seite aufgeschlagen hatte. Mit einem Kringel markierte er die Straße, zeichnete ein Pentagon dazu und deutete auf einen großen Platz mit einem U-Bahn-Zeichen. Von dort aus folgte er mit seinem Finger verschiedenfarbigen Linien, bis zu der Station, in der sie gerade saßen.

Du bist ja wirklich der geborene Aufklärer, sagte Leonard. Dich hätt ich in der Wüste gebraucht.

Aufklärer

Das sind Soldaten, die den Feind aufstöbern.

Warst du ein Aufklärer

Ja.

Hast du auch geschossen

Soldaten schießen im Kampf.

Der Bub schaute ihn an und überlegte. Dabei drehte er den Kugelschreiber auf dem Papier. Leonard strich über den Rücken des Buben, durch den Stoff der Jacke spürte er Wirbelsäule und Rippen.

Ein bisserl mehr essen tät dir nicht schaden, Aufklärer.

Es war das erste Mal, dass Leonard ihn lächeln sah.

Nach der Einfahrt des Zuges in die Station hielt Leonard Erik am Jackenkragen zurück, versuchte zu entdecken, wo sich die beiden Männer aufhielten. Sie waren da, das spürte er. Mit der Lautsprecheransage, nicht mehr zuzusteigen, schob er den Buben in den Waggon.

Der Zug raste in die Tunnelröhre. Leonard schaute in die finstere Miene seines Spiegelbildes. Durch seine Unachtsamkeit hatte er die Männer zu dem Buben geführt.

Erik lehnte sich an ihn. Mit dem Finger folgte er Station für Station der Fahrt der U-Bahn auf dem Stadtplan. Leonard legte den Arm um den Buben, spürte, wie er sich an ihn schmiegte. Eine Frau auf dem gegenüberliegenden Sitz fragte ihn, ob der Bub sein Sohn sei. Leonard verneinte.

Er ist mein Neffe.

Der letzte Aufenthalt in seinem Haus auf der Île de Ré. Philippe, Véronique und er. Ein Montagmorgen ist es gewesen. Philippe hat noch geschlafen, Véronique und er sind am Strand spazieren gegangen, der Februarnebel wie ein Sprühregen. Drei Jahre waren sie ein Paar gewesen, nie hatten sie über Heirat oder Kinder gesprochen. Aber an diesem Morgen hat ihn Véronique gefragt, ob er sich vorstellen könnte, eines Tages Vater zu sein. Er sei kein Vater, hat er geantwortet. Danach sind sie eine Weile schweigend nebeneinander gegangen, bis sie gesagt hat, das wisse sie.

Je le sais.

Beim Verlassen der U-Bahn ergriff der Bub Leonards Hand. Leonard spürte die warmen Finger an seiner Handfläche, umschloss sie. Während sie zur Rolltreppe gingen, schaute er zurück. Der Hagere folgte ihnen im Abstand einer halben Zuglänge. Er war allein und telefonierte. Der Bub bemerkte Leonards Blick zurück, deutete auf das Schild mit dem Straßennamen, den aufgelisteten Bussen, die dort abfuhren. Auf den Block schrieb er die Nummer des Busses, den sie nehmen mussten.

Der Aufklärer gibt die Richtung vor.

Erik nickte ernsthaft. Mit jedem Schritt wurde sein Gang schneller, das Bewusstsein, den Weg gefunden zu haben, richtete ihn auf.

Auf der Rolltreppe stellte sich Leonard hinter den Buben, deckte ihn mit seinem Körper gegen den Verfolger ab. Doch wirklich schützen, das wusste er, konnte er ihn nicht. Denn er kannte die Gedanken dieser Männer, ihre Skrupellosigkeit. Er war einer von ihnen.

EINEN VERSUCH WERT

Diese stille Tapferkeit des Buben. Der Umzug vom Spital in die Klinik. In nur wenigen Tagen der zweite fremde Ort, zu dem er gebracht worden ist. Keine Tränen. Kein Schluchzen.

Auch hat ihn der Anblick des Klinikgebäudes nicht erschreckt. Eine ehemalige Nervenheilanstalt, ein klobiger Bau mit teilweise vergitterten Fenstern, das Gelände nach außen durch eine hohe Mauer abgeschirmt. Nach der Aufnahme sind sie im Park hinter der Klinik spazieren gegangen, eine weitläufige Anlage mit Kastanien- und Ahornbäumen.

Patienten, denen sie begegnet sind, ihr Grüßen, ihre Blicke, die hat er ignoriert, der Bub. Auch die Kinder, die in Gruppen aufgeteilt auf einer Wiese gespielt haben. Dennoch dieser wache Blick. Der alles zu notieren schien. Wie ein Aufklärer.

Selbst am Abend im Zimmer, beim Aufhängen der Holzkrähe, beim Zubettgehen, als dem Buben hätte klar werden müssen, dass dieses Zimmer nun sein neues Zuhause war, keine Reaktion. Das hat ihn an sich selbst erinnert. Nach dem Tod des Vaters. Die erste Nacht allein im Heim. Angst hinter einem Panzer vorgetäuschter Teilnahmslosigkeit. Da hat er seine Hand auf die Brust des Buben gelegt, das unruhige Pochen des Herzens gespürt. Ein paar Atemzüge und es hat sich beruhigt. Später hat er nach seinem Arm gegriffen, der Bub. Sich daran festgehalten, seine Finger haben sich in Haut und Fleisch gegraben, ein Zittern, das den Buben erfasst hat. Bis er eingeschlafen ist.

Bei der Rückkehr zum Pick-up, den er vorm Spital hatte stehen lassen müssen, entdeckte Leonard ein Kuvert auf dem Beifahrersitz. Beide Fahrzeugtüren waren unbeschädigt, die Fenster fest verschlossen, kein Kratzer auf dem Lack. Wer immer in den Wagen eingedrungen war, um das Kuvert auf dem Sitz zu deponieren, verstand sein Handwerk. Leonard blickte sich um. Er war allein auf dem nächtlichen Parkplatz.

Im Kuvert steckten ausnahmslos Hunderteuroscheine. Mit der Daumenspitze blätterte Leonard sie durch, hinter den Geldscheinen zog er ein Foto hervor. Es zeigte ihn mit dem Buben vor der Klinik, Hand in Hand durch das Einfahrtstor gehend.

Ein Telefon läutete unter dem Beifahrersitz. Leonard zog ein rotes Handy hervor, auf dem Display blinkte das Wort *Unbekannt*. Eine Männerstimme meldete sich.

Du hast unsere Nachricht also bekommen?

Leonard antwortete nicht.

Das ist die Anzahlung auf ein Geschäft.

Ich mach keine Geschäfte.

Dann sitzt du also nur zum Spaß auf Dächern und beobachtest Bürohäuser?

Was wollt ihr?

Deine Aufmerksamkeit. Und ich denke, mit dem Foto haben wir die jetzt.

Der Anrufer war in der Nähe, beobachtete ihn. Leonard schaute sich abermals um, blickte die beiden Türme des Krankenhauses hoch. Vereinzelt brannten Lichter in den Zimmern, aber entdecken konnte er natürlich niemanden.

Schau dich ruhig um. Wir sind da.

Die Überheblichkeit, mit der der Fremde die Situation auskostete! Leonard stieß die Fahrertür auf, schleuderte das Handy von sich. Beim Aufschlagen auf dem Asphalt zerbrach es in mehrere Teile.

Und jetzt?!

In der Tiefe des überdachten Teils des Parkplatzes hörte er das Starten eines Motors. Scheinwerfer gingen an. Der Van kam aus dem Parkdeck gefahren, rollte langsam an ihm vorüber. Am Steuer saß der Hagere, im Licht der Parkplatzbeleuchtung entdeckte Leonard den Kahlköpfigen auf dem Beifahrersitz. Keine Sekunde blickten sie zu ihm herüber.

Nachdem der Van im Abendverkehr verschwunden war, zog Leonard das Kuvert aus der Gesäßtasche, zählte die Scheine. Fünftausend Euro. Die Summe der Anzahlung war schon höher als die Summen, die er für durchgeführte Auftragsarbeiten all die Jahre bis jetzt kassiert hatte. Im Schnitt verdiente er pro Auftrag drei- bis viertausend. Jemand, der ihm so viel Geld bot, lief ihm nicht zufällig über den Weg. Dazu waren sie zu gut vorbereitet. Das Foto verbrannte Leonard. Das zerborstene Handy sammelte er vom Boden auf. Während des Anzündens einer Zigarette überlegte Leonard, wer von den beiden im Van mit ihm gesprochen hatte. Er tippte auf den Hageren. Was eigentlich egal war. Denn das wirkliche Problem war die Ruhe, mit der die beiden an ihm vorübergefahren waren. Nicht einmal sein Wutausbruch hatte sie irritiert. Als hätten sie mit dieser Reaktion gerechnet. Sie schienen sich ihrer Sache sicher, und nicht nur wegen des Buben, mit dem sie ihn erpressten. Jedenfalls agierten sie zu selbstsicher für Fremde, denen er noch nie begegnet war. Es musste also eine Verbindung zwischen den beiden Männern und ihm geben, und die einzige Verbindung, die Leonard einfiel, war seine Hehlerin.

Ron wohnte in einer Kleingartensiedlung auf einem Weinberg am Stadtrand. Eine steile Kopfsteinstraße führte durch einen Lössgraben hinauf zu der abgelegenen Siedlung, mündete in einen Parkplatz vor dem einzigen Zufahrtstor. Leonard kletterte über das versperrte Tor, folgte der Gasse. Links und rechts zweigten nummerierte Wege ab, Zaun an Zaun die Grundstücke. In Weg 31 befand sich Rons Haus. Selbst in der spärlichen Wegbeleuchtung war es leicht zu finden. Karminrot schimmerte die Fassade durch das Gestrüpp der Hecken. Die Gartentür war unversperrt, dafür leuchteten Lichtpunkte von Bewegungsmeldern unter der Dachrinne auf. Ein Alarmton ertönte im Inneren des Hauses. Leonard setzte sich im Garten auf die Bank unter dem Nussbaum. Er hörte das Öffnen der Haustür, Schritte auf Gras. Barfüßig.

Was willst du hier?

Den abgewinkelten Arm hielt Ron unter die Jacke geschoben, die sie über ihr Nachthemd angezogen hatte. Der Wind bewegte den dünnen Stoff.

Ich hab zwei Kerle am Hals.

Leonard beobachtete Rons Gesicht. In ihrem Blick konnte er keine Unsicherheit erkennen.

Und wer sind die beiden?

Ein kahlköpfiges Muskelpaket und ein Drahtiger mit langem schwarzem Haar und einer Hakennase. Ihrem Reden nach nicht von hier.

Leonard zog das Kuvert aus der Jackentasche, zeigte Ron den Inhalt. Sie stieß einen leisen Pfiff aus.

Eine Menge Geld.

Eine Anzahlung.

Auf was?

Keine Ahnung. Aber vielleicht kannst du es mir erklären?

Was soll ich dir erklären?

Wie die zwei Kerle so eine Menge über mich wissen können. Dinge, über die nur du Bescheid weißt.

Leonard behielt Ron im Blick. Sie war entspannt, nur die Hand unter der Jacke bewegte sich.

Sie geben mir fünftausend als Anzahlung. Ohne die geringste Vorleistung.

Und was hab ich damit zu tun? Auf was willst du hinaus, Leonard?

Ich will wissen, wer die beiden sind. Das erste Mal sind sie bei Szabo aufgetaucht. Und Szabo ist dein Auftrag.

Und das reicht dir schon, um mich zu verdächtigen? Wie lange hast du das Büro beobachtet? Zwei? Drei? Vier Wochen lang? Bist du immer vorsichtig gewesen? Und die anderen Arbeiten? Die du ohne mich erledigst?

Ein Windstoß blähte Rons Jacke. Für einen Moment sah Leonard den Griff eines Revolvers aus der Innentasche ragen. Ron zog die Jacke zu, stemmte die Fäuste in die Hüfte.

Weißt du was, Leonard? Du verschwindest jetzt besser und kommst wieder, wenn du was hast. Klar?

Ron ging zurück zum Haus. Die Tür schnappte ins Schloss. Leonard blieb auf der Bank sitzen. Auch wenn sie kühl und beherrscht reagiert hatte, es gab eine Verbindung zwischen Ron und den Männern. Das sagte ihm sein Bauchgefühl und das irrte nur selten. Fünftausend Euro. Als Anzahlung. Das bedeutete das Zehn- bis Fünfzehnfache, wenn die Arbeit erledigt war. Ein Haufen Geld, der da im Spiel war. Eine Größenordnung, von der Ron immer geträumt, bei der aber Leonard nicht mitgemacht hatte. Doch nun schien sich die Geschichte zu wiederholen. Wie vor zehn Jahren in Frankreich. Philippe, Véronique und er. Quer durchs Land bis rauf nach Belgien hatten sie jahrelang erfolgreich Einbrüche und Überfälle durchgezogen, eine klare Arbeitsteilung, Philippe, der Planer, Leonard, der Schlosser, Véronique, die Fahrerin. Nur sie drei. Aber kaum waren Fremde und eine Unmenge Geld im Spiel gewesen, waren die einzigen zwei Menschen, die ihm nahegestanden waren, tot. Beide erschossen. Von Cortazars Leuten.

Philippe am Kreisverkehr Pierre Paraf, Véronique im Hotel in Dijon. Le grand Cortazar. Der Mann fürs große Geld. Wie Junkies sind sie an seinen Plänen gehangen. Dreizehn Millionen Francs von einem Kasinoschiff und Cortazar hatte alles alleine einsacken wollen.

Le grand Cortazar. An einer Kreuzung am Marseiller Hafen hatte er ihn geschnappt, seinen Fahrer erschossen. Im Keller eines Abbruchhauses in La Calade hatte er ihn an einem Gitterrost festgebunden. Sein Schreien, als er ihm den Schwanz abgeschnitten, sein Wimmern, als er ihm den Schwanz in den Mund gestopft hatte. Le grand Cortazar. Ein fluchendes Bündel Angst war er am Ende gewesen, und beim langsamen Verbluten war er neben ihm gesessen, hatte ihm unentwegt die Namen von Philippe und Véronique ins Ohr geflüstert. Le grand Cortazar. Er hatte noch geatmet, als er ihn mit Benzin übergossen und abgefackelt hatte.

Der Bub musste weg. Weg von ihm und seiner Welt, und die einzige Lösung waren die Großeltern. Leonard fuhr zu Max' Haus. Im Wohnzimmer durchsuchte er Schränke und Kästen, zwischen Büchern fand er ein Telefonbuch. Seitenweise norwegische Namen, viele davon waren Brendboes. Die meisten hatten Festnetznummern. Er versuchte, sich an den Wohnort der Großeltern zu erinnern, den ihm Tina genannt hatte.

Im Zimmer des Buben entdeckte Leonard eine Straßenkarte von Norwegen. Hätte er den Wohnort der Großeltern, würde er die Vorwahl herausfinden und könnte sie mit den Nummern im Telefonbuch vergleichen. Eine Stadt nördlich von Oslo.

Viele Ortschaften waren auf der Karte markiert. Mit Strichen entlang der Straßen verbunden, ähnlich wie es Erik auf dem Stadtplan gemacht hatte. Der Aufklärer war auch hier unterwegs gewesen, Leonard lächelte bei dem Gedanken an den Buben, über den Straßenplan gebeugt, sein konzentrierter Blick, während er den Wegen Farbstrich für Farbstrich gefolgt war.

Holmenkollen. Der einzige Name, der Leonard sofort auffiel. Er kannte ihn aus den Sportnachrichten. Quadrat für Quadrat suchte er die Karte ab, doch keiner der Ortsnamen verknüpfte sich mit seiner Erinnerung.

Der Ort, den du suchst, heißt er möglicherweise Hamar?

Tinas Stimme schreckte Leonard hoch. Er war so tief in die Suche versunken gewesen, hatte weder das Öffnen der Haustür noch ihre Schritte gehört. Tina stand in der offenen Zimmertür, in Jeans, Kapuzensweater und Wildlederjacke. Lilly neben ihr wedelte mit dem Schwanz, zerrte an der Leine. Leonard zog die Hand von der Waffe, die er sich vor dem Besuch bei Ron aus der Werkstatt geholt hatte.

Du hast ganz schön Mut, dich so leise anzuschleichen.

Ich hab ja nicht gewusst, dass du bewaffnet bist.

Leonard schob die Jacke über das Halfter.

Ich hab deinen Wagen draußen vor der Einfahrt gesehen und nachdem überall im Haus Licht gebrannt hat, hab ich gedacht, schau ich halt rein.

Tina ließ Lilly los. Die Hündin stürmte auf Leonard zu, warf sich gegen seine Füße. Er vergrub die Hände in ihrem Fell, kraulte sie. Tina folgte ihr zum Schreibtisch, stützte sich an Leonards Schulter ab. Sie roch nach feuchter Herbstluft.

Leonard folgte Tinas Zeigefinger bei der Suche nach dem Ort auf der Landkarte, bei einem Gewässer, das aussah wie ein zerfleddertes Ypsilon, hielt ihr Finger an.

Eine Stadt am See, siehst du.

Sie tippte auf den Ortsnamen Hamar am Ostufer des Sees. Leonard wunderte sich, dass der Bub den Ort, an dem die Großeltern lebten, nicht markiert hatte.

Die Großeltern wissen noch nichts von dem Unfall?

Leonard verneinte.

Tina nahm das aufgeschlagene Telefonbuch. An ihrer Stirn erhoben sich Falten, während sie nach der Nummer suchte.

Wenn ich mich richtig erinnere, ist das die Nummer von Toves Eltern. Soll ich sie anrufen?

Kennst du sie denn?

Nur aus Toves Erzählungen. Persönlich hab ich sie nie kennengelernt.

Leonard ließ Lilly los. Die Hündin rammte ihre Nase in sein Knie. Er nahm Tina das Telefonbuch aus der Hand, tippte die Nummer in sein Handy.

Dann muss ich es machen.

Die richtigen Worte finden. Um Eltern den Tod ihrer Tochter zu erklären. Die Mutter am Telefon. Nachdem er erklärt hat, wer er war, hat sie sofort nach ihrer Tochter gefragt. Danach Stille. Danach Schluchzen. Danach eine Männerstimme: Who is speaking?

Leonard fuhr zurück in die Stadt. Vorbei an grell beleuchteten Einkaufszentren, Autohäusern, dunklen Blöcken von Lagerhallen und leeren Parkplätzen. Ampeln blinkten gelb. Aus dem Radio pumpte The Edges Gitarre *Where the Streets Have No Name.*

Nach dem Telefonat war er mit Tina in der Küche gesessen. Ihre Anwesenheit hatte die Stimme des Vaters langsam versickern lassen. Seine beherrschten Worte. Der verzweifelte Versuch, nur über Fakten zu reden. Wer, wann, was, wo und wie. Und langsam die Erkenntnis, die Tochter war tot. Der Schmerz hatte dem Mann den Atem geraubt. Leonard hatte danach nur mehr eines verstanden: Sie würden so schnell wie möglich kommen. Grußloses Auflegen des Hörers. Knacken.

Rauschen. Besetztzeichen. Erst nach einer Weile hatte Leonard Tinas Stimme wahrgenommen.

Trinken wir einen Kaffee?

Tina hatte die Stille der Küche eine Weile ertragen. Erst nach dem Leeren der Mokkatassen hatte sie ihn gefragt, wie es nun weitergehe.

Der Bub muss zu seinen Großeltern. Nur dort ist er sicher.

Sicher? Also doch dieses unstete Leben?

Leonard hatte den Blick gehoben, Tina angeschaut.

Es gibt kein unstetes Leben.

Beim Abschied hatte ihm Tina ihre Telefonnummer auf einen Zettel geschrieben, falls er mit ihr reden wollte. Den zerrissenen Zettel warf er aus dem fahrenden Auto. Der Bub in seinem Leben, das reichte.

Zurück in der Werkstatt entzündete Leonard das Feuer in der Esse. Die Werkbank bedeckte er mit einem Tuch, legte die bereits fertigen Einzelteile des Grabkreuzes darauf. Danach ging er in die Wohnung, zog sich für die Arbeit in der Schmiede um. Als er an Friedrichs Zimmer vorbeikam, entdeckte er Murats Nachricht, die am Türstock klebte. Ein Freund habe ein paar Kindermöbel zu verkaufen. Darunter Telefonnummer und ein Name, Abbas.

Leonard zerknüllte den Zettel, versperrte die Tür. Den Schlüssel legte er auf den Türrahmen, so wie er es gemacht hatte, nachdem die Bestattung den toten Friedrich abgeholt hatte. Auch wenn dieses Zimmer nun leer war, es würde Friedrichs Zimmer bleiben.

Als die Kohlen durch den Rost der Esse fielen, schob Leonard das erste der vorbereiteten Rundeisen ins Feuer, wartete, bis es zu glühen anfing, die richtige Tönung bekam. Danach zog er es heraus, trug es zum Amboss, schmiedete mit Zange und Hammer den ersten Buchstaben der Grabinschrift. Ein Delta.

Die Esse war noch warm, als der Kunde an die Werkstatttür klopfte. Bis vier Uhr in der Früh hatte Leonard gearbeitet, danach war er auf dem Holzsessel sitzend eingeschlafen. Die Starter der Neonröhren knackten. Im Glas der Scheiben sah Leonard sein Spiegelbild. Ein alter Mann, die Schultern hingen müde herab. Er richtete sich auf, spuckte in die Hände, glättete die Haare.

Kalte Morgenluft wehte durch die offene Tür, als der Kunde die Werkstatt betrat. Es roch nach Regen. Leonard schaute in den Hof, das Auto des Kunden parkte neben dem Pick-up. Tropfen glänzten auf dem Blech.

Alles in Ordnung, Herr Steiner? Sie sehen müde aus.

Leonard führte den Mann zur Werkbank. Auch wenn die Übergabe eines Werkstücks Routine war, befiel ihn Unruhe, wenn der Kunde davorstand, Leonard die Erwartung in seinem Blick entdeckte. Er zog das schwarze Tuch vom Grabkreuz. Frisch poliert glänzte es im Licht. Der Kunde trat einen Schritt zurück, betrachtete das Kreuz von allen Seiten, erst dann berührte er es, strich über das Metall, die feuerverzinkte Inschrift.

Sie haben gute Hände, Herr Steiner.

Gemeinsam verpackten sie das Kreuz in einer Kiste, die Leonard in der Nacht gezimmert hatte, trugen sie in den Hof. Die Morgenkrähe hockte aufgeplustert auf dem Dach des Pick-ups, empfing sie mit lautem Krächzen.

Wussten Sie, Herr Steiner, dass Krähen zwei Sprachen haben? Eine, die alle Krähen verstehen, und eine nur für die Familie?

Ist das so?

Als Leonhard zu der Krähe auf dem Pick-up hinüberschaute, hielt sie inne.

Ja. Sie sind kluge Vögel, die Krähen.

Nach dem Verstauen der Kiste im Kofferraum bezahlte der Kunde bar. Zum Abschied drückte er Leonard die Hand.

Meiner Rosi hätte das Kreuz gefallen. Ganz bestimmt.

Als er wegfuhr, folgte die Krähe dem Wagen durch die Durchfahrt auf die Straße. Es begann zu nieseln. Auch wenn der Tod seiner Frau für den Mann schmerzhaft war, dachte Leonard, hatte er wenigstens einen Ort, wohin er seine Trauer tragen konnte.

Wo Véronique begraben worden ist, hat er nie herausgefunden. Er hat sie im Hotel in Dijon zurücklassen müssen. Der letzte Anblick von ihr, die Glieder in alle Richtungen verrenkt, ihr Körper, ihr Gesicht von Kugeln zerfetzt. Das linke Auge im Blut auf dem Boden, nur durch einen dünnen Nerv mit dem Kopf verbunden. Dieser Blick, der ihn festgehalten hat, wenn er mit ihr schlief.

Im Rehabilitationszentrum folgte Leonard den pastellgrünen Pfeilen, die Besucherkarte, die ihm der Portier mitgegeben hatte, öffnete den Zugang zur Kinderabteilung.

Zimmer 3211. Das Zimmer war leer. Das Fenster stand offen. Die Holzkrähe drehte sich im Luftzug über dem Bett. Beim Pflegestützpunkt erfuhr er von einer Schwester, dass Erik wahrscheinlich noch draußen im Park war.

Durch einen Hinterausgang gelangte Leonard ins Freie. Abseits einer Gruppe von Kindern, die Fußball spielten, entdeckte er den Buben auf einer Bank. Auf seinen Oberschenkeln lag aufgeschlagen der Stadtplan. Leonard erkannte die waldreiche Gegend im Westen der Stadt, wo er oft laufen ging.

Planst du einen Ausflug?

Erik hob den Kopf, klappte das Buch zu. Leonard setzte sich neben ihn.

Deine Großeltern aus Norwegen kommen.

Der Bub zog den Notizblock aus der Beintasche, schlug ihn auf, schrieb aber nichts.

Freust du dich gar nicht? Sie kommen, um dich zu sehen.

Er klappte den Notizblock zu. Die Großeltern schienen ihm egal zu sein. Leonard fragte ihn, ob er sie abholen wolle, der Bub antwortete mit einem Schulterzucken, beobachtete das Fußballspiel der Kinder auf der Wiese. Sie spielten fünf gegen fünf. Mädchen und Buben gemischt in einer Mannschaft.

Leonard überlegte, ob er allein fahren sollte, das Wiedersehen mit den Großeltern auf einen späteren Zeitpunkt zu verschieben. Aber vielleicht brauchte der Bub nur Zeit, um nachzudenken. Plötzliche Veränderungen könnten ihn schrecken, hatte ihm der behandelnde Arzt beim Aufnahmegespräch erklärt. Bei Neuigkeiten oder Veränderungen müsse er ihm Zeit geben.

Er fragte den Buben, ob er Fußball spiele.

Er nickte.

In einem Verein?

Schulmannschaft

Welche Position?

Der Bub streckte sechs Finger in die Luft.

Vor Véronique hatte sich Leonard kaum für Fußball interessiert. Eishockey war seine Sportart gewesen. Jeden Winter war er auf den gefrorenen Teichen in der Nähe der Abschaumsiedlung Schlittschuh gelaufen, hatte mit Freunden gegen Teams aus anderen Siedlungen Matches ausgetragen. Nur in Jeans und Winterjacken, ohne Helm, und manche Platzwunde am Kopf hatte im Spital genäht werden müssen. Véronique hingegen hatte Fußball geliebt. Bei einem Heimspiel von Olympique Marseille hatte ihm Véronique die Bedeutung der Rückennummern erklärt. Nummer sechs, defensives Mittelfeld.

Dann bist du also einer, der den gegnerischen Spielmacher zum Schwitzen bringt?

Zum Weinen

Ein harter Knochen also?

Der Bub grinste.

Ein Mädchen sprang in die Höhe, wuchtete den Ball mit dem Kopf ins Tor.

Ich hätte sie geblockt

Hättest du?

Ja

Ist sie gut?

Voll gut

Gefällt dir wohl, die kleine Blonde.

Der Bub wurde rot. Er senkte verlegen den Kopf, öffnete den Buchplan.

Wann kommen sie

Deine Großeltern?

Ja

Leonard schaute auf die Uhr.

In zweieinhalb Stunden.

Erik begann zu blättern, und es dauerte nicht lange und er hatte den Weg von der Klinik zum Flughafen herausgefunden. Auf einem Zettel notierte er Bus, U-Bahn, Zug, die sie nehmen mussten.

Gute Arbeit, Aufklärer.

Einer der Spieler humpelte vom Spielfeld. Das blonde Mädchen winkte Erik zu sich. Der Bub schaute Leonard bittend an. Leonard deutete ihm loszulaufen.

Eine halbe Stunde haben wir noch.

Der Bub rannte zu den Kindern. Sie begannen ein neues Spiel. Erst jetzt bemerkte Leonard, dass keines der Kinder sprach, sie sich ausschließlich mit Handzeichen verständigten.

Der Bub verstand sofort. Als das blonde Mädchen versuchte, an ihm vorbeizudribbeln, nahm er ihr den Ball von den Füßen.

Nummer sechs. In diesem Moment auf der Parkbank hat er sich den Buben auf dem Spielfeld vorgestellt. Als jungen Mann. Im blauen Trikot von Olympique Marseille. Dem Spielmacher der gegnerischen Mannschaft den Ball wegnehmen. Leichtfüßig auf und davon, über den Ball steigend, täuschen, dribbeln. Le chat! So würden sie ihn rufen. Doch statt sieben Leben hat er nur eines gehabt. Der Bub.

Während der gesamten Fahrt zum Flughafen, ob im Autobus, der U-Bahn oder im Zug, hatte der Bub regungslos aus dem Fenster geschaut. Nur das Aufsteigen eines Krähenschwarms aus den Baumkronen entlang der Bahnstrecke hatte für einen Augenblick sein Interesse geweckt. Mit dem Finger hatte er auf die Vögel gedeutet, war ihrem Flug gefolgt, bis sie aus seinem Blickfeld verschwunden waren. Danach war er wieder in sich und seine Teilnahmslosigkeit zusammengesunken. Keine Frage, warum die Großeltern kämen. Keine Frage, wie lange sie blieben. Keine Frage, wo die Eltern seien. So schnell er sich für Sekunden oder Minuten öffnete, so rasch verbarrikadierte er sich wieder.

In der Ankunftshalle unter der Anzeigetafel ankommender Flüge blieben Leonard und Erik stehen. Der Flieger aus Oslo war bereits gelandet. Leonard führte den Buben zu der Absperrung vor der automatischen Tür, durch die die Fluggäste in die Halle strömten. Leonard suchte nach zwei Personen in roten Jacken, sie würden sie als Erkennungsmerkmal tragen, hatte ihm der Großvater per SMS geschrieben.

Was heißt guten Tag auf Norwegisch?

God dag

God dag?

Der Bub nickte, schaute zu der Tafel über ihnen, verfolgte das Rattern der Buchstaben und Zahlen, neue Flüge kamen hinzu, andere verschwanden. Die automatische Glastür hingegen, durch die seine Großeltern kommen würden, schien ihn nicht zu interessieren. Leonard fragte sich, ob es eine gute Entscheidung gewesen war, ihn hierher mitzunehmen.

Rote Jacken, Jeans und Sportschuhe. Wie zwei braun gebrannte Pensionisten, die von einer Reise aus dem Süden zurückkehrten, sahen sie aus. Nur ihre Gesichter verrieten, sie waren keine Touristen, ihre Blicke, ihre Mienen von Kummer und Trauer gezeichnet.

Leonard hob die Hand, um sich bemerkbar zu machen. Als die Großeltern Erik entdeckten, war da kein Lächeln, keine Überraschung. Auch der Bub zeigte keine Reaktion. Einen kurzen Blickwechsel, dann schaute er wieder hoch zur Anzeigetafel. Der Flieger aus Oslo war bereits gelöscht worden.

Leonard nahm den Buben an der Hand, entlang der Absperrung gingen sie den Großeltern entgegen.

God dag.

Snakker du norsk?, fragte der Großvater erstaunt.

Leonard schaute auf den Buben, der den Kopf schüttelte. Der Großvater reichte Leonard die Hand. Sie war schmal, von dunklen Adern durchzogen.

Nein. Die zwei Worte hat mir Ihr Enkel gerade beigebracht.

Er redet wieder?

Nein, er schreibt nur.

Erik drängte sich an ihn. Die plötzliche Nähe, die der Bub bei ihm suchte, irritierte Leonard. Was immer das Wiedersehen mit den Großeltern auslöste, für Leonard schien es plötzlich nichts Gutes. Er schaute zu ihm hinab, der Bub wich seinem Blick aus.

Hatten Sie einen ruhigen Flug, fragte Leonard die Großeltern.

Der Großvater nickte, die Großmutter schaute zu Boden. Keiner von beiden schien sich für den Buben zu interessieren.

Mein Deutsch ist schlecht leider, sagte der Großvater. Aber geht ein bisschen. Das ist meine Frau Maja und ich bin Tobias.

Die Großeltern begrüßten Leonard, nicht den Buben. Leonard versuchte, den Buben zwischen sich und die Großeltern zu schieben, doch Erik rührte sich nicht, sein Körper blieb starr, als wäre er in Beton gegossen. Er ließ ihn los. Die Hoffnung, der Bub würde von selbst auf die beiden zugehen, erfüllte sich nicht. Er wich keinen Millimeter von Leonards Seite. Was war da los? Leonard fielen die Fotos in Max' Haus ein. Diese Bilder einer glücklichen Familie. Aber auf keinem waren die Großeltern zu sehen. Nun war es zu spät, Fragen aufzuwerfen. Leonard drückte Maja gegenüber sein Beileid aus. Tobias übersetzte. Maja weinte.

Tut mir leid. Meiner Frau ist zu viel.

Sie gingen ein paar Schritte weg von den wartenden Mietwagenchauffeuren, die sie gelangweilt anglotzten. Leonard erklärte Tobias, dass sie den Zug nehmen müssten, weil der Bub, traumatisiert vom Unfall, in kein Auto stieg.

Tobias übersetzte. Da löste sich die Großmutter aus den Armen des Großvaters, ging vor Erik in die Hocke, nahm seinen Kopf in die Hände.

Gutten min.

Leonard sah, wie der Bub zurückwich, legte die Hand schützend auf seine Schulter. Die Großmutter ließ ihn los. Beim Aufrichten kreuzten sich ihre Blicke. Sie wollte etwas sagen, öffnete den Mund, die Falten um die Lippen wie zornige Risse. Doch sie wandte sich wortlos ab, ging zurück zu ihrem Mann, seinem Versuch, sie in den Arm zu nehmen, wich sie aus. Leonard schaute hinab zu dem Buben, strich ihm durchs Haar.

Das wird schon wieder.

Während der Zugfahrt zurück in die Stadt hatten sie kein Wort miteinander gesprochen. Wie zufällige Fahrgäste waren sie einander gegenüber gesessen, auf der einen Bank die Großeltern, auf der anderen Leonard und Erik. Wie der Bub hatten die Großeltern aus dem Fenster geschaut, die Felder, die Wälder, später den weitläufigen Friedhof, die ersten Häuser und Straßen der Stadt betrachtet, ein Strom von sich erneuernden Bildern, die von der drückenden Stille zwischen ihnen ablenkten. Während der Fahrt hatte Leonard überlegt, wie es weitergehen könnte. Er musste mit den Großeltern allein sprechen. Da das Treffen auf dem Flughafen schiefgelaufen war, musste er ihnen klarmachen, wie sehr der Bub sie brauchte und dass das Leben hier für ihn nur eine düstere Zukunft bereithielt. Nach dem Gespräch müsste ihnen klar werden, dass er sich um Erik nicht kümmern könnte, hingegen sie und ihre Familie in Norwegen, wo der Bub seine ersten fünf Lebensjahre verbracht hatte, der einzig sichere und einigermaßen vertraute Ort wäre.

Bei der Ankunft im Hotel führte Leonard den Buben zu einer Sitzecke neben der Bar.

Möchtest du was trinken?

Erik schüttelte den Kopf.

Ich muss mit deinen Großeltern was besprechen. Du bleibst hier sitzen und wartest. Klar?

Der Bub nickte.

Und du haust mir nicht ab, verstanden?

Erik schaute ihn an. Leonard fixierte seinen Blick, wieder erinnerten ihn die blauen Augen an seinen Bruder. Er lächelte.

Bin gleich wieder da.

Der Bub klappte seinen Notizblock auf. Leonard dachte, er wollte ihm etwas schreiben. Doch er begann zu zeichnen.

Auf dem Weg zurück zur Rezeption überlegte Leonard, wie er das Gespräch mit den Großeltern anfangen sollte. Er war ratlos. Vielleicht brauchten sie nur Zeit. Ihre Tochter war verunglückt, die Trauer, dazu eine fremde Stadt.

Nach dem Empfang des Zimmerschlüssels fragte ihn Tobias, ob es nicht besser wäre, den Buben zurück in die Klinik zu bringen, und ehe Leonard etwas entgegnen konnte, erklärte ihm der Großvater, dass sie mit ihrem Enkel keine Zeit verbringen wollten. Sie seien nur gekommen, um ihre tote Tochter nach Hause zu holen.

Mehr nicht?

Mehr nicht, Leonard.

Und der Bub?

Erik geht uns nichts an.

Leonard trat einen Schritt zurück. Er hatte mit vielen Antworten, vielleicht sogar mit einer Ausrede gerechnet. Aber diese klare Ansage des alten Mannes überraschte ihn.

Aber er ist doch Ihr Enkel. Der Sohn Ihrer Tochter.

Der Blick des Großvaters wurde hart.

Unsere Tochter, Leonard, geht Sie nichts an.

Dennoch erzählte ihm der Großvater nach einer kurzen Pause, Tove, ihre Tochter, habe in den Jahren ihrer Ehe kaum Kontakt mit ihnen gehabt. Nicht in Norwegen, und auch nicht, als sie vor fünf Jahren hierhergezogen waren. Die Distanz habe den Riss nur vergrößert.

Es ist gewesen wegen Ihres Bruders, Leonard. Er war ein neurotischer Mann. Ein sehr neurotischer Mann. Aber Tove hat ihn geliebt. Und weil wir ihn nicht mochten, hat sie abgebrochen den Kontakt. Obwohl die Ehe nicht wirklich glücklich gewesen ist. Sie ist zweimal weg von Ihrem Bruder. Zweimal ist sie zurückgekehrt zu ihm. Aber vor ein paar Wochen hat sie geschrieben einen Brief, sie wird ihn verlassen. Für immer. Sie verstehen?

Leonard bejahte, schüttelte aber gleichzeitig den Kopf. Denn er versuchte, die Bilder einer glücklichen Familie, die er auf Fotos im Haus seines Bruders gesehen hatte, mit den Worten des Großvaters in Einklang zu bringen. Tove wollte sich von Max trennen? Max, ein neurotischer Mann? Es war, als erzählte Tobias von einer anderen Familie, nicht der seines Bruders.

Sie haben uns gesagt, der Unfall ist passiert auf dem Weg zum Airport?

Ja. Auf der Flughafenautobahn, kurz nach der Stadtgrenze.

Da wollte Tove heimkommen. So hat sie es uns in dem Brief geschrieben. Sie wollte heimkommen, ohne Ihren Bruder und ohne das Kind. Allein. Wir haben gewartet am Flughafen in Oslo auf sie. Aber sie war nicht im Flieger. Wir haben sie angerufen, aber das Telefon ist ausgeschaltet gewesen. Wir dachten: Also schon wieder! Wieder ist sie bei ihm geblieben. Wir waren wütend. Weil sie alle Möglichkeiten hat gehabt zu gehen aus dieser glücklosen Beziehung und es ein weiteres Mal nicht geschafft hat. Und dann Ihr Anruf. Unsere Tochter tot. Ihr Wunsch war nach Hause kommen, Leonard. Wir bringen sie nach Hause. Aber nicht Erik.

Warum, Tobias? Was um Gottes willen kann der Bub dafür? Für die kaputte Ehe. Er ist Ihr Enkel, der Sohn Ihrer Tochter. Er ist in Norwegen aufgewachsen. Dort hat er Familie. Ihre Familie. Hier hat er niemanden. Nur mich. Und mich hat er erst vor ein paar Tagen kennengelernt.

Tobias fragte ihn, ob er Kinder habe. Leonard verneinte.

Aber würden Sie haben eines, würden Sie es dann Ihren Eltern … es nicht zeigen?

Sie sagen, Ihre Tochter hat Ihnen Ihren Enkel vorenthalten?

Der Großvater nickte. Leonard schaute zu dem Buben, der versunken in seine Zeichnung auf dem Fauteuil saß.

Warum?

Weil es einen großen Streit hat gegeben. Als Tove schwanger

gewesen ist und wir gesehen haben, dass sie nicht glücklich ist in der Ehe. Wir haben ihr angeboten, zu uns nach Hause zu kommen. Mit dem Kind. Aber das hat sie nicht gewollt, ist zu stolz gewesen. Da ist es zu einem Streit gekommen mit vielen bösen Worten. Und Tove hat sein können sehr stur, Leonard. Da ist sie gewesen wie Granit.

Zehn Jahre lang?

Zehn Jahre, Leonard. Bis zu ihrem Brief vor wenigen Wochen. Verstehen Sie nun, warum wir Erik nicht können mitnehmen? Noch nicht. Nicht jetzt. Vielleicht irgendwann in der Zukunft. Vielleicht ein Besuch zum Kennenlernen?

Leonard schaute nochmals zu dem Buben in der Sitzecke. Nur wenige Meter entfernt standen sein Großvater und seine Großmutter, und es interessierte ihn nicht. Tobias hatte nicht gelogen, es gab keine Verbindung zwischen ihnen. Er fragte sich, warum sein Bruder in den zehn Jahren nie vermittelnd zwischen Tove und ihren Eltern eingegriffen hatte. Den Großeltern ein Enkelkind vorenthalten? Er versuchte sich in Max' Lage zu versetzen. Aber er hatte keine Ahnung von Familienleben. Ein Niemandsland, in das ihn erst das Auftauchen des Buben gestoßen hatte. Er bemerkte die Tränen in Tobias' Augen. Seine Lippen zitterten. Doch ehe er zu weinen anfing, richtete sich der alte Mann auf, wischte die Augen trocken.

Erik ist ein Fremder für Maja und mich. Das müssen Sie akzeptieren, Leonard. Unsere Tochter hat ihn uns entzogen. Und unsere Tochter ist tot.

Tobias legte den Arm um Majas Schulter, die während des Gesprächs teilnahmslos und verkrampft neben ihnen gestanden war. Leonard wollte sie fragen, ob es auch ihre Entscheidung sei, zu ihrem Enkel keinen Kontakt zu haben. Dann fiel ihm ein, wie lange sie am Flughafen gebraucht hatte, den Buben in ihre Arme zu schließen. Wie der Bub reagiert hatte. Es war sinnlos. Erik würde ebenso wie seinen Vater das Schicksal ereilen, ohne Familie aufwachsen zu müssen. Außer … Doch diesen Gedanken wollte Leonard nicht zu Ende führen. Er verlangte Zettel und Kugelschreiber von der Rezeptionistin, notierte die Adresse des Hauses seines Bruders, legte den Schlüssel dazu. Seine letzte Hoffnung, das Zuhause der Tochter, all die Bilder an den Wänden, die eine glückliche Familie zeigten, könnten die Großeltern umstimmen.

Beim Abschied dankte ihm Tobias für das Hotelzimmer, das Abholen vom Flughafen. Als wäre er ein Fremdenführer und nicht der Bruder ihres Schwiegersohns.

Für einen Moment ist er versucht gewesen, die Hotellobby zu verlassen. Allein hinaus auf die Straße. Ohne den Buben. Er ist ihr Enkel. Sie sind seine Familie. Sollen sie sich doch kümmern. So hat er einen Moment lang gedacht. Aber dann hat er den Buben allein und verlassen in der Ecke sitzen sehen. Wie er den Kopf gehoben, zu ihm herübergeschaut hat. Da ist er umgekehrt und hat sich zu dem Buben gesetzt, die Zeichnung betrachtet, die er ihm hingehalten hat. Ein laubloser Wald, in den Zweigen Krähen.

Ich hab Hunger

Der Bub deutete auf das Fast-Food-Lokal auf der gegenüberliegenden Straßenseite. Vorbei an Gruppen von Jugendlichen betraten sie das Lokal. Hinter dem Verkaufspult lächelte ihnen ein Mann in Uniform und Papierhütchen entgegen. Der Bub notierte seine Wünsche auf dem Block. Leonard bestellte. An der Fensterfront fanden sie einen freien Tisch. Die Oktobersonne knallte gegen die getönte Scheibe. Erik öffnete die Schachtel mit dem Hamburger, und während er zu essen begann, wirkte er auf Leonard wie eines der anderen Kinder an den Tischen, er mampfte und kaute zufrieden mit vollen

Backen. Leonard trank nur Cola. Er versuchte, sich nichts von seiner Ratlosigkeit anmerken zu lassen. Die Großeltern waren seine einzige Hoffnung gewesen. Aber was, wenn sie in den kommenden Stunden ihre Meinung nicht änderten und ohne den Buben abreisten? Was sollte er tun? Es blieben nur Heim oder Pflegefamilie. Auch wenn sich die Situation in Heimen oder Pflegefamilien in den letzten dreißig Jahren sicher verbessert hatte, dieser Lotterie des Schicksals konnte er den Buben nicht aussetzen.

Leonard nahm sich Pommes vom Tablett. Erik zog die Augenbrauen zusammen, kritzelte ein Wort auf die Serviette.

Pirat

Leonard schnappte sich den Kugelschreiber, strich das Wort durch, schrieb ein anderes daneben.

Wenn schon, dann Dieb, bitte.

Der Bub zog die Serviette an sich.

Bist du ein Dieb?

Ja, der bin ich.

Und die Polizei?

Hat mich nie erwischt.

Du lügst

Das tun doch Diebe immer, oder?

Erik lächelte. Nun teilten sie ein Geheimnis, dachte Leonard und erwiderte das Lächeln. Auch wenn es im Kopf des Buben die Vorstellung eines märchenhaften Abenteuerlebens war und nichts mit seiner wirklichen Existenz zu tun hatte, dieser Gedanke des Teilens erfüllte Leonard in diesem Moment mit einer Leichtigkeit, die ihn überraschte.

Erik schaute aus dem Fenster. Burschen, lässig an ihre Motorroller gelehnt, traten nach Tauben, und einer, ein Blonder mit der Statur eines Rugbyspielers, erwischte eine. Die Taube überschlug sich, kam benommen auf die Beine, doch ehe der Blonde zu einem finalen Tritt ansetzen konnte, schoss eine andere Taube so dicht an seinem Kopf vorbei, dass er zurückschreckte. Leonard sah, wie Erik die Fäuste ballte, die Unterlippe schmal. Dann hob er den Arm, Zeigefinger und Daumen formten eine Pistole. Er zielte auf den Blonden. Die Hand ruckte in die Höhe. Die Lippen formten einen stummen Laut.

Hast ihn erwischt?

Der Bub nickte.

Guter Schuss.

Erik griff sich den letzten Cheeseburger. Während Leonard ihm beim Essen zuschaute, fragte er sich, ob er von der bevorstehenden Trennung der Eltern gewusst hatte und erinnerte sich an den Morgen, an dem seine Mutter weggegangen war. Die bedrückende Stille. Die Mutter schweigend im Bad. Die Mutter schweigend über offene Koffer im Schlafzimmer gebeugt. Kein Abschied, als Max und er zur Schule gegangen waren. Und am Abend nur mehr drei Teller auf dem Küchentisch. Max hatte einen vierten aus dem Schrank nehmen wollen, doch der Vater hatte ihn gestoppt. Ihre Mutter komme nicht mehr zurück. Der Vater am Gasherd. Die blauen Flammen unter der Pfanne hervorschießend. Das Brutzeln der Eier. Der Geruch von angebratenem Speck. Die Nacht, in der sein Bruder zu ihm unter die Decke gekrochen war, die Nacht, in der sie beide eng aneinandergeschmiegt nicht hatten einschlafen können.

Der Bub hatte fertig gegessen. Er wischte die fettigen Finger in die vollgekritzelte Serviette. Zerknüllt warf er sie auf das Tablett. Die Buchstaben ihres Geheimnisses zerrannen im aufgesaugten Fett. Leonard dachte an die Zeichnung, die der Bub im Hotel gemacht hatte, die Vögel in den Bäumen, die wie Krähen aussahen. Er fragte Erik, ob er Krähen mochte.

Der Bub nickte, aus der Hosentasche holte er den Notizblock.

Warum

Weil ich eine kenne, die sich bei mir im Hof herumtreibt.

Zeigst du sie mir

Sie kommt leider nur morgens.

Wie schaut sie aus

Ganz schwarz. Ihr Gefieder glänzt wie Öl. Ist eine von denen, die nur im Winter da sind.

War sie heute auch da

Klar doch. Sie hat wie immer laut gekrächzt. Und heute Morgen hab ich zufällig erfahren, dass Krähen zwei Sprachen haben. Eine, die alle Krähen verstehen, und eine nur für die Familie.

Ich weiß

Du weißt das? Woher?

Von Papa

Für einen Moment schien es Leonard, als wollte der Bub noch etwas schreiben, doch abgelenkt von den Pfiffen der Burschen vor dem Fenster ließ er den Kugelschreiber sinken. Zwei Mädchen gingen vorüber. Sie taten, als ignorierten sie die Burschen auf den Mopeds, eine schaute durch die Glasscheibe auf Erik und schickte ihm einen Kuss. Der Bub schaute verlegen zur Seite, steckte den Block weg.

Fertig, Aufklärer?

Sie rutschten von den Bänken. Der Bub trug das Tablett zu einem offenen Gestell mit Fächern, verstaute es dort. Leonard erinnerte das an seinen Bruder. Auch die Ordnung, die der Kleine selbst im ärgsten Chaos gehalten hatte. Er erinnerte sich an seine Stimme, die Frage, wann er endlich auch seinen Kasten zusammenräumen wolle. Leonard sah sich auf dem Stockbett liegen, auf den Kleinen hinabblickend, die rotzige Antwort, wenn er Lust dazu habe. Doch später, als sein Bruder das Zimmer verlassen hatte, war er vom Bett gesprungen, hatte begonnen, im Kasten Ordnung zu schaffen. Sein Bruder ein neurotischer Mann? Er konnte es nicht glauben.

Auf der Straße röhrten die Mopeds an ihnen vorüber. Der Blonde, der nach der Taube getreten hatte, vorneweg. Leonard bemerkte, wie sich Eriks Hände zu Fäusten ballten. Er hielt ihm die offene Hand hin.

Hau rein.

Der Bub schaute ihn überrascht an.

Na, schlag rein. Wie ein Boxer.

Er zeigte dem Buben, wie er zuschlagen sollte. Zögernd nahm Erik die Fäuste hoch. Die ersten Geraden, als wären sie Watte.

Fester.

Der Bub schlug zu. Mit jedem Schlag wilder und schneller, mutiger. Leonard musste dagegenhalten, je mehr Widerstand, desto entschlossener der Bub, und kurz glaubte Leonard, seine Stimme zu hören. Ein Ächzen. Ein leises.

Zurück in der Klinik, blieben Leonard und der Bub bis zum Abendessen im Park, warfen Kieselsteine auf einen Baumstumpf. Ein Treffer, ein Punkt. Ein Spiel, das Leonard mit seinem Bruder an öden Sonntagnachmittagen in der Abschaumsiedlung oft gespielt hatte, und während sie abwechselnd Steine warfen, überlegte er, in welcher Familie der Bub wirklich aufgewachsen war. In der Familie, die er auf den Fotos im Haus des Bruders gesehen hatte, Bilder von Freude und Zusammenhalt, oder waren diese Aufnahmen potemkinsche Dörfer eines schon lange zerbrochenen Glücks? Leonard erinnerte sich, wie ihm, Wochen bevor sich seine Eltern getrennt hatten, die Lieblosigkeit und die Distanz zwischen ihnen aufgefallen war. Es waren das Einander-Zuhören, die flüchtigen Zärtlichkeiten gewesen, die aus dem Alltag verschwunden waren. Kleine Risse, die beharrlich zu Spalten wuchsen, ihre Blicke füreinander nur mehr Spiegel der Abscheu. Hatte der Bub Ähnliches mitbekommen? Wie war die Stimmung zwischen seinen Eltern im Auto gewesen, auf dem Weg zum Flughafen? Hatten sie gestritten oder war das Schweigen, in das der Lastwagen gekracht war, bereits zementiert gewesen?

Mit dem Glockenton und der Lautsprecherdurchsage, dass der Speisesaal geöffnet wurde, gingen entlang der Parkwege die Lampen an. Leonard und Erik beendeten ihr Spiel. Der Bub zog seinen Block aus der Hosentasche.

Ein Wettlauf

Er deutete in Richtung Klinik, Leonard schätzte die Entfernung. Gut siebenhundert Meter.

Zehn Sekunden Vorsprung?

Der Bub nickte.

Und der Gewinner bekommt einen Kakao.

Erik flitzte davon. Bei der Hälfte der Distanz hatte Leonard ihn eingeholt, nun liefen sie nebeneinander, die Beine des Buben schnellten nach vorn, holten weit aus. Leonard erhöhte das Tempo. Der Bub hielt mit. Kämpfte. Keuchte. Erst auf den letzten Metern verkürzte Leonard seine Schritte, der Bub zog davon und gewann den Wettlauf. Leonard griff sich an die Brust.

Verdammt schnell bist du.

Du hast mich gewinnen lassen

Nein.

Du schwindelst

Leonard zuckte mit den Schultern.

Ich bin ein Dieb. Schon vergessen?

Der Bub setzte sich auf die Bank neben dem Hauseingang, zeichnete einen kantigen Mann mit Kapuze, ein Brecheisen in Händen.

Der bin ich?

Der Bub nickte.

Dann lass das ja keinen Polizisten sehen.

Erik riss das Blatt in Stücke, warf es in den Mülleimer.

Jetzt bist du ein Komplize.

Was ist das

Einer, der mithilft.

Der Bub wollte schreiben, doch Leonard legte seine Hand auf den Block.

Komplizen schweigen.

Leonard tippte mit dem Finger drei Punkte auf den Handrücken des Buben.

Nichts hören. Nichts sehen. Nichts wissen. Verstanden?

Erik überlegte, hob die Schultern an. Komplize. In seiner Fantasie schien das Wort zu etwas Besonderem zu werden, ein geheimer Bund, den sie in diesem Augenblick geschlossen hatten. Im Stiegenhaus griff er nach Leonards Hand, erst vor dem Speisesaal ließ er sie wieder los.

Wartest du auf mich

Klar doch.

Nach dem Abendessen im Zimmer verhielt sich der Bub, als wäre er hier schon länger als eine Nacht zu Hause. Er zog den Pyjama unter der Bettdecke hervor, nahm das Waschzeug vom Nachtkästchen, kehrte nach wenigen Minuten aus dem Bad zurück. Die Selbständigkeit in dieser fremden Umgebung imponierte Leonard, die Schnelligkeit, mit der sich der Bub an die neue Situation angepasst hatte.

Zähne geputzt?

Erik nickte.

Hände gewaschen?

Der Bub hob die Hände.

Dann ab ins Bett.

Während Leonard ihn zudeckte, versuchte der Bub ihm etwas zu sagen. Sein Brustkorb hob und senkte sich, mit jedem Versuch atmete er schwerer. Doch so sehr er sich auch anstrengte, kein Laut entwich ihm. Mit Tränen in den Augen schaute er zur Wand. Leonard streichelte seinen Kopf. Das Wort, das Erik hatte aussprechen wollen, hatte er von den Lippen ablesen können. Komplize. Er beugte sich zu ihm, flüsterte ihm das Wort zu. Mit dem Zeigefinger kratzte der Bub ein Fragezeichen auf Leonards Handrücken.

Ja, wirklich. Das sind wir jetzt.

Der Bub schmiegte sich an Leonards Unterarm, schloss die Augen. Leonard wartete, dass er einschlief. Doch als er den Arm wegzog, hielt ihn der Bub fest, schrieb ihm eine Bitte auf die Haut.

Erzähl mir von der Wüste

Von diesem Niemandsland aus Sand und Fels hat er dem Buben dann erzählt. Von der weiten Stille der Nächte, über dieser Schwärze eine Kuppel mit Millionen Sternen. Von den goldenen Felsen, in denen das Licht des Tages nachts gehaust hat. Von den Wadis, in denen die Luft während des Tages so trocken war, dass man sie hat brechen hören können. Und von der kleinen Echse hat er ihm erzählt, die sich während eines Einsatzes auf seinen Stiefel gehockt hatte. Nur sie und er zwischen Felsen, heiß wie glühende Kohle. Wo sie jetzt sei, hat der Bub wissen wollen. Da hat er, wie er es früher für seinen kleinen Bruder getan hatte, eine Geschichte erfunden. Ein Dorf der Echsen hat er ihm beschrieben, die Echse auf seinem Stiefel war die frechste von drei Freunden. Aber da ist der Bub schon eingeschlafen gewesen. Neben seinem Bett sitzend hat er ihm beim Schlafen zugesehen, versunken in die Erinnerung an diese menschenleere Weite, von der er in den Nächten in den Jugendheimen geträumt hatte und die er als Soldat in Nordafrika endlich gefunden hatte. Das bleiche Braun im Sonnenlicht, den brennenden Wind, der Gedanken und Erinnerungen zerstäubte.

Beim Verlassen der Klinik rief Leonard Murat an, fragte ihn, ob das mit Abbas und dem Kinderzimmer noch aktuell sei. Im Hintergrund kreischten Schleifmaschinen, Murat brüllte ins Telefon: Hast es dir endlich überlegt?

Murats Lachen.

Ich ruf dich zurück, Bruder.

Leonard setzte sich auf die leere Bank neben der Busstation, schaute in den kobaltblauen Abendhimmel. Ein Kondensstreifen ritzte das Licht der untergehenden Sonne in das dunkle Blau. Er hörte Murats Lachen. Ob er es sich endlich überlegt habe? Als wäre der Schritt der einzige und richtige. *Kinderzimmer.* Wie leicht ihm das Wort über die Lippen gekommen war, obwohl er kein Bild dazu im Kopf hatte, nur dieser enge Raum seiner Kindheit. Dennoch, einen letzten Versuch, die Großeltern umzustimmen, sich um den Buben zu kümmern, musste er unternehmen.

Im Hotel traf Leonard die beiden nicht an. Er fuhr zu Max' Haus, vor der Einfahrt parkte ein Taxi. Durch die Glasfront des Wohnzimmers sah er Maja auf dem Sofa sitzen. Vielleicht könnte er die Großmutter zu einem Umdenken überreden?

Doch beim Betreten des Hauses standen die zwei Alten abmarschbereit mit einem Koffer in der Hand im Vorraum. Maja ging grußlos an ihm vorüber ins Freie. Aus der Hosentasche zog Tobias den Schlüsselbund, drückte ihn Leonard in die Hand. Fotos und Schmuckstücke, die der Familie gehörten, eines von Toves Kleidern hätten sie für die Beerdigung mitgenommen. Mehr interessiere sie nicht. Leonard wollte Tobias festhalten, doch der entschlossene Blick des Mannes machte ihm klar, seine Bitte konnte er sich sparen. Er ließ Tobias' Hand los, wartete, bis das Taxi abgefahren war.

Im Kinderzimmer fand Leonard die Sportsachen, die er dem Buben versprochen hatte mitzubringen. Ein karminrotes Shirt fiel ihm dabei in die Hände. Der Fußballdress der Schulmannschaft, von der Erik erzählt hatte. Die Nummer sechs am Rücken. Dazu eine blaue Hose, weiße Stutzen. Wie die Farben von Olympique Lyon.

Leonard erinnerte sich, wie Véronique, als Anhängerin von Olympique Marseille, Lyon gehasst hatte. *Pissons sur Lyon!* Er hörte sie singen, eine von Tausenden Stimmen auf den Stehplätzen, als die Lyoner Spieler zum Aufwärmen aufs Feld gekommen waren. Ihr erster gemeinsamer Matchbesuch war es gewesen. Er sah sie springen und toben und fluchen und noch immer seine Verwunderung, wie viel Energie und Kraft in ihrem zarten Körper gesteckt hatten.

Leonard notierte sich den Namen der Schule. Das Jugendamt hatte mit den Lehrern bereits Kontakt aufgenommen, wenn es dem Buben besser ginge, würde er selbst einmal hinfahren. Er fragte sich, ob Erik Freunde hatte. Vor fünf Jahren, hatte ihm Tina erzählt, war Max mit seiner Familie hierhergezogen. Genug Zeit, um Freundschaften zu schließen. Noch dazu als Spieler einer Schulmannschaft. Aber bisher hatte niemand mit dem Buben Kontakt aufgenommen. Ging er keinem ab?

Leonard blieb vor dem Fenster stehen, blickte in den dunklen Garten. Er hatte keine Ahnung vom Leben des Buben. Ein paar Fotos, die Großeltern, die seinen Bruder einen neurotischen Mann genannt, von einer zerbrochene Familie erzählt hatten. Mehr wusste er nicht. Sollte er Tina fragen? Die Einzige, die mit Max und seiner Familie Kontakt gehabt hatte. Er überlegte, ob er den Fußballdress mitnehmen sollte, der Bub würde beim

Anblick des Trikots vielleicht zu erzählen beginnen. Doch er legte den Dress zurück in den Kasten, wollte Erik nicht unter Druck setzen, der Wunsch des Buben, Freunde oder Schulkollegen wiederzusehen, sollte von ihm selbst kommen.

Noch einmal durchstreifte Leonard die Zimmer. Alles schien unberührt, als wären die Großeltern nie da gewesen, nur an der Wohnzimmerwand fehlten Bilder, blasse Rechtecke dort, wo sie gehangen waren. Das gerahmte Foto, das Max mit Erik auf einem Stadionrasen zeigte, nahm Leonard ab. Im Auto betrachtete er es. Der Blick des Buben zum Vater. So voller Vertrauen. Als wäre der Mann neben ihm eine Mauer. Gegen alles Dunkle im Leben.

Murat wartete bereits mit Abbas in Leonards Wohnung. An der Wand von Friedrichs Zimmer stapelten sich Pakete. Murat erklärte, den Laminatboden, den habe Abbas gleich mitgebracht. Kirsche. Wäre auf Lager gewesen, zum halben Preis. Und wenn sie schnell wären, machte ihnen Abbas ein Superangebot. Ein komplettes Kinderzimmer um einen Preis, dass ihm die Spucke wegbliebe.

Abbas und Leonard setzten sich auf die Pakete. Luft pfiff durch die Ritzen im Plastik. Murat hockte sich neben sie, zündete Leonard und sich eine Zigarette an, und während sie rauchten, sammelten sich Schwaden als blaue Nebelbänke um die nackte Glühbirne.

Abbas hatte eine Zeichnung des Zimmers angefertigt. Die Wandfarbe helles Olivgrün mit Gelbanteil. Das schaffe Ruhe. Und die Decke weiß. Da wirke der Raum höher. Rechts neben der Tür könnte das Bett stehen. Abbas zog einen Prospekt hervor. Er hatte drei Fotos eingekringelt. Für Leonard sahen die Betten alle gleich aus, am Kopfende eine Ablage und darüber ein schmaler Kasten. Abbas tippte auf das mittlere Bild.

Da passt dein Neffe noch in zehn Jahren rein.

Da wäre er Mitte fünfzig, überlegte Leonard. Der Bub ein erwachsener Mann. So weit voraus hatte er noch nie gedacht.

Abbas blätterte. Ein Schreibtisch mit Aufbau. Ein Bücherregal. Ein Wandverbau mit vorstehender Ablage für Fernseher und Spielekonsolen. Während Abbas das Zimmer weiter beschrieb, dachte Leonard, dass er den Buben nie hatte spielen sehen. Keines dieser elektronischen Geräte, auch kein Smartphone.

Was sagst du, Steiner?, riss ihn Abbas aus seinen Gedanken.

Leonard sah die abgeschabten Wände, den Estrich. Vor seinen Augen entstand das neue Zimmer, das Abbas ihm beschrieben hatte. Er sah Erik am Schreibtisch, das Fenster offen, die Morgenkrähe auf dem Fensterbrett. Es schien wie ein Gemälde. So hell. So aufgeräumt. So unwirklich.

Das Glockenspiel in der Werkstatt schlug an. Einmal, zweimal. Nach einer Pause ein drittes Mal. Leonard erwachte. Durch das offene Fenster des Schlafzimmers hörte er Schritte auf dem Kopfsteinpflaster im Hof. Jemand ging die Werkstattfront entlang, blieb stehen, kehrte zum Eingang zurück, pochte an die Tür. Das Glockenspiel ertönte ein viertes Mal. Nicht einmal Murat war morgens so hartnäckig.

Leonard schlug die Decke zur Seite, schwang sich aus dem Bett. Kalte Morgenluft strich über seinen nackten Körper. Er beugte sich aus dem Fenster. Im Hof stand eine blonde Frau.

Sandra Seifert, Jugendamt.

Leonard fluchte. Er schaute auf den Wecker, den er vor dem Schlafengehen auf halb sieben Uhr gestellt hatte. Er war in der Nacht stehen geblieben. Er hätte um acht bei Krutis im Büro sein sollen und nun war es halb neun! Er bat die Frau, sich einen Moment zu gedulden, riss eine Jeans vom Haken, ein

T-Shirt mit der verblassten Aufschrift *Kourou Musée de l'Espace* fiel ihm entgegen. Im Bad putzte er Zähne, zurück im Zimmer schlüpfte er in Sandalen, schaute auf die Armbanduhr auf dem Nachtkästchen. Nicht mal zwei Minuten. Der Legionsdrill saß ihm immer noch in den Knochen.

Frau Seifert war eine drahtige Frau mit entschlossenem Händedruck. Leonard ließ sie in die Werkstatt, sie wiederholte ihren Namen, zeigte einen Ausweis.

Sie hätten heute einen Termin bei Herrn Krutis gehabt. Vor einer halben Stunde.

Ich weiß, mein Wecker, entschuldigte sich Leonard.

Wir haben ohnehin versucht, Sie zu erreichen. Doch bei jedem Versuch die gleiche Ansage. Unter dieser Nummer gebe es keinen Teilnehmer. Und am Festnetz hat niemand abgehoben.

Leonard fragte nach der Nummer. Frau Seifert zeigte sie ihm. Eine Neun fehlte.

Eigentlich wollte Ihnen mein Kollege nur mitteilen, dass sich der Termin auf vierzehn Uhr verschiebt und Sie fragen, ob Ihnen das recht ist. Nachdem wir Sie nicht erreicht haben und ich in der Gegend war, dachte ich, ich schau gleich persönlich vorbei.

Also vierzehn Uhr, der neue Termin?

Frau Seifert nickte.

Das Telefon in der Werkstatt läutete. Auf dem Display las Leonard eine Nummer mit einer fremden Vorwahl. Er bat Frau Seifert, sich einen Moment zu gedulden, hob ab.

Schlosserei Friedrich.

So förmlich?

Leonard erkannte die Stimme sofort.

Wie kann ich Ihnen helfen?

Der Mann lachte.

Helfen? Ein paar Tage noch, dann sind wir zurück in der

Stadt, und nachdem du unser Handy vorgestern Abend zerstört hast, dachte ich, ich ruf dich unter dieser Nummer an.

Leonard sagte, er werde später zurückrufen.

Du bist nicht alleine?

Ich werd mir das Angebot überlegen.

Was gibt's da zu überlegen?

Leonard stützte sich auf der Werkbank ab. Metallsplitter stießen scharf in die Handfläche.

Nein. Ich denke, bei dem Angebot muss nichts mehr geändert werden.

Dann ist es ja bestens. Bei fünfundsiebzig Riesen sollte niemand lange fackeln.

Leonard nannte den Mann zum Abschied Herr Stransky. Im Spiegel des Fensterglases sah er, wie Frau Seifert die Messerklingen auf dem Amboss betrachtete, mit den Fingerkuppen über das Metall strich.

Sie stellen auch Waffen her?

Das sind zwei Messer für Bergsteiger, keine Waffen, Frau Seifert.

Sie nahm die größere der beiden Klingen in die Hand, wog sie in der Handfläche. Das polierte Metall glänzte schwarz.

Doch bedrohlich sehen sie schon aus.

Das tun Küchenmesser auch, Frau Seifert.

In der rechten Hand hat er es gehalten. Mit der anderen den Bruder beruhigt. Damals, als der Vater durchgedreht ist. Seit dem Arbeitsunfall, Füße und Unterschenkel zertrümmert, hat er nicht mehr arbeiten können, der Vater. Ist mit Krücken herumgelaufen, die Wohnung hat er nie verlassen. Ein Jahr lang ist das gut gegangen. Ein Jahr lang haben der Bruder und er den Haushalt gemacht, alle Wege erledigt. Aber dann hat der Vater angefangen, sich in die Wirtshäuser zu schleppen. Als besoffenen Krüppel haben sie ihn verspottet. Es hat nicht lange gedauert und es ist zu Raufereien gekommen. Da der Vater immer wieder von Kieberern nach Hause gebracht wurde, sind die vom Jugendamt bald hellhörig geworden. Haben Kontrollen gemacht. Keine Ahnung woher, aber in diesen Wochen hat der Vater sich eine Waffe beschafft. Einen Revolver. Damit ihnen nichts passieren kann, hat er gesagt. Und als das Jugendamt versucht hat, ihn und seinen Bruder zu holen, ist er durchgedreht. Beim ersten Klingeln an der Tür hat der Vater sofort geschossen. Niemand nimmt ihm seine Buben weg! Da bringt er sie eher um! Das hat der Vater gebrüllt, und in einem unbeobachteten Moment hat er sich aus der Küche ein Messer geschnappt und ist mit dem Bruder ins Kinderzimmer geflüchtet. Damals hat er zum ersten Mal diese kalte Ruhe in sich gespürt. Als der Vater gegen die Tür getreten hat, das Holz gesplittert ist, das Weinen seines Bruders. Hätte es der Vater geschafft, ins Zimmer einzudringen, er wäre sofort auf ihn losgegangen, hätte ihm das Messer mit aller Kraft in den Bauch gerammt. So entschlossen ist er gewesen. Aber das Töten, das haben damals die Kieberer erledigt. Als sie rein sind in die Wohnung. Nur ein Schuss und dann das Geräusch, als wäre ein Kartoffelsack umgefallen.

Nachdem Frau Seifert gegangen war, verließ Leonard die Werkstatt. Von einer Telefonzelle rief er Ron an. Er ließ es lange läuten. Doch Ron hob nicht ab. Er drosch den Hörer in die Gabel, hatte eine Mordswut. Wie ihn der Mann am Telefon von oben herab behandelt hatte! Null null neunundvierzig. Eine Nummer aus Deutschland. Das Arschloch hatte sich nicht mal die Mühe gemacht, die Nummer zu unterdrücken. Mit der Faust schlug er gegen den Telefonapparat. Er kam sich wie ein verdammter Anfänger vor. Was hatte er nur übersehen? Er stieß die Tür der Telefonzelle auf, ging zurück zum Pick-up. Er musste sich beruhigen. Auch wenn er die beiden Wichser auf der Stelle töten wollte, er musste einen kühlen Kopf bewahren. Fünfundsiebzigtausend. Nun kannte er seinen Lohn. Ein Riesending. Doch noch wusste er zu wenig darüber, um einschätzen zu können, ob Ron darin verwickelt war, obwohl er fest daran glaubte. Er brauchte Beweise. Er musste warten. Denn schlug er zu, musste er sicher sein, dass alle, die von dem Buben wussten, danach auch tot waren.

Nach seiner Rückkehr ins Büro hörte Leonard den Anrufbeantworter ab. Krutis, der ihn um einen Rückruf bat, und drei Anfragen waren eingegangen, ein Gittertor, zwei Grabkreuze. Kein Rückruf von Ron, auch keine SMS. Leonard notierte Namen und Adressen der Kunden, blätterte Seiten im Auftragsbuch zurück. In den letzten Monaten hatte er einen empfindlichen Rückgang hinnehmen müssen. Zwar hatte er eine Menge Anfragen, doch die tatsächlich durchgeführten Arbeiten hielten sich in Grenzen. Würde jemand vom Jugendamt seine Einnahmen genauer kontrollieren, er müsste sich bald die Frage gefallen lassen, wie er ein Kind ernähren wollte. Bis jetzt waren die Einnahmen aus der Arbeit in der Werkstatt kein Thema gewesen. Für ihn allein reichte es, die Schmiede war der perfekte Deckmantel. Kein Kieberer, kein Finanzbeamter käme je auf die Idee, sich Gedanken darüber zu machen, wie er sein Leben finanzierte. Aber mit dem Buben? Er müsste auf seine Reserven zugreifen, das Geld, das er an verschiedenen Orten gebunkert hatte. Er müsste Scheinkunden erfinden, getürkte Rechnungen ausstellen, um das Geld, ohne Verdacht zu erwecken, in den Alltag einfließen zu lassen. Und dann? Er hatte bis jetzt nie versucht, sich ein anderes Leben vorzustellen. Es war ihm nie in den Sinn gekommen, eines Tages auszusteigen. Der allerletzte Coup. Noch einmal abkassieren. Das war was fürs Kino. Zwar hätte es in seinem Leben ein paar Momente gegeben, in denen ihm ein anderer Weg offengestanden wäre.

Nach den fünf Jahren Legion. Nachdem er mit Cortazar abgerechnet hatte. Aber die Vorstellung, ein normales Leben zu führen? Er erinnerte sich, was Erik geschrieben hatte, als er das Spital hatte verlassen müssen. Nur mit meinem Onkel. Dieses unerklärliche Vertrauen. Er sah den Buben auf dem Spitalbett. Er spürte die Mauer, hinter der der Bub seine Angst verbarg. Aber wie lange konnte er sich hinter dieser Mauer verstecken? Irgendwann würde der Schmerz detonieren und dann würde er jemanden brauchen, der ihn auffing. Wie sollte er dem Buben klarmachen, dass er der falsche Onkel war?

Das Jugendamt war in einem Backsteinbau untergebracht, erinnerte mit den hohen Eisenfenstern mehr an ein altes Fabriksgebäude als an den Sitz einer Verwaltung. Krutis' Büro war im dritten Stock, ein hoher Raum, zwei zusammengeschobene Schreibtische, zwei Computer, an jeder Seite Aktenschränke, zwei Telefone, nur die Topfpflanzen an den Fenstern störten die Symmetrie. Ohne vom Computer aufzuschauen, begrüßte ihn Krutis.

Nehmen Sie bitte Platz.

Leonard setzte sich auf den Stuhl neben dem Schreibtisch. Auf dem Tisch entdeckte er zwischen Aktenstapeln Fotos von einem Mädchen und einer Frau. Auf einem waren sie zu dritt abgebildet. Krutis zwischen den beiden, sie lachend in Armen haltend.

Tut mir leid, Herr Steiner, dass es zu dieser Terminänderung gekommen ist, aber Sie wissen ja, manchmal passieren Dinge unvorhergesehen. Wie mir Frau Seifert erzählt hat, hätten Sie verschlafen?

Leonard nickte.

Krutis bewegte die Maus, der Bildschirm flackerte.

Zuerst einmal brauch ich Ihre Daten. Bitte.

Leonard zog seine Unterlagen aus der Ledertasche, die dem alten Friedrich gehört hatte. Krutis blätterte sie durch, übertrug die Daten in ein Formular am Bildschirm. Jemand klopfte an die Bürotür. Eine Frau mit einem Baby im Arm schaute durch den Türspalt.

Warten Sie bitte, bis Sie aufgerufen werden.

Aber ich habe Termin.

Sie warten draußen.

Das Schloss schnappte zu. Das Kleinkind brüllte. Die Schritte der Frau entfernten sich, das Schreien des Kindes endete so abrupt, wie es angefangen hatte. Nachdem Krutis alle Daten abgeschrieben hatte, gab er Leonard die Dokumente zurück.

Und, Herr Steiner? Sind Sie seit unserem letzten Treffen zu einer Entscheidung gekommen?

Leonard schaute über Krutis' Schulter auf das Plakat an der Wand. DIE STADT SUCHT PFLEGEPAPAS. Ein junger Mann, der lachend ein Baby hochhielt. Leonard erklärte Krutis, dass er lange überlegt habe und noch zu keiner Entscheidung gekommen sei.

In Wahrheit habe ich gehofft, dass sich die Großeltern aus Norwegen um den Buben kümmern würden.

Aber Sie wissen, dass es nicht so ist?

Die beiden haben es mir gestern gesagt.

Und Sie wissen auch, dass Sie damit der einzige Verwandte sind, der sich um Erik kümmern könnte?

Die Frage, ob es nicht eine Alternative gebe, ließ Krutis unbeantwortet. Es war, wie Leonard erwartet hatte. Krutis würde ein Nein in dieser Phase nicht kampflos akzeptieren. Krutis schaute ihn an, er erwiderte seinen Blick, und nach einer Weile beugte sich Krutis über den Schreibtisch, nahm eine Mappe von einem Aktenstapel. Ohne ihn anzusehen, sagte er: Es gibt immer eine Alternative, Herr Steiner.

Obwohl Leonard die abgegriffene Pappe seit dem Tag seiner Volljährigkeit nicht mehr gesehen hatte, erkannte er sie sofort wieder. Krutis hatte sich seinen Jugendakt besorgt. Er sah Krutis die Mappe öffnen, las die Aktenzahl.

Diese verdammte Nummer.

Null vier Schrägstrich achtzehn Querstrich fünfundsiebzig. So haben sie ihn im Heim gerufen. Nicht Steiner. Nicht Leonard.

Krutis begann zu blättern. Leonard schwitzte. Er wehrte sich dagegen. Doch der Junge von damals kehrte wieder. Dieser wehrlose Junge, den er tief in sich vergraben hatte, beschützt von dem Mann, der er heute war. Er faltete seine Hände, presste sie fest aneinander, sein Körper erstarrte zu einem Panzer. Doch die Erinnerungen frästen sich durch den Stahl. Die Prügel der Erzieher. Der eisige Wasserstrahl aus einem Hochdruckschlauch, zusammengekrümmt auf den Kacheln des Duschraums, splitternackt, das Lachen und Brüllen der Männer, als er wie ein Fetzenball gegen die Wand geschleudert wurde. Und die Nächte. Wenn sie in die Schlafräume kamen. Um ihn oder einen anderen Jungen zu holen.

Den Geruch dieser Männer, den ist er nie losgeworden. Ihre Hände, die ihn niedergehalten haben, ihr Stöhnen, ihre steifen Schwänze, die ihn in Stücke gerissen haben. Schweiß und Sperma. Sie kleben noch heute in ihm.

Krutis schlug die Mappe zu. Leonard wollte ihm jede Seite des Aktes in sein Maul stopfen, bis er an dem Papier ersticken würde. Dabei wusste er, Krutis hatte nur seine Arbeit erledigt. Er hätte es an seiner Stelle nicht anders gemacht. Er hätte sich den Akt besorgt. Er hätte ihn gelesen. Und zwar alles. Nicht nur die Stellen, die von einem typischen Heimkind berichteten. Unnahbar. Verschlossen. Unberechenbar. Er hätte von der starken Bindung zu seinem Bruder Max gelesen, diese Information benutzt, um ihn unter Druck zu setzen. Denn die Vergangenheit im Heim erwähnte Krutis nur mit einem Satz. Er erzählte dafür die Geschichte, wie er, Leonard, als Fünfzehnjähriger aus dem Heim abgehauen war, weil er erfahren hatte, dass sein Bruder mit einem Blinddarmdurchbruch ins Spital gebracht worden war. Quer durchs Land war er damals im Winter per Anhalter unterwegs gewesen, gut fünfhundert Kilometer allein. Am Spitalbett des Bruders hatten schon Polizei und Jugendamt auf ihn gewartet. Und das war nicht das letzte Mal gewesen. Er hatte immer wieder Wege gefunden, seinen Bruder wiederzusehen.

Es ist relativ einfach, Herr Steiner. Erik ist zehn Jahre alt. Für eine Pflegefamilie ist er aufgrund der Traumatisierung derzeit ungeeignet. Noch dazu ist er ein Einzelkind. Er käme also in eine betreute Wohngemeinschaft. Auch wenn das kein Heim ist, wie Sie es kennengelernt haben, wird er es voraussichtlich schwer haben. Also komme ich wieder auf Sie zurück. Denn auch wenn vieles in diesem Akt gegen Sie spricht, vermute ich, dass Sie aufgrund Ihres Alters und Ihrer Erfahrung dem Jungen näher sind, als ihm Psychologen, Therapeuten oder Pädagogen je sein werden. Aber vor allem habe ich bei unserem kurzen Kennenlernen und dem Studieren Ihres Aktes zwei wesentliche Eigenschaften herausgefiltert. Verantwortung und Loyalität. Das steht bei Ihnen an oberster Stelle. Das haben Sie bei Ihrem Bruder, das haben Sie bei Herrn Friedrich bewiesen. Ich denke, und das ist meine Meinung, und ich muss hinzufügen, es gibt Stimmen hier im Jugendamt, die mir widersprechen, es wäre doch einen Versuch wert, Herr Steiner, es gemeinsam zu probieren. Sie und Ihr Neffe?

Krutis lehnte sich zurück. Leonard behielt ihn im Blick. Die Wanduhr hämmerte die Sekunden durch die Stille im Büro.

Leonard schaute auf das Plakat. Doch statt dem Mann mit dem Baby sah er den Buben, als er die Tür in der Spitalstoilette einen Spalt geöffnet hatte. Er sah die Furcht in seinen Augen. Er kannte diese Furcht.

ALS LÄCHELTE SIE

Obsorge. Die Verantwortung, auf die Gesundheit, das körperliche Wohl des Buben zu achten. Ihn in seinen Neigungen und Fähigkeiten zu fördern. Ihn vor Behörden, Gerichten, bei Vertragsabschlüssen zu vertreten. Sein Vermögen zu verwalten. So hat es ihm Krutis erklärt. So hat er den Antrag auf Obsorge unterschrieben.

Am Grab des Vaters. Der Name auf dem Holzkreuz kaum zu erkennen. Gras wucherte wild auf der eingesunkenen Erde. Ein umgekipptes Grablicht, ausgebrannt und schmutzig.

Nachdem ihre Mutter die Familie verlassen hatte, war der Vater ein anderer geworden. Nichts mehr hatte an den Mann erinnert, der sich vor der Gewalt der Mutter geduckt, ihr Brüllen, ihr Schreien ohne einen Mucks über sich hatte ergehen lassen. Tagsüber hatte der Vater am Flughafen gearbeitet, Gepäckstücke in Flugzeuge gewuchtet, nachts war er mehrmals im Monat Taxi gefahren. Zwei Jahre hatte er die Familie so zusammengehalten, bis er eines Tages auf dem Flugfeld, übermüdet von der Arbeit in der Nacht zuvor, mit den Beinen unter die Zwillingsreifen eines Tankwagens geraten war. Statt gesunder Beine Krücken, mit denen er sich fortbewegte. Ein gebrochener Mann. Voller Wut und Hass.

Leonard tauschte die abgebrannte Kerze gegen eine neue. Er versuchte, sich an den Vater vor dem Unfall zu erinnern. Den Vater morgens in der Küche. Der Geruch von Toast und

Butter. Zwei Gläser Milch auf dem Tisch. Der Anblick seines breiten Rückens. Sein gebrummtes »Guten Morgen« hatte Max und ihm die Sicherheit gegeben, egal was am Tag passieren würde, nichts in dieser Welt könnte sie auseinandersprengen. Genau diese Sicherheit erwartete man nun von ihm. Eine Verpflichtung gegenüber dem Buben, die er mit dem Antrag auf Obsorge unterschrieben hatte.

Mit Erik sei etwas passiert. Mehr wollten sie Leonard am Telefon nicht sagen. Er fuhr sofort los. Im Klinikpark stand ein Feuerwehrauto mit ausgefahrener Drehleiter. Im Korb am Ende der Leiter befanden sich zwei Feuerwehrmänner, die zum Dach hinaufschauten. Leonard folgte ihren Blicken und entdeckte den Buben. Mit angezogenen Beinen kauerte er auf der steilen Schräge, aus einer Fensterluke heraus redete eine Frau auf ihn ein.

Die trockene Luft des Dachbodens war kaum zu atmen. Spinnweben und Staub trübten das einfallende Tageslicht. Neben der Frau, die Leonard in der Dachluke gesehen hatte, waren der Klinikleiter und zwei Polizisten anwesend.

Die Logopädin war die einzige der Therapeutinnen, die bis jetzt mit dem Buben Kontakt gehabt hatte. Sein Neffe sei total verängstigt. Er reagiere auf kein Zurufen, rühre sich nicht. Ja, nicht einmal das Auftauchen der Feuerwehrmänner habe ihn beeindruckt.

Leonard überlegte, wie lange die Angst den Buben auf dem Dach festnageln würde. Solange das der Fall sei, würde ihm nichts passieren. Aber ließe ihn die Angst los, käme die Panik. Eine unachtsame Bewegung würde reichen und er würde die sieben Stockwerke abstürzen. Leonard schlug dem Klinikleiter vor, auf das Dach zu dem Buben zu klettern. Der Professor lehnte ab. Bei Suizidgefahr warteten sie auf den Psychologen.

Selbstmord? Der Bub?

Das Funkgerät rauschte. Eine Männerstimme rief den Professor. Leonard sprang auf die Holztreppe, und ehe man ihn zurückhalten konnte, zog er sich durch die offene Luke aufs Dach.

Kalter Wind blies ihm ins Gesicht. Seine Füße suchten Halt auf den porösen Dachziegeln. Mit kurzen Schritten balancierte er dem Buben entgegen. Ein Dachziegel brach, sauste die Schräge hinunter. Leonard fand das Gleichgewicht sofort wieder, doch Erik starrte auf die Stelle an der Dachrinne, von der der Ziegel in die Tiefe gepoltert war.

Nicht runterschauen! Schau mich an!

Der Bub gehorchte. Nur wenige Schritte und Leonard war bei ihm. Er zog die Jeansjacke aus, legte sie dem vor Angst und Kälte zitternden Buben um die Schultern. Schweigend saßen sie nebeneinander, beobachteten die Drehleiter, die den Korb langsam auf das Niveau der Dachrinne hochfuhr.

Du steigerst dich, Kleiner, sagte Leonard und deutete auf die Feuerwehrmänner. Im Spital war's nur der Wachdienst. Jetzt ist die Feuerwehr schon da. Beachtlich. Und beim nächsten Mal? Fallschirmjäger?

Der Bub reagierte nicht.

Leonard lehnte sich zurück, stützte sich hinter dem Buben auf der Dachschräge ab. Eine falsche Bewegung des Buben und er könnte nach ihm schnappen, ihn festhalten.

Der Wind zerzauste das blonde Haar. Wieder überraschte Leonard die Ähnlichkeit des Buben mit seinem Bruder. Der gleiche verängstigte Blick. Wie damals, als sie als Kinder auf das Dach eines Hauses geklettert waren. Leonard lächelte.

Du bist wie dein Papa. Der ist auch auf ein Dach geklettert und hat dann im letzten Augenblick Schiss bekommen.

Die Erwähnung des Vaters lenkte Erik ab. Leonard erzählte

ihm, wie Max und er auf dem Dach eines Wohnhauses einen Flaschenzug entdeckt hatten und Max die Idee hatte, sich am Ende des Seils festzubinden, um frei über dem Abgrund zu schweben. Wie ein Vogel.

Nur an der Dachkante dann, da hat deinen Papa der Mut verlassen. Hat Angst gehabt, dass ich ihn nicht festhalten würde.

Der Bub kratzte mit dem Finger eine Frage auf Leonards Unterarm.

Klar hab ich ihn gehalten.

Ist er geflogen

Leonard grinste.

Ein kurzer Tritt in den Arsch deines Papas und er ist geflogen. Du hättest sein Gesicht sehen sollen. So frei und voller Kraft hab ich ihn nie wieder gesehen.

Leonards Handy läutete.

Krutis fragte, ob er bei Erik auf dem Dach sei.

Ja.

Ich hab der Feuerwehr Bescheid gegeben, dass Sie sein Onkel sind. Die holen ihn jetzt da runter. Können Sie die Männer unterstützen?

Kein Problem.

Die Drehleiter bewegte sich über den Dachrand hinweg langsam auf sie zu. Mit einem Ruck setzte der Korb auf den Ziegeln auf. Leonard stand auf, hielt dem Buben die Hand hin.

Vertraust du mir, wie es dein Papa getan hat?

Bring mich nach Hause

Von der Erfüllung dieses Wunsches war Erik nun weit entfernt. Zurück vom Dach, war er sofort in die geschlossene Abteilung verlegt worden. Suizidgefahr. Dieser Teil der Klinik schien Leonard wie ein Gefängnis. Alle Zimmer waren versperrt, in kurzen Abständen erfolgten Rundgänge des Pflegepersonals. Die Stille war bedrückend.

Das Zimmer des Buben war ein kahler Raum mit vergitterter Oberlichte. Die Einrichtung bestand aus einem einzelnen Bett, in dem der Bub unter einem Laken zusammengerollt lag. Die Seitengitter des Bettes waren hochgezogen.

Leonard lehnte sich gegen das Gitter, schaute dem Buben beim Schlafen zu. Wahrscheinlich hatten ihm die Ärzte ein Beruhigungsmittel verabreicht. Jemand, der schlief, konnte nicht davonlaufen. Denn Leonard glaubte an keinen Selbstmordversuch. Er war überzeugt, dass der Bub, wie im Spital schon, einen Fluchtversuch unternommen hatte. Vom Park aus hatte er sich das Dach noch einmal angesehen. Nur unweit der Luke, durch die Erik gestiegen war, führte eine Feuerleiter zu einem angrenzenden Gebäude, über dessen Flachdach wäre der Bub zu einer weiteren Leiter gelangt, über die er die Anstaltsmauer erreicht hätte. Ein Sprung von zwei Metern, und er wäre draußen auf der Straße gewesen. Leonard war sich sicher, dass der Bub auf diesem Weg versuchte hätte, aus der Klinik zu verschwinden. Hätte er nicht die Höhe unterschätzt, er wäre längst weg. Aber wohin? *Bring mich nach Hause.* Was stellte der Bub sich vor, was ihn dort erwartete? Leonard überlegte, wie er ihm helfen könnte. Doch nach den Ereignissen auf dem Dach hatte ihm der Professor unmissverständlich klargemacht, Erik sei ihr Patient. Sie entschieden, was geschah. Und das Jugendamt. Sonst gar niemand.

Leonard beugte sich über den Schlafenden, strich ihm durchs Haar. Eriks Hand griff nach Leonards Jacke, wie schon im Spital hatte sich der Bub nur schlafend gestellt. Er zog ihn zu sich hinab. Leonard spürte seinen Atem, für einen Moment glaubte er, er würde sprechen. Doch er kratzte ihm eine Nachricht Großbuchstabe für Großbuchstabe auf die Wange.

BLEIB HIER ONKEL

Erst im Morgengrauen verließ Leonard die Klinik. Auf dem Bett hinterließ er für den Buben eine Nachricht. Eine Skizze seiner Werkstatt mit einer Krähe auf dem Dach. Darunter schrieb er in großen Blockbuchstaben, dass sie auf ihn warten werde.

Bei der Rückkehr nach Hause hockte die Morgenkrähe neben der Werkstatttür. Sie ließ Leonard auf wenige Schritte herankommen, dann flatterte sie zur Dachrinne. Ihre Krallen kratzten über das Blech. Leonard versuchte, sich das Gesicht des Buben vorzustellen, wenn er ihr begegnete. Er betrachtete den schwarzen Vogel, fragte sich, welche Faszination Krähen auf den Buben ausübten. Adler, Geier, vielleicht die großen Seemöwen, mächtige Flieger, das würde er verstehen. Aber Krähen?

Nachdem er Kaffee getrunken hatte, zog sich Leonard Sportsachen an. In den Tagen seit Max' Unfall hatte er sein tägliches Training vernachlässigt. Doch nun musste er es wieder aufnehmen, einen Verfall seiner Fitness konnte er sich nicht erlauben. Nicht so kurz vor einem Coup.

Beim Verlassen des Zimmers entdeckte er die ausgehängte Tür, die im Flur an der Wand lehnte. Murat hatte nicht angerufen, hatte seinen Cousin, den Maler, einfach mit der Arbeit beginnen lassen.

Der Boden des Zimmers war mit Packpapier ausgelegt, die Grundierung von Decke und Wänden war abgeschlossen. Abbas hatte recht, dieses warme Olivgrün beruhigte. Das Gleiche, erinnerte sich Leonard, hatte Philippe auch gesagt, als er sich das Haus nördlich von Grasse gekauft hatte. So beruhigend, diese Farbe. Leonard sah ihn im Abendrot in dem verwilderten Garten stehen, die Fäuste in die Hüften gestemmt, den Blick auf das schmutzige Olivgrün der Hauswand.

Da drin werd ich alt werden und sterben, Leonard.

Das Foto in der Marseiller Abendzeitung. Die Männer der Brigade de Répression du Banditisme. In Jeans und Lederjacken sind sie um die zugedeckte Leiche gestanden. Am Kreisverkehr Pierre Paraf. In dem Moment, als einer der Flics mit der Schuhspitze die Plane angehoben hat, da ist das Foto gemacht worden. Philippes Kopf ist verschwommen zu erkennen gewesen. Das geronnene Blut auf dem Asphalt. Dazu die Schlagzeile: Exekution in der Marseiller Unterwelt.

Nach dem Training hatte Leonard drei Nachrichten auf dem Anrufbeantworter in der Werkstatt. Eine Anfrage eines Kunden. Eine Nachricht aus der Klinik, dass der Bub aus der geschlossenen Abteilung entlassen worden sei und sein behandelnder Arzt ihn persönlich kennenlernen wolle. Der letzte Anruf war von Ron. Sie musste ihn sehen.

Von einer Telefonzelle aus rief Leonard zurück. Ihr Treffpunkt war ein ehemaliger Getreidesilo außerhalb der Stadt. Eine massive Holzkonstruktion, die langsam in sich zusammenfiel. Rundherum wucherten Gras und Büsche, ein abgelegener Ort, gut überschaubar.

Ron saß auf der Rampe und rauchte. Die Sonne streifte ihr schwarzes Haar, es schimmerte violett. Sie winkte Leonard auszusteigen. Leonard wartete. Er wollte sehen, wie sie auf sein Zögern reagierte. Doch sie rauchte weiter, in ihren Bewegungen kein Anzeichen einer Verunsicherung.

Beim Ausdämpfen der Zigarette flogen Funken, erloschen zu schwarzen Punkten im Wind. Den Filter der abgedämpften Zigarette wuzelte Ron zwischen den Fingern, steckte ihn in die Hosentasche.

Hast du dir das Büro noch einmal vorgenommen?

Ja.

Wirst du Leute brauchen?

Nein.

Dann bleibt alles beim Alten?

Sag mir nur wann.

Ron sprang von der Rampe, kickte einen Stein in die Büsche. Ein Vogel flatterte aus dem dichten Grün hoch.

In drei Tagen. Plus minus einen Tag. Das erfahr ich aber erst zwölf Stunden davor. Ist das ein Problem für dich?

Leonard schüttelte den Kopf.

Dann ist es gut. Ich meld mich bei dir.

Leonard wartete, bis Ron abgefahren war. Erst dann zündete er sich eine Zigarette an. Sie spielte mit ihm. Das spürte er. Ihre Lockerheit. Wie sie von der Rampe gesprungen war, den Stein weggekickt hatte. Kein bisschen Unsicherheit. Als wäre sein nächtlicher Besuch bei ihr im Garten nie passiert. Als hätte er ihr nie vorgeworfen, mit den Typen im Van gemeinsame Sache zu machen. Ron war eine kalte Frau, wenn es um Geschäfte ging. Aber so kalt, dass sie ihm nach all den Jahren etwas vormachen konnte?

Nach einem Halt im Supermarkt, in dem Leonard für Erik Karamellschokolade besorgte, fuhr er in die Klinik. Der behandelnde Arzt, der ihn kennenlernen wollte, war ein schmächtiger Mann um die fünfzig. Er saß in einem Rollstuhl hinter dem Schreibtisch seines Büros, begrüßte Leonard mit einem entschlossenen Händedruck.

Ich habe gehört, Sie haben die letzte Nacht bei Erik verbracht?

Ist das ein Problem?

Der Arzt verneinte. Es sei zwar nicht üblich, dass Verwandte in dieser Abteilung bei Patienten übernachteten, aber manchmal seien Ausnahmen eine sinnvolle Lösung. Er fragte Leonard, was es mit der Krähe auf seiner Nachricht für Erik auf sich habe. Bei der Untersuchung am Morgen habe Erik den Zettel die ganze Zeit in der Hand gehalten.

Der Bub mag Krähen.

Woher wissen Sie das?

Er hat es mir geschrieben.

Seit wann tut er das?

Was?

Ihnen schreiben, Herr Steiner.

Seit dem zweiten Tag im Spital.

Leonard erzählte dem Arzt von dem Pentagon, das der Bub gezeichnet hatte. Dem Spiel mit den Autonamen und am Ende der ersten Frage des Buben. Wo er wohne. Der Arzt machte sich Notizen.

Und Sie haben vorher mit Erik wirklich keinen Kontakt gehabt?

Keinen.

Das Telefon auf dem Schreibtisch läutete. Der Arzt drückte eine Taste, ein oranges Lämpchen auf dem Apparat begann zu blinken. Das Läuten hörte auf.

Meine Frage, Herr Steiner, ist deswegen so wichtig, denn laut Spitalsbefund hat Erik keine Reaktionen gezeigt, mit irgendjemandem Kontakt aufzunehmen. Und so ist es mir heute bei der Untersuchung Ihres Neffen auch gegangen. Unsere Logotherapeutin sagt das Gleiche. Was schreibt Ihnen Erik so?

Verschiedenes. Meistens sind es Fragen.

Und gestern?

Da hat er geschrieben, dass er nach Hause will.

Haben Sie ihm das versprochen?

Nein.

Der Arzt nahm die Brille ab, beugte sich zum Computer, öffnete eine Datei.

Kollege Zimmermann hat geschrieben, Sie haben bei der Aktion auf dem Dach gegen seine klare Anweisung eigenmächtig gehandelt? Stimmt das so?

Es ging um den Buben, Doktor. Um seine Sicherheit.

Sie haben sich also spontan widersetzt?

Manchmal sind Ausnahmen sinnvolle Lösungen?

Der Arzt schaute Leonard an.

Herr Krutis vom Jugendamt hat mich bereits gewarnt. Er hat Sie einen harten Mann genannt. Aber hier, Herr Steiner, geht es nicht um Sie. Es geht um Erik und Sie. Es geht darum, dass wir überlegen, Ihnen Ihren Neffen für einige Stunden zu überlassen. Es wäre ein Versuch. Das Wiedersehen mit dem Zuhause könnte Erik vielleicht helfen, einen ersten Schritt zu tun, seine Blockade zu durchbrechen. Aber nur Ihnen vertraut er, nur zu Ihnen hat er Kontakt aufgenommen. Sie müssten ihn begleiten. Wären Sie dazu bereit?

Erik saß auf dem Bett in seinem Zimmer. Die Beine baumelten über dem Linoleum, auf den Oberschenkeln lag aufgeschlagen das Buch über Raumfahrt, das ihm Leonard ins Spital gebracht hatte. Beim Niedersetzen bildete die Matratze eine Mulde, der Bub rutschte Leonard entgegen, lehnte sich an ihn. Leonard fragte ihn, ob er noch immer nach Hause wolle.

Der Bub nickte.

Dann gehen wir mal zur Abwechslung vorne raus?

Erik sprang vom Bett, das Buch legte er in die Schublade des Nachtkästchens, neben Block und Bleistift nahm er den Stadtplan und eine Geldbörse mit dem grün-weißen Emblem einer Fußballmannschaft mit. Blut klebte darauf. Leonard bemerkte, dass sie leer war. Er griff in den Hosensack, zog Zehner und Fünfer aus der Geldrolle, die von einem Gummiring zusammengehalten wurde, kramte nach Münzen.

Ohne Geld geht ein Mann nicht aus dem Haus, klar?

Der Bub stopfte die Scheine in die Geldbörse, steckte sie in die Gesäßtasche, und ohne dass er es merkte, fischte sie Leonard wieder heraus.

Geht dir was ab?

Erik schaute ihn an.

Die da vielleicht?

Die Hand des Buben schnellte ans Gesäß.

Steck sie lieber vorne ein.

Am Haupteingang zeigte Leonard der Frau in der Portierloge den Ausgangschein.

Ist das nicht der kleine Ausreißer?

Die Frau zwinkerte dem Buben zu. Er ignorierte sie. Auf der Straße ließ er Leonards Hand plötzlich los und rannte davon. Leonard sprintete hinter ihm her, nach wenigen Schritten hatte er ihn eingeholt. Doch ehe er nach ihm schnappen wollte, sah er sein Lächeln und begriff, es war kein Davonrennen. Es war die bloße Lust des Buben am Laufen.

Sie liefen über die Straße in die angrenzende Parkanlage. Nach mehreren Runden um den Ententeich blieb der Bub endlich stehen, völlig außer Atem, die blasse Haut gerötet. Schweiß rann von der Stirn über das Gesicht. Aus der Beintasche zog er den Block.

Wow!

Leonard lächelte.

Ja. Wow!

Er führte Erik auf den Parkplatz zum Pick-up. Als der Bub Leonards Namen auf dem Firmenschild entdeckte, ging er keinen Schritt weiter. Leonard ließ seine Hand los.

Sollen wir den Bus nehmen?

JA

Es war nur ein Versuch gewesen, wie der Bub auf das Auto reagieren würde. Der Arzt hatte ihm dazu geraten. Auch wenn er nicht einsteige, er hätte das Auto einmal gesehen und jedes Wiedersehen könnte die Angst verringern. *Könnte. Vielleicht.* An die Möglichkeitsform müsse sich Leonard gewöhnen, hatte ihm der Doktor erklärt. Es gebe keine Regel. Es gebe nur Versuche. Eine schnelle Besserung des Zustands wäre genauso denkbar wie eine, die sich über Wochen ohne sichtbaren Fortschritt hinziehe. Eine Garantie, dass der Bub trotz Therapien je wieder zu seiner Stimme zurückfinden könnte, konnte der Arzt nicht geben. Das Wichtigste sei die Sicherheit, dass jemand für ihn da war.

Auf dem Weg bis zur Siedlung, zum Elternhaus ist dem Buben keine Anspannung anzusehen gewesen. Erst nach dem Aufsperren der Eingangstür und dem Betreten des Vorraums hat er nach seiner Hand gegriffen. In jedes Zimmer hat Erik hineingeschaut, nach jedem Zimmer hat sich die Hand des Buben fester an seine geklammert. Vom Dachboden bis zum Keller, alle Räume haben sie durchsucht. Diese tote Leere des Hauses. Vor dem Kinderzimmer hat der Bub ihn dann losgelassen. Die Tür hat er aufgestoßen, auf das Bett hat er sich fallen lassen, nicht mehr gerührt hat er sich. Nur flach geatmet. Kaum merklich, sodass er sich hin und wieder über ihn gebeugt und gehorcht hat. Erst mit Einbruch der Dämmerung hat der Bub begonnen, Worte auf die Decke zu kratzen. Eine Frage.

Ja, mein Kleiner. Sie sind tot.

Durch das gekippte Fenster hörte Leonard einen VW-Bus vor dem Haus vorbeifahren, hörte, wie der Wagen anhielt, zurücksetzte. Durch die Büsche am Zaun sah er das Aufleuchten von Bremslichtern, der Motor wurde abgedreht, die Scheinwerfer erloschen.

Die automatischen Lichter im Garten gingen an. Lilly stürmte auf den Rasen. Tina folgte ihr. Sie trug Arbeitshose, Stiefel, Armeejacke. Leonard öffnete das Fenster. Lilly rannte auf ihn zu, sprang die Mauer hoch. Sie schnappte nach Leonards Hand, mit der er sie zu streicheln versuchte. Tina zog sie weg, stupste sie in Richtung Rasen.

Ist Erik auch da?

Leonard deutete auf den Buben. Durch das Fenster betrachtete Tina den mittlerweile Schlafenden auf dem Bett.

Ist er seit dem Unfall das erste Mal hier?

Ja.

Weiß er es schon?

Ich hab's ihm gesagt.

Wie hat er es aufgenommen?

Noch gar nicht, scheint mir.

Tinas Hand berührte Leonards Unterarm. Er spürte die Schwielen an ihren Handflächen, ihre Finger schmutzig von der Arbeit mit Erde.

Er fragte, ob sie Zeit für einen Kaffee habe.

Aber vorher wasch ich mich kurz ab.

Am Wasserhahn auf der Terrasse zog Tina die Jacke aus, warf sie über den aufgerollten Gartenschlauch. Sie hatte ein graues T-Shirt an, im Licht der Außenlampe zeichneten sich unter dem Stoff ihre Bauchfalten ab. Sie trug keinen BH. Auf Leonards Vorschlag, das Bad zu benutzen, schüttelte sie den Kopf, hielt die Arme abwechselnd unter den Wasserstrahl, rubbelte Arme und Hände, kratzte Lehmklumpen von der Haut. Leonard schloss das Fenster. Die Decke zog er über die Schultern des Buben, der schlaftrunken die Augen öffnete.

Ich bin in der Küche. Schlaf weiter.

Für einen Augenblick schaute der Bub ihn an, ein müder, ausdrucksloser Blick. Danach drehte er sich zur Wand. Leonard ließ die Zimmertür einen Spalt offen, beobachtete den Buben beim Einschlafen. Keine Unruhe.

Während Leonard den Kaffee zubereitete, wollte Tina wissen, was in den Tagen nach ihrem letzten Treffen mit Erik geschehen war. Als Leonard mit dem Erzählen fertig war, setzte er sich zu Tina an den Tisch.

Hast du gewusst, dass mein Bruder und seine Frau sich trennen wollten?

Tina schüttelte den Kopf.

Aber nach dem, was du mir letztens erzählt hast, dass Max alleine mit Erik zurückgekommen wäre, da hab ich so was geahnt.

Max hat also nie was erwähnt?

Max?

Tina lachte.

Eher kommt der Berg zum Propheten. Max hat nie was erzählt. Er ist zwar viel offener gewesen als früher, aber das mit der Trennung, das wäre ihm bestenfalls zufällig herausgerutscht.

Das heißt, weder Tove noch er haben sich was anmerken lassen?

Rein gar nichts.

Und der Bub?

Was soll mit Erik sein?

Von den Großeltern hab ich erfahren, die Mutter wollte ihn nicht nach Norwegen mitnehmen.

Davon hab ich keine Ahnung. Aber so eng bin ich mit ihnen auch nicht gewesen. Ich hab ihr Haus und den Garten betreut, wenn sie weg gewesen sind. Ein paar Besuche. Viel mehr war da nicht. Warum fragst du?

Weil Toves Vater Max einen neurotischen Mann genannt hat. Der Grund, warum die Ehe gescheitert ist. Und ich deswegen verwundert gewesen bin, warum die Mutter den Buben bei Max zurücklässt. Da passt doch was nicht zusammen.

Tina überlegte.

Neurotisch? Max? Nein. Verschlossen vielleicht. Aber wenn's um Erik gegangen ist, da ist er wieder ganz anders gewesen. Aufgeweckt und locker. Da hat er mich ein bisschen an euren Vater erinnert. Damals, als es ihm noch gut gegangen ist. Vor dem Unfall. Du hättest ihn sehen müssen, deinen Bruder. Die gleiche Hingabe. Die gleiche Fürsorge.

Und Tove?

Tina zuckte mit den Schultern.

Ich hab sie fast nie allein mit Erik getroffen. Meistens ist Max dabei gewesen. Wie ihr Verhältnis zu Erik gewesen ist, keine Ahnung, Leon. Hast du denn je deine Mutter wiedergesehen?

Leonard verneinte.

Hast du nach ihr gesucht?

Wozu? Nicht mal die Fürsorge hat sie nach Vaters Tod ausfindig machen können.

Leonard stand auf, schaltete die Kaffeemaschine ab. Seine Mutter. Kein Thema, über das er sprechen wollte. Denn nach den fünf Jahren in der Legion hatte er einen Privatdetektiv aus Nizza engagiert, der auf die Suche nach vermissten Personen spezialisiert war, und er war fündig geworden. Eine Mrs. Van Rensburg, die bei der Heirat in Port Elizabeth ihren Mädchennamen, Viktoria Müllner, angegeben hatte, der ident war mit dem seiner Mutter, ebenso ihre Daten. Doch bis zur Heirat hatte Mrs. Van Rensburg oder Viktoria Müllner oder Viktoria Steiner nirgends eine Spur hinterlassen. Wie sie das geschafft hatte, war Leonard bis jetzt unerklärlich geblieben. Zwar hatte er ihre Adresse und Telefonnummer in Südafrika von dem Privatdetektiv bekommen, Kontakt hatte er mit ihr aber nie aufgenommen.

Ja. Manchmal hat er sich schon gefragt, wie sie so lebte. Diese Mrs. Van Rensburg. Er hat versucht sich vorzustellen, wer sie in den dreißig Jahren geworden ist. Die Frau, die von einem Tag auf den anderen gegangen ist. Die Mutter, die fast nur weiße Flecken auf seiner Landkarte hinterlassen hat. Warum sie das getan hat. Sie aufzugeben. Ihre Söhne. Vor allem den Kleinen, der an dem Kummer beinahe verreckt ist. Aber mit den Jahren und den spärlichen Erinnerungen, die ihm geblieben sind, hat er Ähnlichkeiten zwischen ihr und sich feststellen können. Ihre Kraft. Ihre Härte. Aber auch ihre Gewalt – und da hat er zu verstehen begonnen, dass sie für ein Leben in einer Familie vielleicht nicht geschaffen war.

Leonard nahm zwei Tassen aus dem Kasten über der Spüle. Die Zuckerdose fand Tina in einem Regal. Leonard füllte den Kaffee in die Tassen. Nur Milch fanden sie keine.

Dann trinken wir ihn schwarz, sagte Tina.

Sie öffnete ihr Haar, lockerte es. An ihrer Brust baumelte eine silberne Ente an einer Kette. Schon als Mädchen, erinnerte sich Leonard, hatte Tina Vogelfiguren als Anhänger getragen.

Lebst du eigentlich allein, Leon?

Seit Jahren.

Und zuvor? Hat es da eine Frau gegeben?

Leonard nahm einen Schluck und nickte.

So wie du dreinschaust, war es wohl was Ernstes?

Leonard betrachtete die braunen Bläschen, die auf dem Kaffee tanzten. Eines nach dem anderen zerplatzte.

Wäre sie noch am Leben, wäre ich nicht hier, sondern in Frankreich.

Das zu hören tut mir leid. Ist sie Französin gewesen?

Aus Nordfrankreich. Die Schwester eines Freundes.

Leonard leerte die Tasse in einem Zug. Der Kaffee schmeckte bitter, er hatte den Zucker vergessen.

Ich schau mal nach dem Buben.

Leonard stand auf. Beim Verlassen der Küche fragte ihn Tina: Wie früher?

Er drehte sich um.

Was willst du damit sagen?

Du weißt schon, Leon.

Ich weiß gar nichts.

Sie schauten einander an. Ihr konnte er nichts vormachen. Auch nach all den Jahren nicht. Aber sein Leben war nichts für sie. Für niemanden. Er bat sie, das Vergangene ruhen zu lassen. Tina hob die Schultern, setzte an.

Lass es ruhen!

Er verabschiedete sie, verschwand im Kinderzimmer, hörte das Starten des VW-Busses, wie sich Tina mit Vollgas entfernte. Er zog den Vorhang zu.

Erik schlief tief und fest. Den Arm über seinen Kopf gelegt, als würde er ihm Schutz bieten. Aber es gab keinen Schutz. Das wusste Leonard, und dieser Gedanke beim Anblick des Buben brannte, während er ihn sanft weckte.

Beim Verlassen des Hauses war Erik nicht anzumerken, wie er die Nachricht über den Tod der Eltern aufgenommen hatte. Keine Trauer, kein Blick zurück. Während der Fahrt in die Klinik, dem stummen Nebeneinander, fragte sich Leonard, ob der Bub verstanden hatte. Oder kippte er gerade in eine Scheinwelt, wo all das Schreckliche nie geschehen war? Der Arzt hatte ihm erklärt, Kinder verharrten im Trauerfall oft in einer regressiven Haltung. Sie leugnen die Realität, zimmern sich eine eigene Welt zusammen, konfus, irreal, einer inneren Logik folgend, sodass diese Welt für sie am Ende wieder funktioniere. Was passierte gerade bei dem Buben?

Leonard beschloss, sofern der Arzt einverstanden war, Erik

am nächsten Tag zum Begräbnis des Vaters mitzunehmen. Es wäre zwar hart, den Sarg in die Grube fahren zu sehen, aber dieser Hammerschlag war vielleicht eine Hilfe.

In der Klinik half Leonard dem Buben beim Ausräumen des Koffers. Nachdem sich Erik den Pyjama angezogen, die Zähne geputzt hatte, schrieb er auf den Block: Erzähl mir noch mal die Flaschenzuggeschichte.

Leonard dachte an das Foto im Haus seines Bruders. Erik mit Max vor der Turbine eines Airbusses. Er erzählte von Max' Traum, eines Tages Pilot zu werden, über die Bücher vom Fliegen, die er gelesen hatte. Als er schließlich von jenem Morgen auf dem Dach des Hauses zu erzählen begann, war der Bub eingeschlafen. Leonard schmunzelte. Wieder eine Geschichte, die er nicht zu Ende erzählen brauchte. Er drehte das Licht der Nachttischlampe ab, dachte darüber nach, was Tina über seinen Bruder erzählt hatte. Wie der Vater sei er gewesen, seine Fürsorge, seine Hingabe. Wie könnte er je an die Stelle seines Bruders treten? Konnte er dem Buben je Wärme und Geborgenheit geben?

Auf dem Parkplatz vor der Klinik standen nur mehr der Pickup und ein brauner Kastenwagen. Leonard ahnte, wer sich in dem Fahrzeug befand. Als er sich näherte, wurde das Fenster heruntergelassen. Durch den Außenspiegel sah Leonard das Gesicht des Hageren. Er ließ den linken Arm aus dem Fenster baumeln, zwischen Zeigefinger und Daumen eine Zigarette. Leonard blieb neben der Fahrertür stehen.

Wenn ich mitmache, ist der Bub für euch tabu. Klar?

Du machst bereits mit. Die Anzahlung schon vergessen, Steiner?

Du kapierst es nicht. Ihr haltet euch von dem Buben fern.

Oder was? Willst du uns drohen?

Leonard klopfte eine Zigarette aus seinem Päckchen und ehe der Hagere reagieren konnte, nahm er ihm die Zigarette aus dem Mund, benutzte die Glut zum Anzünden, ließ den Stummel auf den Boden fallen, zertrat ihn.

Geht man so mit Geschäftspartnern um?, fragte der Hagere.

Ihr könnt es euch aussuchen.

Der Kahlköpfige auf dem Beifahrersitz richtete sich auf, doch der Hagere hielt ihn zurück. Er schnippte mit den Fingern, deutete auf das Handschuhfach. Der Deckel klappte herunter, im Schein der Innenbeleuchtung sah Leonard zwei Pistolen und ein Handy. Der Hagere nahm das Telefon, reichte es Leonard.

Und dieses Mal nicht wegschmeißen. Damit erreichen wir dich.

Leonard schob das Handy in die Hosentasche. Er sah den Hageren im Profil. Für einen Moment erinnerte er ihn an Le Blanc. Le Blanc, der Philippe und ihn hatte abzocken wollen. Bei einem Coup in Hendaye. Aber Le Blanc war seit fünfzehn Jahren tot, einbetoniert in einer Fabriksmauer. Leonard klopfte auf das Handy in der Hosentasche.

Ihr rührt euch also.

Ohne eine Antwort des Hageren abzuwarten, drehte er sich um, ging zu seinem Wagen. Die Scheinwerfer des Kastenwagens streiften Leonards Pick-up. Das Handy warf Leonard auf den Beifahrersitz. Trotz aller Probleme, die es bedeutete, war Leonard erleichtert. Das widerliche Katz- und Mausspiel hatte ein Ende, sie waren nun Geschäftspartner und das verschaffte ihm Zeit, den Buben aus der Schusslinie zu bringen.

In Murats Werkstatt brannte noch Licht. In der Halle roch es nach Lack und Benzin. Leonard traf Murat im Büro am Ende der Halle an, vor dem Computer sitzend. Als er das Büro betrat, stand Murat auf, umarmte ihn, fragte, ob er schon drüben gewesen sei.

Ist was passiert?

Immer so negativ? Das musst du abstellen, Bruder. Gar nix ist passiert. Özim ist fast fertig und Abbas verlegt morgen den Boden. Wenn alles klargeht, sind sie bis zum Wochenende fertig. Dann fehlt bloß noch das Fenster.

Leonard fluchte.

Was ist? Hast du's vergessen?

Leonard erzählte vom Besuch im Haus seines Bruders.

Aha. Tina also.

Eine Bekannte von früher.

Er schilderte Murat, wie der Bub auf sein Nachhausekommen reagiert hatte.

Was wunderst dich? Als dein Vater gestorben ist, wie lange hat's da gedauert?

Lange.

Siehst du. Eine Woche ist nix. Dein Neffe braucht ein Zuhause, dann kommt alles irgendwie in Ordnung. Willst du Tee? Mit Schuss Honig?

Wie immer.

Murat verschwand hinter dem Vorhang in der Küche. Als Leonard das erste Mal von Murat einen Tee angeboten bekommen hatte, war ihm das Getränk vor Süße fast am Gaumen kleben geblieben. Tee trank Leonard ausschließlich ohne Zucker. Wie scheußlich, Bruder, hatte Murat damals geschimpft und im Sinne ihrer Freundschaft über den Bosporus hinweg hatten sie sich auf einen Schuss Honig geeinigt.

Leonard fragte nach Melek, Murats Freundin.

Der geht's gut.

Keine Probleme?

Na ja, das Übliche, Bruder. Eine Frau in Uniform und mit

Waffe, noch dazu Unteroffizierin, die Männern Befehle gibt. Da kriegen manche da unten im Kosovo steife Nackenhaare. Aber sie hat das im Griff, meine Melek.

Murat kehrte ins Büro zurück. Auf dem Tablett eine Kanne, zwei Gläser mit Goldrändern, eine Honigtasse, Zucker in einer Glasschüssel. Er stellte das Tablett auf das rote Tischchen, das ihm Leonard aus Wrackteilen eines Ferraris geschweißt hatte. Gemeinsam setzten sie sich auf das Sofa, das Einstandsgeschenk von Murats Vater. Murat füllte Tee in die Tassen. Leonard lehnte sich in das Sofa, streckte die Beine von sich. Er mochte dieses Büro. Das Sofa. Die Kissen. Die Küche hinter dem Vorhang. Den Teppich unter dem Tischchen. Vor allem aber die Bilder an den Wänden, Schnappschüsse von Murats weitverzweigter Familie. Streiflichter eines ihm so fremden Lebens.

Na dann, Bruder.

Sie nippten an den Gläsern, tranken in kleinen Schlucken.

Und jetzt erzähl mir von Tina.

Auch wenn ihm Murat geraten hat, seinen Arsch in den Pickup zu schwingen und zu Tina zu fahren, ist er stattdessen zum Training gegangen. Dennoch hat er Tina nicht aus dem Sinn bekommen. Ihren Geruch nach Erde und Schweiß. Die weichen Bewegungen ihrer Brüste. Ihre flüchtigen Berührungen. In dieser Nacht hat er wieder das Bedürfnis gespürt, eine Frau in den Arm zu nehmen, in ihr zu versinken.

Am Tag von Max' Begräbnis, als Leonard Erik aus dem Spital abholen wollte, erfuhr er vom behandelnden Arzt, dass der Bub ihn nicht begleiten werde. Der Besuch im Elternhaus hatte Wirkung gezeigt. Der Bub sei verändert zu den Vormittagstherapien erschienen, seine passive Haltung habe er ein wenig abgelegt. So könnte das Begräbnis, die unmittelbare Konfrontation mit dem Tod, diesen ersten kleinen Fortschritt mit einem Schlag zunichtemachen, ein Risiko, das der Arzt nicht eingehen wollte. Überraschend hingegen war der Plan, den Buben am kommenden Wochenende für eine Nacht in seiner Obhut zu überlassen.

Wäre das für Sie vorstellbar, Herr Steiner, dieser Schritt? So kurzfristig?

Leonard dachte an den Auftrag bei Szabo. Wenn es blöd liefe, hätte er den Buben am Hals.

Haben Sie darüber mit Herrn Krutis gesprochen?

Er hat grünes Licht gegeben. Im Sinne einer weiteren Annäherung wäre es sogar wünschenswert.

Nach dem Gespräch blieb Leonard beim Gangfenster vor dem Arztzimmer stehen. Im Park sah er den Buben beim Fußballspielen. Er führte den Ball eng am Fuß, dribbelte, seine Haare flogen wild nach allen Seiten, kurz blickte er hoch, lupfte den Ball über einen Gegenspieler. Das blonde Mädchen, an dem Erik Gefallen gefunden hatte, donnerte den Ball volley ins Tor, das durch zwei Taschen auf dem Gras gekennzeichnet war. Leonard überlegte, wie er den Plan, den Buben am Wochenende zu sich zu nehmen, vielleicht hätte ablehnen können. Während des Gesprächs mit dem Arzt war ihm keine Ausrede eingefallen und ihm wurde klar, er hatte auch nach keiner gesucht.

Er wählte Murats Nummer. Er erzählte ihm von dem Besuch am Wochenende.

Passt, Bruder. Wir sind bis Freitag fertig.

Murat legte auf.

Leonard lächelte.

Passt, Bruder. So einfach.

Im Park war das Match vorüber, als Leonard hinkam und

die mitgebrachte Flasche Apfelsaft öffnete. In einem Zug leerte sie der Bub.

Wie ist das Match ausgegangen?

4:2

Gewonnen?

Was sonst

Leonard sah den Stolz im Blick des Buben.

Ich hab dich spielen sehen. Du hast was drauf. Lust auf Kuchen?

In der Cafeteria bestellte Erik eine Kardinalschnitte, Leonard einen kleinen Schwarzen. Die Mehlspeise verschlang der Bub in einer atemberaubenden Geschwindigkeit. So locker hatte ihn Leonard noch nicht erlebt. Dennoch hatte der Arzt ihn gebeten, den Plan für das kommende Wochenende nicht zu erwähnen. Sie wollten mit Erik vorher reden, wäre er einverstanden, würden sie ihn sofort benachrichtigen.

Willst du noch was?

Der Bub ließ die Gabel auf den leergeputzten Teller fallen, zerrte Leonard zu den Kühlfächern, deutete auf einen Eisbecher. Frozen Yogurt. Während Leonard bezahlte, öffnete der Bub den Becher, stach in das cremige Eis. Dann hielt er Leonard den Becher hin, bot ihm den ersten Löffel an. Leonard kostete. Das Eis schmolz auf seiner Zunge, der saure Geschmack breitete sich auf dem Gaumen aus. Auf dem Weg zum Zimmer des Buben löffelten sie den Becher gemeinsam leer.

An der Pinnwand über dem Bett hatte Erik Leonards Zettel mit der Morgenkrähe befestigt. Der Bub deutete auf das Blatt und schrieb die Frage, ob es ihr gut ginge.

Der Morgenkrähe? Sie ist frech.

Der Bub lächelte.

So müssen Krähen sein

Ist das wirklich so?
Ja
Wer behauptet das?
Mein Papa

Dieses Selbstverständnis, mit dem ihm der Bub diese Antwort gegeben hat. Als wäre der Papa noch am Leben.

Der Sarg ruhte auf einem Sockel in der Aufbahrungshalle. Links und rechts drei Kerzen, im polierten Holz spiegelten sich die Flammen. Leonard war allein. Zwar hatte ihm Krutis einige Telefonnummern gegeben, darunter das Personalbüro von Max' Firma, angerufen hatte er nicht. Nicht einmal Murat wusste von dem Begräbnis.

Leonard setzte sich in die erste Reihe. Er versuchte sich den Mann, den er im Spital als Max identifiziert hatte, in dem schmalen Sarg vorzustellen. Das dünne Haar. Die hohe Stirn. Der Ansatz eines Doppelkinns. Trotz all der Fotos, die er mittlerweile von seinem Bruder gesehen hatte, war dieser Mann für ihn ein Fremder geblieben.

Vier Männer in grauen Umhängen und schwarzen Kappen betraten die Halle. Vor dem Sarg blieben sie stehen, verneigten sich. Leonard stand auf. Der Mann, der ihm am nächsten stand, schaute zu ihm herüber. Leonard nickte ihm zu. Sie zogen den Sarg vom Sockel, trugen ihn aus der Halle.

Die Glocke verstummte, als sie das Grab erreichten. Die Männer schoben den Rollwagen über die Grabstelle, senkten den Sarg in die Tiefe. Einer der Bestatter reichte Leonard eine Schaufel. Erdbrocken und Steine prasselten auf das Kruzifix auf dem Deckel. Beim Abschied drückte Leonard dem Bestatter einen Hunderter in die Hand, wartete, bis er allein war. Danach schloss er die Augen, sah Max vor sich. Damals, vor zwanzig Jahren beim Abschied an der Grenze. Das schulterlange Haar, der erwachsene Blick. Der Biker.

Das war das letzte Mal, Leonard.

Auf dem Nachhauseweg erreichte Leonard eine SMS von Ron. Bei einer Telefonzelle hielt er an, nach nur einem Läuten hob sie ab.

Wann willst du mich sehen?

Sofort.

Wie üblich?

Ja. Wie üblich.

Leonard nahm die Autobahn, die zum Flughafen führte, passierte dabei die Stelle, an der sein Bruder mit seiner Frau verunglückt war. Im Gegenverkehrsbereich brausten die Autos aneinander vorüber. Keine Spur mehr von dem Unfall. Leonard dachte an die täglichen Verkehrsmeldungen im Radio, Verkehrsbehinderungen, Staus und zum Schluss die erlösende Meldung, die Unfallstelle sei geräumt, der Stau löse sich auf. Und nun waren auch die Toten begraben.

Nach einer Dreiviertelstunde Fahrt erreichte er den Treffpunkt am Rand eines Naturparks. Rons Wagen, ein dunkelgrüner Citroën, stand am Ende des leeren Parkplatzes.

Im Auto roch es nach Rons Parfum, das er ihr zum Geburtstag schenkte. Seit Jahren schon. Ron schaute ihn erstaunt an. Sie hatte Leonard noch nie im Anzug gesehen.

Kommst du von einer Beerdigung?

Mein Bruder.

Du hast einen Bruder gehabt?

Leonard nickte.

Ron strich über das Lenkrad, sagte, dass es ihr leidtue. Danach saßen sie schweigend nebeneinander, der Wind peitschte Tropfen gegen die Windschutzscheibe. Dann wurde der Regen stärker. Die Sicht nach draußen verschwamm. Ron schaltete den Scheibenwischer ein.

Wir haben ein Problem. Die Steine sind bereits in Szabos Büro.

Und wo liegt das Problem?

Szabo hat im letzten Augenblick noch zwei Bewacher organisiert. Einen auf der Straße in einem Auto, den anderen im Büro.

Bewaffnet?

Sicher.

Mit Funk?

Nehm ich an.

Eine Idee?

Ich hab jemanden angerufen, der dir den Mann im Auto vom Hals schafft.

Leonard blickte auf die gelben Blätter, die der Wind von den Ästen fegte. Ein Fremder, der bei der Sache mitmischte. Der ihm den Bewacher auf der Straße vom Hals schaffen sollte. Lief schnell aus dem Ruder, so etwas. Er schaute Ron an. Sie wartete auf seine Zustimmung.

Ist er verlässlich?

Er versteht sein Handwerk.

Leonard überlegte, wie er das Problem mit den beiden Männern allein lösen könnte. Aber das konnte er erst bei Szabos Büro entscheiden.

Dann machen wir es so. Bis spätestens Mitternacht melde ich mich bei dir.

Und dann?

Erfährst du, ob ich ihn brauche oder nicht.

Du willst ihn vorher nicht treffen?

Nein. Wenn er sein Handwerk versteht, wie du sagst, dann weiß er ja, was zu tun ist. Oder?

Den Bewacher auf der Straße, von dem Ron erzählt hatte, entdeckte Leonard in einem weißen Honda. Er parkte unweit des Bürogebäudes, den Haupteingang und Szabos Büro im obersten Stockwerk im Blick.

Leonard kehrte zum Lieferwagen zurück, den Ron für den Einbruch organisiert hatte. Den Transporter hatte er in einer Gasse geparkt, die parallel zu der Straße mit dem Bürohaus und dem Bewacher verlief. Im Laderaum zog er sich um. Schwarzer Overall, Militärstiefel. Danach studierte er den Satellitenplan, den er in einem Internetcafé ausgedruckt hatte. Das Gebäude, vor dem der Lieferwagen stand, war durch Hinterhöfe mit dem Wohnhaus verbunden, auf dessen Dach er hinauf musste. So konnte er den Bewacher auf der Straße umgehen. Noch einmal überprüfte er seine Ausrüstung, packte sie in den Rucksack. Die Pistole, die ihm Ron gegeben hatte, steckte er in das Schulterhalfter, den Schalldämpfer in die Brusttasche.

Unbemerkt gelangte Leonard auf das Dach des Wohnhauses. Dichte Wolken zogen über den Abendhimmel. Der Regen hatte wieder eingesetzt. Mit dem Fernglas beobachtete Leonard Szabos Büro auf der gegenüberliegenden Straßenseite. In allen Räumen brannte Licht. Der Tresor war verschlossen. Im Vorraum saß der Bewacher im Stuhl der Sekretärin, blätterte in einer Zeitung. Er trug eine Waffe. Auf dem Tisch stand sein Funkgerät. Beim leisesten Verdacht einer Gefahr würde er den Mann auf der Straße per Funk zu Hilfe rufen. Nachdem Szabo das Büro verlassen hatte, öffnete der Bewacher das Fenster, zündete sich eine Zigarette an. Nach jedem halbstündigen Kontrollruf per Funk wiederholte er die Rauchpause. Das war die Lücke, nach der Leonard gesucht hatte. Von einem Wertkartenhandy rief er Ron an.

Du kannst deinen Mann abziehen.

Der vom Katapult abgeschossene Haken zog das Seil über

die Straßenschlucht hinweg durch die Luft, fand zwischen zwei Aufbauten auf dem Dach des Bürohauses Halt. Das Seil band Leonard um einen Schornstein, zog daran, bis es straff gespannt war. Für die Überquerung brauchte er elf Minuten. Geduckt lief er den Dachrand entlang bis auf die Höhe des Fensters, das der Mann im Büro zum Rauchen nutzte. Das mitgebrachte Seil verknotete er an einem Stahlträger, legte das Klettergeschirr an, schraubte den Schalldämpfer auf die Pistole.

Ganz ruhig ist er gewesen. Wie als Junge schon, bei seinen ersten Einbrüchen. Schon damals ist es ist ihm nicht nur um die Beute gegangen. Es ist dieser Zeitraum davor gewesen, das Warten. Ruhig und dennoch voll konzentriert und angespannt, und beim Losschlagen dann die Explosion des Adrenalins. Dieses Gefühl, lebendig zu sein.

Das Knirschen des Fensterhebels. Das Scharren des Flügels beim Öffnen. Das Klacken des Feuerzeugs. Mit der Pistole im Anschlag sprang Leonard vom Dach. Wie eine Peitsche schnellte ihn das gespannte Seil auf das offene Fenster zu, mit den Füßen voran überraschte er den Bewacher. Die Wucht des Trittes schleuderte den Mann zu Boden. Trotzdem griff er nach der Waffe. Leonard zielte auf seine Beine.

Beweg dich und die Knie sind Trümmer.

Der Mann nahm die Hand von der Waffe. Leonard befahl ihm, sich auf den Bauch zu legen. Mit Kabelbindern fesselte er Hände und Beine, schleifte ihn zu den Heizungsrohren, wo er ihn festband. Die Pistole des Bewachers zog er aus dem Halfter, leerte Magazin und Lauf, schleuderte sie unter den Bürokasten.

Damit kommst du nicht durch, Arschloch!

Mit einem Gafferband verklebte ihm Leonard den Mund. Das Seil warf er aus dem Fenster. An der Wand herabhängend war es im Dunkeln nicht zu sehen. Auf der Straße blieb es ruhig. Ebenso im gegenüberliegenden Wohnhaus.

In Szabos Büro ließ Leonard die Jalousien herunter, nach einer Viertelstunde hatte er den Tresor aufgebrochen. Das Säckchen Diamanten lag im obersten Fach. Er schüttete den Inhalt auf den Schreibtisch. Mit einem Hammer drosch er auf zwei der Steine. Unbeschädigt flogen sie durch den Raum, hinterließen auf dem Mahagoni tiefe Kratzer. Die Steine waren echt.

Leonard packte sie zurück in den Leinensack, sammelte sein Werkzeug ein. Über den gefesselten Mann hinweg stieg er aus dem Fenster. Beim Hochklettern der Fassade hörte er das Knacken des Funkgeräts.

Paula eins, kommen.

Als er das Kletterseil einzog, wurde der Funkruf wiederholt.

Der dritte klang ärgerlich.

Leonard sah den Mann aus dem weißen Honda steigen. Solange der Mann auf dem Gehsteig war, zum Büro hochschaute, konnte Leonard die Straße nicht überqueren.

Nach einem weiteren Funkruf kehrte der Mann zum Auto zurück. Doch anstatt einzusteigen, telefonierte er. Leonard blieb keine Zeit. Er schwang sich auf das Seil, überquerte die Straßenschlucht. Das Licht im Bürohaus ging an. Kurz darauf hörte er hinter sich Stimmen aus Szabos Büro.

Der erste Schuss krachte in den Schornstein, an dem er das Seil festgebunden hatte. Der zweite verfehlte ihn nur knapp. Leonard blickte auf das steile Dach unter sich. Drei, vier Meter. Er löste das Sicherungsseil. Ein weiterer Schuss und er sprang. Hart schlug er auf der Dachschräge auf. Auf den Bauch gedreht, Arme und Beine ausgebreitet, bremste er das Abrutschen. Doch erst an der Dachrinne fand er Halt. Frei über dem Abgrund hängend zog er sich hoch, mechanische Bewegungen, trotz der Schüsse. Durch die Dachluke verschwand er im

Haus, hetzte die Stockwerke hinunter, durch die Hinterhöfe, das benachbarte Haus gelangte er zum Lieferwagen. Beim Starten des Motors sah er im Außenspiegel zwei Männer in die Gasse kommen, sich umschauen. Leonard trat das Gaspedal durch. Ohne Licht schoss der Lieferwagen aus der Parklücke.

Ron erwartete ihn auf dem Gelände eines aufgelassenen Baustellenlagers unter der Stadtautobahn, wo er am späten Nachmittag den Lieferwagen von ihr übernommen hatte. Staub wirbelte auf, als Leonard neben seinem Pick-up anhielt. Ron bemerkte die Einschusslöcher im Blech des Lieferwagens.

Alles okay bei dir?

Leonard nickte und stieg aus. Den Rucksack mit dem Werkzeug, die Kleidung, die er beim Überfall getragen hatte, die Waffe, ließ er auf dem Beifahrersitz liegen. Ron würde sie samt dem Fahrzeug beseitigen. Sie bot ihm eine Zigarette an.

Wie ist es gelaufen?

Am Ende ist es eng geworden.

Ron gab Leonard Feuer. Ihre Hand schützte die Flamme vor dem Wind.

Ist dir was passiert?

Leonard verneinte. Das Säckchen mit den Diamanten drückte er Ron in die Hand. Ron entnahm einen Stein, drehte ihn zwischen Daumen und Zeigefinger im Licht der Straßenlampe.

Saubere Arbeit.

Sie ließ den Stein ins Leinensäckchen fallen, steckte es ein. Sie strich über Leonards Wange, berührte die Schrammen, die er beim Sturz abbekommen hatte. Sie küsste ihn auf den Mund. Ihre Lippen weich auf seinen. Er löste sich aus Rons Nähe.

Wird Zeit, dass ich nach Hause komme.

In der Küche hat er Olivenbrot und Thunfisch gegessen. Dazu ein Glas Pastis getrunken. Ein Ritual aus der Zeit mit Véronique und Philippe, das er beibehalten hat. Doch das befreiende Gefühl, den Auftrag erfolgreich beendet zu haben, hat sich in dieser Nacht nicht einstellen wollen. Erst nach dem vierten Glas ist er zu Bett gegangen. Ein kurzer, unruhiger Schlaf, aus dem ihn das Krächzen der Morgenkrähe geweckt hat.

Am Vormittag tauchte Krutis unangemeldet in der Schmiede auf. Im Lärm des Schweißgerätes, hinter der heruntergeklappten Maske, hatte ihn Leonard nicht kommen hören, bemerkte aber den Luftzug, den das Öffnen der Werkstatttür verursachte. Er drehte die Flamme des Schweißbrenners zurück, klappte die Maske hoch. Krutis wollte sich nochmals das Zimmer ansehen, in dem Erik das Wochenende verbringen würde. Leonard deutete in Richtung Küche, Krutis kenne ja den Weg.

Bei der Rückkehr aus Leonards Wohnung blieb Krutis vor der Werkbank stehen, betrachtete das Wirtshausschild, das Leonard gerade fertiggestellt hatte. Der Kopf einer Ziege umrandet von Zweigen und Blättern, darunter der grob ziselierte Namenszug des Lokals.

Und? Gefällt Ihnen das Zimmer, fragte Leonard.

Es sieht gut aus. Kein bisschen düster mehr. Wird es zum Wochenende eingerichtet sein?

Heute Nachmittag holen wir die Möbel ab und spätestens morgen ist das Zimmer fertig.

Darf ich fragen, wer »wir« sind?

Freunde.

Aha. Haben Sie eigentlich viele Freunde?

Ist das wichtig?

Schon. Denn das Gericht, das am Ende über Ihren Antrag

auf Obsorge entscheidet, wird es als eine wichtige Frage ansehen, wie Ihr soziales Netz ausschaut.

Dann wird das Gericht zur Antwort kriegen, dass nicht die Zahl, sondern die Verlässlichkeit bei Freunden zählt.

Dann sollten Sie das auch so niederschreiben.

Niederschreiben? Warum?

Das ist eine Aufgabe, die jetzt auf Sie zukommt, Herr Steiner. Sie werden eine Beschreibung von sich selbst und Ihrem Leben anfertigen. Kein Bewerbungsschreiben. Was uns interessiert, ist, durch Ihre Worte zu erfahren, wer Sie sind. Und bevor Sie mir entgegnen, dass Sie schlecht im Schreiben seien, verrat ich Ihnen gleich einen Trick. Stellen Sie sich vor, Sie wären wer anderer und versuchen Sie, sich selbst durch die Augen dieses anderen Menschen zu sehen. Die meisten kommen damit über anfängliche Hemmungen hinweg.

Und wie lange habe ich dafür Zeit? Für diese … Beschreibung?

Bis Montag.

Nicht gerade viel.

Ich weiß, Herr Steiner. Aber je länger Sie nachdenken, desto mehr verändern Sie Ihr Eigenbild. Und das wollen wir nicht.

Leonard schaute auf das Wirtshausschild und während er überlegte, wie er diesen Leonard beschreiben könnte, fragte ihn Krutis, wie es ihm bei dem Gedanken gehe, den Buben am Wochenende erstmals bei sich in der Wohnung zu haben.

Das lass ich auf mich zukommen.

Verspüren Sie Angst?

Nein.

Unsicherheit?

Leonard schaute von dem Schild hoch.

Wenn Sie sehen, wie der Bub bisher gelebt hat. Das große Haus. Der Garten. Die Ordnung. Wie soll das hier dann funktionieren?

Er blickte aus dem Fenster. Im Hof stand Murat, unterhielt sich mit einem Kunden.

Wollen Sie wissen, was ich gedacht habe, als ich den Buben im Spital zum ersten Mal gesehen habe?

Er klopfte eine Zigarette aus dem Päckchen, zündete sie an.

Damals habe ich gedacht, es wär besser, den hätt's auf der Autobahn auch erwischt.

Krutis erwiderte Leonards Blick.

Und heute?

Nein. Heute ist das anders.

Dann sind das ganz normale Zweifel, Herr Steiner. Sie haben erst ein paar Tage Zeit gehabt, den Gedanken an sich heranzulassen, ein fremdes Kind aufzunehmen. Sie befinden sich erst am Beginn eines Prozesses. Wollen Sie wissen, was ich gedacht hab, als ich zum ersten Mal von Ihnen gehört hab? Das wird nichts. Nicht mit dem. Aber dann die Sache mit Ihrem Neffen im Spital. Damals, als Erik in den Krankenwagen hätte steigen sollen und er keinen Schritt weitergegangen ist. Ihre Reaktion darauf. Keine Sekunde haben Sie daran gedacht, Ihren Neffen zu überreden. Sie haben nur Eriks Wohl im Sinn gehabt, sonst gar nichts. Und da habe ich mir gedacht, das könnte klappen. Mit Ihnen und Erik. Also fürchten Sie nicht Vergangenes. Das ist Eriks Sache. Er vertraut Ihnen. Er wird immer wieder in seine Vergangenheit zurückkehren. Gehen Sie aber nicht mit ihm. Warten Sie, bis er wiederkommt. Sie sind seine Gegenwart.

Nach dem Gespräch mit Krutis hat er versucht sich vorzustellen, wie der Bub ihn bisher gesehen hat. Leonard, der Onkel. Über diesen Leonard hat er zu schreiben versucht, doch das Papier unter der Überschrift ist leer geblieben. Da ist ihm das Wort »Dieb« eingefallen. Das Wort, das er auf die Serviette im Fast-Food-Lo-

kal geschrieben hat, das Leuchten der Bubenaugen, die Fantasie, die es bei dem Buben entfacht hatte. Leonard, der Dieb. Und mit dem Blick auf das Papier, die beiden Leonards vor Augen, ist ihm klar geworden, die Trennlinie, mit der er bisher die zwei Welten so sauber auseinandergehalten hat, sie ist verschwunden.

Vor der Lieferung des Wirtshausschilds besuchte Leonard Erik in der Klinik. Der Bub war in seinem Zimmer, vertieft in eine Zeichnung, die Leonard an die Skizze erinnerte, die der Bub in der Hotellobby während des Besuchs der Großeltern angefertigt hatte. Ein Wald, blattlose Bäume, auf den Ästen hockten Vögel. Nur mit einem Unterschied. Auf dem Waldboden lagen in Schlafsäcken zwei Personen. Nach dem Fertigstellen der Zeichnung befestigte sie der Bub an der Magnetwand, neben Leonards Zettel mit der Morgenkrähe.

Sind das Krähen?, fragte Leonard.

Der Bub nickte.

Und die beiden Personen. Schlafen die bei ihnen?

Diese Frage ließ Erik unbeantwortet. Stattdessen schrieb er, dass er heute keine Therapiestunde mehr habe.

Dann lass uns in den Park gehen?

Kannst du Fußball spielen

Na hör mal! Sie nennen mich Zizou.

Der Bub schaute ihn fragend an.

Das war ein Scherz. Als ich so alt war wie du, hab ich Eishockey gespielt. Was Fußball angeht, hab ich zwei linke Füße. Aber kennst du Zizou nicht, Zinedine Zidane?

Der Bub holte aus dem Kasten seinen Laptop. Leonard buchstabierte den Namen. Seitenlange Dateilisten mit Zeitungsberichten, Bildern, Videos. Erik scrollte durch die Überschriften. Leonard zeigte auf ein Video. Weltmeisterschaft Achtundneunzig. Frankreich gegen Südafrika.

Da hab ich ihn spielen sehen.

Der Bub klickte das Video an. Der Spieler mit der Rückennummer zehn. Der Jubel des Publikums, als Zidane den Ball berührte, ihn auf engstem Raum an der Außenlinie entlang an zwei Gegenspielern vorbeiführte, sich einmal um die eigene Achse drehend einen Südafrikaner ins Leere rutschen ließ. Die Lässigkeit, mit der er den Ball mit der Ferse seinem Mitspieler zuschob.

Warum er dort gewesen sei, bei dem Spiel, wollte der Bub wissen.

Ich hab damals in Frankreich gearbeitet. Meine damalige Freundin hat Fußball über alles geliebt. Da hab ich ihr die Karten für dieses Spiel geschenkt. Leonard sah Véronique das Kuvert öffnen, die Karten herausziehen, den überraschten Blick. Ihr Freudenschrei, mit dem sie ihm um den Hals gefallen war.

Wo ist deine Freundin jetzt

Wir haben uns getrennt.

Und deswegen bist du nicht mehr in Frankreich

So ist es.

Der Bub klickte das Video an, stoppte es, wiederholte einzelne Sequenzen. Leonard sah indessen Véronique vor sich. Ihre Fäuste vor dem Mund geballt, das Spiel der *Bleus* gespannt verfolgend, ihr Gesicht in Sekundenschnelle von Freude zu Enttäuschung wechselnd. Wie seltsam nahe, diese Erinnerung. Als säße er neben ihr im Stadion und nicht hier, neben dem Buben in der Klinik.

Erik schloss das Video.

Wo in Frankreich habt ihr damals gewohnt

Die meiste Zeit in Marseille.

Der Bub öffnete eine Karte. Das Satellitenbild der Stadt Marseille. Mit dem Cursor folgte er Leonards Zeigefinger, zoomte in das Viertel, in dem Véronique und Leonard gewohnt hatten.

Der staubige Park in der Form eines Dreiecks. Am östlichen Ende des Platzes das Haus, in der Vergrößerung konnte Leonard sogar die drei Fenster ihrer ehemaligen Wohnung im zweiten Stock erkennen. In der Erinnerung hörte er die Mopeds der Jugendlichen aus dem Viertel über den Platz fetzen. Die Stimme des algerischen Händlers, jeden Morgen sein bellendes Französisch, wenn er sich mit den Lieferanten unterhielt.

Eine Weile betrachteten sie das Satellitenbild, bis der Bub eine Taste drückte, die Aufnahme verschwand, er eine andere Karte öffnete. Leonard las den norwegischen Namen.

Und hier hast du gelebt?

Der Bub nickte.

Hamar?

Woher weißt du

Deine Großeltern haben's mir erzählt.

Der Bub vergrößerte die Ansicht, deutete auf ein einstöckiges Familienhaus außerhalb des Stadtzentrums, an einer Straße zum See. An der Rückseite konnte Leonard einen Garten erkennen, nahe der Hecke zum Nachbargrundstück ein kleines Glashaus. Leonard wartete, dass der Bub etwas schrieb, eine Reaktion auf die Erinnerung an sein Leben dort. Doch sein Gesichtsausdruck blieb ungerührt. Er schloss die Dateien, schaltete den Computer aus, trug ihn zurück zum Kasten. Leonard wollte ihn fragen, ob er das Leben in Norwegen vermisse, dachte aber sogleich an Krutis' Empfehlung, dem Buben nie in die Vergangenheit zu folgen. Er war seine Gegenwart.

Nach einer Stunde Fußballspiel im Park verließen Leonard und Erik die Klinik. In einer Spielpause hatte ihm Leonard von dem Wirtshausschild mit dem Ziegenkopf erzählt. Der Bub hatte ihm nicht geglaubt, dass er so etwas aus Eisen formen konnte.

Leonard kletterte auf die Ladefläche des Pick-ups, reichte

dem Buben die Hand. Der ignorierte die angebotene Hilfe, stemmte sich aus eigener Kraft hoch.

Leonard öffnete die Holzkiste. Gemeinsam hoben sie das in ein Tuch gewickelte Schild heraus, legten es auf die Ladefläche. In seinem bisherigen Leben hatte Leonard kaum Stolz empfunden. Aber das Staunen in den Bubenaugen, wie er sich hinabbeugte, das Schild, den Ziegenkopf berührte, mit den Fingern die Konturen der Blätter und Zweige sanft entlangstrich, da war es für Leonard, als berührte der Bub ihn selbst.

Wo kommt das Schild hin

Das gehört einem Wirt. Es wird über der Eingangstür zum Lokal hängen. Wenn du willst, kannst du mich begleiten.

Musst du mit dem Auto fahren

Ja.

Der Bub schaute durch das Heckfenster in die Fahrerkabine, überlegte. Leonard packte das Schild zurück in die Kiste. Nachdem sie von der Ladefläche gesprungen waren, blieb der Bub vor der offenen Beifahrertür stehen.

Wenn du nicht willst …

Der Bub kletterte auf den Sitz. Seine Hand griff nach der Ablage, als suchte er Halt. Beim Starten des Motors zuckte er zusammen. Als Leonard nach seinem Arm griff, reagierte er nicht. Verkrampft und steif starrte der Bub durch die Windschutzscheibe. Leonard sprang aus dem Wagen, zerrte ihn vom Sitz, trug ihn zu der Bank nahe der Busstation.

Es ist vorbei, flüsterte er.

Der Bub schaute durch ihn hindurch.

Es ist vorbei. Hörst du?

Endlich reagierte Erik. Seine Hände krallten sich an Leonards Jacke fest. Er nahm ihn hoch, streichelte sein Haar, spürte den Atem des Buben an seinem Hals.

Es ist vorbei. Hörst du? Vorbei.

Er wiederholte die Worte, bis sich der Bub entspannte. Erst da ließ er ihn los.

Busse kamen, fuhren wieder ab. Krähen krächzten in den Baumkronen der Föhren. Der Bub blickte zu ihnen hoch.

Wie nennst du sie

Wen?

Deine Krähe zu Hause

Ich nenn sie Morgenkrähe.

Das ist kein Name

Dann denk dir einen aus.

Der Bub malte schwarze Striche auf den Block und mitten in das Gekritzel schrieb er die Bitte, ihn und die Krähe endlich besuchen zu dürfen.

Bei Leonards Rückkehr zu seiner Werkstatt erwarteten ihn schon Murat und Abbas. Zwei Stunden später stapelten sich Kisten und Schachteln vom Möbelmarkt in Leonards Wohnung, am Abend war das Zimmer des Buben eingerichtet. Nachdem Murat und sein Freund gegangen waren, bezog Leonard das Bett. Nachtblaue Überzüge mit aufgedruckten Bildern von Spiralgalaxien, die er in einem Geschäft entdeckt hatte, passend zu den Büchern über Astronomie und Raumfahrt, die der Bub so eifrig las. Als er fertig war, setzte sich Leonard auf das Bett. So freundlich das Zimmer, es roch nach frischer Farbe und Holz. Er drehte das Licht ab. Auf dem Plafond leuchteten Sterne, eine Mondsichel. Ein samtgrüner Schimmer. Im Möbelmarkt hatte er diese fluoreszierenden Aufkleber entdeckt. Murats Grinsen, als er die Schachtel auf das Förderband bei der Kassa gelegt hatte.

Jetzt bist ein echter Onkel.

Leonard versuchte sich die Bedeutung dieses Wortes vorzustellen. Was es veränderte, wenn der Bub sprechen könnte, ihn so nannte. *Onkel Leonard.* Er sprach die Worte aus. Erst leise, dann laut und deutlich, empfand aber nichts dabei.

Durch das offene Fenster drang das Raunen des Abendverkehrs. Schritte im Hof, das Stiegenhauslicht ging an. Im gelben Schein die Flecken der Hausfassade, der bröckelnde Putz, die Risse im Mauerwerk. Beim Schlafengehen würde der Bub auf diese Mauer schauen. Leonard dachte an das Kinderzimmer in Max' Haus. Hatte der Bub vor dem Einschlafen den Himmel gesehen? Was würde in ihm vorgehen, wenn dieser Himmelsblick auf bedruckte Bettwäsche, auf fluoreszierende Sterne am Plafond reduziert war?

In Murats Werkstatt wurde das Rolltor geschlossen. Ein Pfiff ertönte. Leonard erhob sich vom Bett, trat ans Fenster. Murat stand rauchend im Hof.

Und? Gefällt's dir, das Zimmer?

Ich schulde dir was.

Murat schnippte die Zigarette in eine Pfütze.

Na dann, gute Nacht, Bruder.

Aus der Küche holte Leonard eine Tafel Karamellschokolade, legte sie auf den Kopfpolster, streifte die Decke glatt. Beim Hinausgehen berührte er die aufgeklebten Buchstaben, die den Namen des Buben bildeten.

Der alleinige Herrscher. Als er Murat die Bedeutung des Namens Erik erklärt hatte, hatten Murat und sein Freund gelächelt. Im Türkischen bedeutete es Pflaume.

Im ersten Moment hatte Leonard Murats Idee, Eriks Sachen aus Max' Haus zu holen, für gut gehalten. Doch bei seiner Ankunft verwarf er das Vorhaben. Der Bub blieb nur ein Wochenende. Sollte er öfter kommen, war es seine Entscheidung, welche Dinge er abholen wollte, welche sie neu kaufen müssten.

Beim Wenden des Pick-ups sah Leonard Licht in Tinas Haus. Ihr Transporter parkte vor der Einfahrt. Außenlampen gingen an, als er den Vorgarten betrat.

Tina trug ein Nachthemd. Sie war bloßfüßig, ihre Zehennägel leuchteten rot. Ehe einer von beiden etwas sagen konnte, drängte sich Lilly vor. Ihr Schwanz schlug aufgeregt zwischen seinen und Tinas Beinen hin und her. Leonard kraulte Lilly den Kopf, entschuldigte sich bei Tina für die späte Störung.

Du störst nicht, Leonard.

Es war das erste Mal, dass Tina ihn bei seinem vollen Namen ansprach. Er küsste sie auf die Wangen, sie roch nach Seife und Wein. Als sie einander nicht gleich losließen, bellte die Hündin.

Ist sie eifersüchtig?

Sie ist Männerbesuch nicht gewöhnt.

Tina schickte Lilly auf ihren Platz. Erst auf den zweiten Befehl gehorchte sie, ein Schnaufen beim Niederlegen auf dem Teppich im Wohnzimmer. Mit angehobenen Schlappohren horchte sie.

Leonard folgte Tina durch den Flur. Im Licht der Deckenstrahler war der Umriss ihres Körpers unter dem dünnen Nachthemd zu erkennen. Lilly knurrte. Im Vorbeigehen rubbelte Leonard ihren Kopf. Lilly schnappte nach seiner Hand. Er packte ihre Schnauze, hielt sie fest, schaute in die braunen Wolfsaugen.

Keine Spielchen, altes Mädchen.

Tina nahm die zerknüllte Decke von der Couch, schaltete den Fernseher ab. Auf dem Tisch standen eine geöffnete Flasche Rotwein, ein leeres Glas. Leonard setzte sich auf die Couch. Tina fragte, ob er etwas trinken wolle.

Schaut gut aus, dein Wein.

Tina ging in die Küche. Wie ihm schon bei seinem ersten

Besuch aufgefallen war, herrschte auch im Wohnzimmer penible Ordnung. Die Bücher in den Regalen waren nach Größe gereiht, der Schreibtisch war aufgeräumt. Keine Fotos, keine Blumen, keine Pflanzen. Einzig die beiden Reproduktionen von lichtsatten Gemälden an der Wand belebten den Raum. Das eine zeigte einen Mann in einem Boot auf dem Wasser, nur als Schatten erkennbar, mitten in einem Farbenspiel aus Blau und Grau und Grün, die aufgelösten Konturen einer Stadt im Hintergrund, über der der orange Lichtfleck der untergehenden Sonne hereinbrach. Auf dem zweiten Bild eine Küste mit Klippen. Leonard erkannte die Felsbögen aus weißer Kreide, die wie Tore aus dem Wasser ragten. Die Küste von Étretat. In einem Seebad weiter nördlich hatten Philippe und er in einer Nacht zwei Juweliere ausgeräumt. *Rififi double,* hatten die Zeitungen geschrieben.

Monet erinnert mich jeden Tag daran, dass ich irgendwann wieder ans Meer fahren will.

Tina hatte einen grünen Bademantel übergezogen, zwei frische Gläser in Händen.

Nach Étretat?, fragte Leonard.

Du kennst den Ort?

Ich war vor Jahren mal dort.

Hat es dir gefallen?

Ich hab nicht viel gesehen. Ich war nur auf der Durchreise. Ist ein Februartag gewesen, saukalt, und es hat die ganze Zeit geschüttet.

Tina stellte die Gläser auf den Tisch, füllte sie mit Wein.

In letzter Zeit denk ich immer öfter daran, dorthin zu fahren. Erst in die Normandie, dann die Bretagne entlang. Und dann die gesamte Atlantikküste runter bis nach Hendaye. Einige Wochen immer am Meer entlang. Und jeden Morgen, egal bei welchem Wetter, schwimmen gehen.

Ist ziemlich frisch, das Wasser dort.

Ich weiß.

Tina setzte sich neben Leonard, zog die Beine an, schob die Füße unter ihr Gesäß.

Sie hoben die Gläser, tranken einen Schluck.

Auf deinen überraschenden Besuch, Leonard.

Tinas ausgestreckter Arm ruhte auf der Lehne der Couch, die Finger nur Zentimeter von seiner Schulter entfernt.

Wie ist es dir mit Erik ergangen?

Leonard erzählte von dem fertigen Zimmer, dem kommenden Wochenende mit dem Buben.

Klingt, als wärt ihr euch ein Stück nähergekommen.

Es ist ein Anfang.

Tina lehnte sich zurück auf die Couch, stützte ihren Kopf an der Handfläche ab.

Ein Anfang also. Seit unserem Wiedersehen hab ich nämlich bei jedem Treffen mit dir das Gefühl gehabt, du hoffst, den Jungen schleunigst loszuwerden. Ist das nicht mehr so?

Ich weiß nicht.

Tina wischte mit dem Handrücken über seine Schulter.

Na geh! Das soll ich dir glauben? Du hast Erik in kürzester Zeit ein Zimmer eingerichtet. Ein Zimmer, Leonard. Bei dir zu Hause. Und da willst du mir weismachen, du weißt nicht, was du für deinen Neffen empfindest? Hat sich wirklich so wenig geändert bei dir in den dreißig Jahren? Kaum sind Gefühle im Spiel, kühlst du dich runter zu einem Eisberg?

Leonard stellte das Glas auf den Tisch. Tina ließ ihn nicht aus den Augen. Er lehnte sich zurück, verschränkte die Arme vor der Brust.

Was weißt du schon von meinem Leben.

Eigentlich gar nichts. Aber ist das nicht immer so, wenn zwei Fremde einander begegnen?

Ihre Hand strich über seine Schulter. Ihre Finger berührten seinen Nacken. Die zärtliche Annäherung überraschte ihn. Er griff nach Tinas Arm, wollte ihn wegziehen. Er hätte nicht herkommen dürfen, dachte er. Doch kaum hielt er Tinas Arm, blickte ihr in die Augen, wusste er, er würde jetzt nicht aufstehen und fortgehen.

Etwas Kühles, Weiches stupste Leonards Hand. Er öffnete die Augen. Lilly saß neben dem Bett und schaute ihn an. Leise schlüpfte er unter der warmen Decke hervor, schwang die Beine aus dem Bett. Lilly richtete sich auf, wedelte. Er streichelte sie, im Spiegel des Schlafzimmerkastens sah er sich nackt auf dem Bett sitzen. Hinter ihm schlief Tina. Ihre Füße schauten unter der Decke hervor, ihr Kopf lag versunken im Polster. Erst weit nach Mitternacht waren sie ins Schlafzimmer gekommen. Leonard beugte sich zu Tina, zog die Decke über ihre Schulter. Sie bewegte sich, murmelte seinen Namen. Er strich ihr Haar zur Seite, küsste ihre Schläfe. Sie lächelte, dann kehrte ihr Atem in den flachen Rhythmus des Schlafes zurück. Leonard stand auf. Durch die breite Fensterfront schaute er auf das Skelett einer Baumkrone. Ein wolkenverhangener Morgen.

Im Wohnzimmer war alles noch so, wie sie es verlassen hatten. Die leere Weinflasche, die Gläser lagen auf dem Boden. Er hob sie auf, stellte sie auf den Tisch, der verschoben neben der Couch stand. Tina hatte ihn einfach beiseite gerückt. Wieder sah er sie nackt auf dem Teppich liegen, das Verlangen, mit dem sie ihn an sich gezogen hatte. Er spürte die Weichheit ihres Bauches, als er sich auf sie gelegt hatte, ihre Wärme, die seinen Körper sanft umschlossen hatte. Trotz der langen Nacht richtete sich sein Penis auf. Er blickte auf das Gemälde von Étretat. Der Gedanke an das eisige Wasser des Ärmelkanals kühlte ihn ab.

Unter der Couch fand Leonard seine Sachen. Nach dem

Anziehen öffnete er den Vorhang. Hinter dem Haus ein verwilderter Garten. Eine rostende Sitzgarnitur stand im hohen Gras, bedeckt von angewehtem Laub.

Leonard erinnerte sich, wie ihm Tina, nachdem sie sich auf dem Wohnzimmerboden geliebt hatten, von ihrer Ehe erzählt hatte, nur mehr durch Haus und Hypothek zusammengehalten. Bis sie von der anderen Frau im Leben ihres Mannes erfahren hatte. Von einem Tag auf den anderen hatte sie ihn hinausgeschmissen.

Warum sie keine Kinder habe, hatte Leonard Tina gefragt. Als Mädchen hatte sie doch von einer großen Familie geträumt.

Ihr Mann sei dagegen gewesen. Ihre Versuche, dennoch schwanger zu werden, seien fehlgeschlagen.

Wenn die Natur nicht will, wird es einen Grund haben, hatte sie gesagt.

Leonard öffnete das Fenster. Kalte Morgenluft wehte herein. Er kletterte ins Freie, setzte sich auf den Betonsockel vor der Hauswand. Eine Zigarette rauchend schaute er den Tropfen zu, die von der verrostenden Gartenbank in eine Pfütze fielen. Dabei roch er an seiner Hand. Trotz der Zigarette noch immer der Geruch von Tinas Geschlecht an seinen Fingern. Er schloss die Augen. Sein Körper war erfüllt von dem Moment der Auflösung, als er voll Zärtlichkeit in sie eingedrungen war. Ein Gefühl, das er tot geglaubt hatte.

Erik hatte seine Sporttasche bereits gepackt. Er wartete angezogen und abholbereit auf dem Bett in seinem Zimmer. Als Leonard den verängstigten Ausdruck in seinen Augen sah, dachte er, es wäre etwas Schreckliches passiert. Doch schnell wurde ihm bewusst, das Schreckliche war sein Zuspätkommen. Er war bei Tina im Bett noch einmal eingeschlafen. Er setzte sich neben den Buben, entschuldigte sich.

Das wird nie wieder vorkommen.

Ehrenwort

Leonard tippte mit ausgestrecktem Zeige- und Mittelfinger an seine Brust.

Bei allen vier Zylindern meines Pick-ups schwöre ich, ich komme nie wieder zu spät.

Der finstere Blick des Buben löste sich auf.

Hat dein Pick-up einen Namen

Nein. Er heißt einfach Pick-up.

Wenn du auf ihn schwörst, musst du ihm einen Namen geben

Hast du einen?

Erik überlegte. Doch statt eines Namens zeichnete er ein breitschultriges Männchen mit Helm und Umhang, viel zu langen Armen und Beinen, einem grimmigen Mund. Auf die Brust malte er ein fettes B.

Und der soll mein Pick-up sein?

Der Bub nickte und schrieb: Captain Bonzo

Du findest also, mein Pick-up sieht aus wie ein Bonzo?

Der Bub tippte auf den Namen.

Und wer ist dieser … Captain Bonzo?

Der Bub grinste.

Ein Bösewicht

Also findest du, dass mein Pick-up, mein roter, röhrender, hundertsiebzig PS starker, mit extrabreiten Hinterreifen ausgestatteter, servogelenkter Pick-up ein Bösewicht ist?

Das Grinsen des Buben wurde breiter.

Dann, junger Mann, sagst du ihm das am besten selbst.

Vor dem Verlassen der Klinik gingen Leonard und Erik zum Getränkeautomaten in der Cafeteria. Leonard ließ ihn ein Getränk auswählen. Er nahm eine Orangenlimonade. Leonard wählte Mineralwasser. Während der Bub die Limonade sofort öffnete, ließ Leonard seine Flasche verschlossen.

An der Station gegenüber der Klinik wartete der Bus. Als der Bub losrennen wollte, hielt ihn Leonard zurück.

Nicht so schnell, kleiner Mann.

Leonard stupste ihn in Richtung Parkplatz. Als sie sich dem Pick-up näherten, wurden die Schritte des Buben kleiner.

Keine Angst. Wir fahren nicht.

Was machen wir dann da

Schon vergessen?

Leonard öffnete die Mineralwasserflasche, drückte sie dem Buben in die Hand.

Du hast meinem Pick-up einen Namen gegeben, also musst du ihn auch taufen.

Leonard zeigte ihm, wie er die Flasche schütteln, den Daumen gegen die Öffnung halten musste, dass das Mineralwasser herausspritzte. Erik zögerte.

Nun mach schon. Bevor der Regen die Arbeit erledigt.

Leonard deutete zum Himmel. Regenwolken zogen wie schmutzige Tuchenten über die Stadt. Blitze zuckten aus dem Grau, Donnergrollen, erste Tropfen fielen. Der Bub umfasste die Flasche mit der rechten, hielt den Daumen der linken Hand gegen die Öffnung und schüttelte sie. Das Wasser spritzte gegen die Fahrertür.

Leonard malte ein C auf das Blech, wo es staubig war. Der Bub vervollständigte den Namen.

CAPTAIN BONZO

Der Motor des Autobusses an der Station wurde gestartet. Leonard nahm den Buben bei der Hand, doch der Bub blieb stehen, deutete auf den Pick-up.

Du willst mit Captain Bonzo fahren?

Leonard folgte dem Bus durch den Gewitterregen. Die Rücklichter waren nur verschwommen sichtbar, die Scheibenwischerblätter arbeiteten auf höchster Stufe. Warme Luft blies gegen die anlaufende Scheibe.

Eriks Beine baumelten über der Schmutzmatte. Seine Hände unter die Oberschenkel geschoben, die Schultern angehoben, kauerte er angeschnallt auf dem Beifahrersitz. An einer Station überholten sie den Bus, danach hatten sie freie Sicht auf die Straße. Die Schultern des Buben entspannten sich. Zwar hatte der behandelnde Arzt Leonard erklärt, die Entscheidung des Buben, in ein Auto zu steigen, könnte spontan geschehen, dennoch erstaunte ihn das plötzliche Vertrauen.

Der Regen endete so abrupt, wie er begonnen hatte. An den Straßenrändern hatten sich riesige Wasserlacken gebildet. Als Leonard durch eine fuhr, schwappte das Wasser in die Höhe, spritzte bis zu den Hausmauern. Dem Buben gefiel es. Leonard steuerte Lacke für Lacke an. Wusch! Wlasch! Erst ein Grinsen. Wusch! Wlasch! Der Bub verzog das Gesicht. Wusch! Wlasch! Der Bub lachte. Sein Brustkorb hob und senkte sich in kurzen Stößen, für einen Moment glaubte Leonard seine Stimme zu hören. Doch außer Fahrtwind und Motorengeräusch kein Laut. An der nächsten Kreuzung musste Leonard anhalten. Der Bub schwitzte.

Hat dir gefallen, was?

Erik nickte, hauchte an die Scheibe der Beifahrertür. Ein milchgrauer Fleck. Mit dem Zeigefinger zeichnete er den Kopf eines Vogels.

Die sind für dich was Besonderes, die schwarzen Vögel?

Statt zu antworten, zog der Bub eine Linie durch den Schnabel. Für Leonard schien es, als lächelte die Krähe.

SPRACHE DER KRÄHEN

Beim Betreten der Schmiede ließ Leonard Erik vorangehen. Die Werkzeuge an der Wand, die Maschinen zum Schleifen und Bohren und Fräsen, die Metallteile, die sich in dunklen Fächern stapelten. Mit der Handfläche strich der Bub über den Amboss, packte ihn, versuchte ihn zu heben. Keinen Millimeter bewegte er sich. Leonard stellte sich hinter ihn. Der Bub lehnte sich an seinen Bauch, Leonard zählte bis drei, gemeinsam hoben sie ihn an. Hundert Kilo schwebten über dem Stahlsockel, ein Zittern durchlief den Körper des Buben vor Anstrengung. Gemeinsam setzten sie ihn ab. Der Bub schlüpfte unter Leonards Armen hindurch. Der staubfreie Fleck bewies ihm, sie hatten ihn bewegt. Vier Fingerbreit zeigte er stolz, hob den rechten Arm, winkelte ihn ab, deutete auf den Bizeps. Leonard ertastete den Muskel.

Ein paar Jahre noch und du hebst ihn alleine hoch.

Glaubst du, schrieb der Bub.

Sicher.

Danach durchstöberte Erik die Werkstatt. Viele Werkzeuge nahm er in die Hand, ließ sie sich erklären. Vor der Esse stehend fragte er, wie der Ofen funktioniere. Das Krachen der Lüftungsklappen faszinierte den Buben. Beim Versuch, sie selbst zu öffnen, rührte sich das Gestänge keinen Millimeter. Leonard zeigte auf den Hebel über der Esse.

Wenn du den umlegst, geht's ganz einfach.

Er hob ihn hoch. Der Bub öffnete den Verschluss. Zurück auf dem Boden zog er am Griff.

Rachwumm! Wumm! Wumm!

Rachwumm! Wumm! Wumm!!

Rachwumm!! Wumm!! Wumm!!!

Leonard schnappte nach dem Arm des Buben.

Das sind Lüftungsklappen, Kleiner.

Eriks Augen glänzten.

Du willst also Lärm machen?

Der Bub nickte.

Na, dann, gemma.

Die Werkstatt bebte im Auf und Zu der Klappen, bis den Buben die Kraft verließ, er verschwitzt und außer Atem auf dem Holzsessel des alten Friedrich zusammensank. Metall- und Kohlestaub schwebten glitzernd im Licht der Neonleuchten. Noch nie war in der Werkstatt so viel Leben gewesen, dachte Leonard. Zufrieden schaukelte der Bub mit dem Sessel. Bis jetzt war außer dem alten Friedrich und Leonard niemand auf diesem Stuhl gesessen. Leonard glaubte, den Alten an die Werkbank gelehnt zu sehen. *Er tut dir gut, Leonard.*

Im Hinterhof hatte Leonard für Erik eine Überraschung vorbereitet. Der Ball hing in einem Netz an der Klopfstange. Er sei das Neueste auf dem Markt, hatte ihm der Verkäufer im Sportgeschäft versichert.

Falls du mal Lust auf Fußball hast.

Der Bub fischte den Ball aus dem Netz, roch am glatten Leder. Dann ließ er ihn fallen. Mit dem linken und dem rechten Fuß begann er ihn abwechselnd hochzuschießen. Leonard zählte mit. Erst nach der zweiundvierzigsten Wiederholung hüpfte ihm der Ball vom Fuß. Er schoss ihn gegen die Hofmauer, das Echo des Abprallens flatterte zwischen den Häusern.

Noch so ein Schuss und du pustest die Mauer weg.

Der Bub lächelte. Er schrieb eine Zahl auf den Block.

Hundertachtundsiebzig? Das war dein bestes?

Ja bis jetzt

Ganz schön viel. Willst du's noch mal probieren?

Der Bub verneinte.

Kakao und Marmeladebrote?

Am Küchentisch sitzend ließ Erik den Ball nicht los. Während die Milch auf dem Herd heiß wurde, schnitt Leonard Brotscheiben ab, schmierte Butter darauf, so dick, wie es sein Vater früher gemacht hatte. Nur dann schmeckte es. Er zeigte dem Buben drei Gläser. Erdbeere, Marille und eines ohne Etikette. Der Bub deutete auf das Glas ohne Aufschrift.

Was ist da drin

Das ist Feige. Die bringt mir Murat jedes Jahr mit. Aus der Türkei von seinem Onkel. Der hat da unten einen Garten mit Feigenbäumen.

Wer ist Murat

Ihm gehört die Spenglerei gegenüber.

Und Feige

Eine Frucht, die es nur im Süden gibt.

Wie schmeckt sie

Leonard öffnete das Glas, ließ Erik kosten. Danach wollte der Bub ein Brot mit Feige, das andere mit Erdbeere. Leonard löffelte die Marmeladen auf die Brote, den Kakao goss er in ein großes Häferl.

Lass es dir schmecken.

Nach der Jause zeigte Leonard dem Buben das Zimmer. Trotz des offenen Fensters roch es nach frischer Farbe und Holz. Ohne erkennbare Regung durchstreifte der Bub den Raum, öffnete den Kasten, die leeren Schreibtischschubladen. Erst am Fenster weckte das Geräusch eines anfliegenden Flugzeugs sein Interesse. Gemeinsam beugten sie sich hinaus, schauten in die Höhe.

Turboprop

Hast du sie etwa gesehen?

Der Bub verneinte, deutete auf die Ohren. Er öffnete den Mund, versuchte den Klang nachzuahmen. Doch so sehr er sich auch anstrengte, kein Laut entwich ihm. Wütend schlug er gegen seine Brust. Erst kurz, dann hart und heftig. Wieder und wieder, als hoffte er, seine Stimme aus sich herausprügeln zu können. Vergeblich. Den Block, den Kugelschreiber schleuderte er von sich, trat nach dem Schreibtischsessel. Leonard schnappte ihn. Erik versuchte sich loszureißen, prügelte auf ihn ein. Leonard hielt ihn fest, bis die Schläge an Wucht verloren, der Bub die Fäuste senkte.

Er ließ sich auf das Bett fallen. Im Polster mit der Mondlandschaft vergrub er sein Gesicht. Leonard setzte sich zu ihm. Die Hand, die er dem Buben auf die Schulter legte, schüttelte er ab.

Flugzeug für Flugzeug überflog den Hof. Als es still wurde am Himmel, fragte ihn Leonard, ob er die Flieger erkannt habe. Der Bub drehte sich auf den Rücken. Leonard reichte ihm Block und Kugelschreiber.

Dann schreib sie auf.

Ein halbes Dutzend Namen auf dem Papier. Der Bub konnte nicht nur zwischen Propeller- und Düsenmaschine unterscheiden, er erkannte am Klang der Motoren Flugzeugtypen, ob sie zwei- oder vierstrahlig waren.

Wer hat dir das beigebracht?

Papa

Und wie?

Sie seien oft zum Flughafen gefahren, schrieb der Bub. Der Papa und er. Dort hätten sie Flugzeugen beim Starten und Landen zugesehen und er habe die Augen schließen und erraten müssen, um welche Type es sich handelte.

Dieser Stolz in den Augen des Buben. Der Papa. Der ihm das beigebracht hatte. Flugzeuge am Klang ihrer Turbinen, am Luftgeräusch zu erkennen. Leonard dachte an Max. Im gleichen Alter. Sein Traum, Pilot zu werden. Auch er hatte Flugzeuge am Klang unterscheiden können, und nun saß sein Sohn vor ihm. Die gleiche Leidenschaft.

Werde ich wieder sprechen können

Der Bub bemerkte Leonards Zögern, senkte den Blick. Tränen tropften auf den Block. Leonard hob Eriks Kopf, wischte ihm die Tränen von den Backen.

Das wirst du, Kleiner, ganz sicher. Du brauchst nur ein bisserl Zeit. Verstanden?

Der Bub schaute ihm in die Augen, nach einer Weile richtete er sich auf.

Leonard fragte ihn, ob ihm das Zimmer gefiel.

Passt so

Aus Murats Spenglerei gellte ein Pfiff, als sie den Hof überquerten. Murat trat aus der Halle, an seinem Overall glänzten Lackpatzen in allen Farben.

Du bist also Erik?

Der Bub schob die Hände in die Hosensäcke.

Ich bin Murat. Ein Freund vom Onkel.

Der Bub rührte sich nicht.

Leonard stupste ihn an.

Seine Feigenmarmelade hat dir aber geschmeckt?

Echt?

Der Bub nickte.

Das wird Onkel Gürcan freuen. Und? Willst einen Mustang sehen, Erik?

Sie folgten Murat in die Werkstatt. Im hinteren Teil, abgetrennt durch Wände und Rolltore, befanden sich die Räume der Lackiererei. In einem stand der weiße Sportwagen. Das Licht der Deckenlampen glänzte auf dem frischen Lack.

Siebenundsechziger Shelby Mustang. Sieben-Liter-Maschine. Gefällt dir?

Der Bub nickte.

Willst ihn starten?

Leonard wartete, wie der Bub reagierte. Ob er so einfach in ein fremdes Auto einstiege? Der Bub blickte zu ihm hoch.

Captain Bonzo wird's dir verzeihen.

Captain Bonzo?

So heißt jetzt mein Pick-up.

Murat lachte.

Cooler Name für die fette Japanerschüssel.

Murat deutete dem Buben, auf der Fahrerseite einzusteigen, schaltete die Lüftung in der Lackiererei ein. Den Fahrersitz mit dem Buben zog er bis zum Anschlag vor. Danach steckte er den Schlüssel ins Zündschloss, kontrollierte Handbremse und Gang.

Gehört jetzt dir, Erik.

Ein tiefes Blubbern ertönte. Der Bub gab sachte Gas.

Steig rein, rief Murat.

Der Motor röhrte auf. Der Wagen vibrierte im Rhythmus des Pedalspiels.

Rah-Wrummmm!!!

Rah-Wrummmm!!!

Murat tippte ihm auf den Bauch, schloss die Hand zu einer Faust.

Da spürt man was, ha?

Der Bub lachte lautlos.

Diese Gelöstheit im Gesicht des Buben. Wie in der Werkstatt. Das Scheppern der Lüftungsklappen, das Röhren des Achtzylinders. Ein Übertönen der Stille.

Es war bereits dunkel, als sie nach Hause zurückkehrten. In der Küche, während Leonard das Abendessen vorbereitete, zeichnete der Bub die Wege, die sie beim Einkaufen durch Leonards Wohnviertel gegangen waren, auf dem Stadtplan ein. Danach half er Leonard beim Kochen. Sie schnitten Zwiebel, Speck, Tomaten und Chilischoten, pressten Knoblauch für die Pasta Arrabbiata, rührten die Spaghetti im kochenden Wasser. Erik hatte ihm nicht glauben wollen, dass Chilischoten so scharf seien. Leonard hatte ihn eine kosten lassen, das Gesicht des Buben verfärbte sich tiefrot. Nach dem Hustenanfall ahmte Leonard das Geräusch eines Furzes nach.

Du wirst morgen Feuer scheißen, Kleiner.

Und wieder dieses lautlose Lachen.

Gemeinsam deckten sie den Tisch. Seit Friedrichs Tod das erste Mal, dass Leonard wieder eine Tischdecke benutzte. Die blaue, die Friedrich gerne verwendet hatte, nahm er aus der Schublade der Kredenz, streifte sie auf dem Tisch glatt. Das Auflegen der Teller, des Bestecks, der Servietten erledigte der Bub.

Nach dem Essen gingen sie gemeinsam zurück ins Zimmer. Den mitgebrachten Laptop legte der Bub auf den Schreibtisch, klappte ihn auf, steckte Maus und Joystick an, startete ein Programm. Flugsimulator. Aus der Schrift heraus schossen Kampfjets.

Welche Kampfflugzeuge kennst du

In der Eile fiel Leonard nur der Name der Hubschrauber ein, in denen er als Soldat mitgeflogen war.

Darf es auch ein Helikopter sein?

Der Bub schüttelte den Kopf.

Dann Mirage?

Der Bub öffnete eine Liste mit Bildern und Daten, wählte einen Jet aus.

Wo sollen wir fliegen

Wüste. Wo sonst.

Landkarten klappten auf dem Bildschirm auf. Leonard tippte auf Nordafrika. Nach wenigen Sekunden befanden sie sich in einem Cockpit. Blick auf ein Flugfeld in der Wüste. Die Farben, die Umgebung schienen Leonard so real, als wäre es ein Film aus seiner Erinnerung.

Du kennst dich damit aus? Mit den Instrumenten, Knöpfen und Schaltern?

Der Bub drückte Tastenkombinationen, griff nach dem Joystick. Das Flugzeug bewegte sich Richtung Startbahn. Die Turbinen dröhnten aus den Lautsprechern. Nach Sekunden waren sie in der Luft, flogen dem wolkenlosen Blau entgegen. Die Sonne blendete. Die Stimme aus dem Lautsprecher gab den Auftrag. Zerstörung feindlicher Stellungen. Dazu Koordinaten. Der Bub klickte mit dem Mauspfeil Instrumente an. Die Maschine ging in den Tiefflug, fegte nur wenige Meter über die ausgedörrte Landschaft hinweg. Konzentriert auf Armaturen und Tiefflug, schien er Leonard nicht mehr wahrzunehmen.

Eine Mission und nicht mehr. Verstanden? Und dann Dusche, Zähneputzen und ab ins Bett.

Der Bub nickte, ohne den Bildschirm aus dem Blick zu verlieren.

In der Küche während des Abwaschs hörte Leonard Gefechtslärm. Die Geräusche, so real, weckten Erinnerungen. Er öffnete die Hoftür, erst nach mehreren Zigaretten verschwanden die Bilder wieder aus seinem Kopf. Von Kindern. Ihre Körper. In Stücke gerissen von Sprengfallen. Zurück in der Küche war der Gefechtslärm verstummt. Wasser rauschte, der Bub im Bad. Da fiel ihm ein, was Erik geschrieben hatte. Im Zimmer war es ihm nicht aufgefallen, so selbstverständlich diese Worte.

Wo sollen wir fliegen.

Wir.

Beim Schlafengehen bat ihn der Bub zu bleiben. Leonard drehte das Licht ab, setzte sich zu ihm ans Bett. An der Decke leuchteten Mond und Sterne. Nach einer Weile des stillen Nebeneinanders griff der Bub nach Leonards Arm, kratzte die Bitte auf die Haut, ihm nochmals die Dachgeschichte zu erzählen.

Die Geschichte von Max und mir?

Ja

Leonard erzählte von zwei Brüdern, die nicht unterschiedlicher hätten sein können, ihren Abenteuern in der Abschaumsiedlung, von dem Baumhaus und einem Vater, der zwei Dutzend Variationen von Eierspeise zuzubereiten wusste. Er erzählte von einer Welt, einer Familie, über die der Bub noch nie etwas gehört hatte. Die Lichter im Hof und im Nebenhaus waren bereits ausgegangen, da erzählte Leonard erst die Geschichte der beiden Brüder auf dem Dach und bemerkte, dass der Bub eingeschlafen war. Die halbe Nacht blieb er am Bett sitzen. Als er sicher war, dass Erik auch in kurzen Momenten des Aufwachens in dieser fremden Umgebung keine Angst verspüren würde, verließ er das Zimmer.

Panikartige Schreie schreckten Leonard aus einem kurzen Schlaf. Er sprang aus dem Bett, dachte, Erik sei etwas zugestoßen. Doch der Lärm kam aus dem Hof. Durch das offene Fenster entdeckte er die Morgenkrähe, die von einer braunen Katze verfolgt wurde. Alle Versuche wegzufliegen, den Angriffen der Katze zu entfliehen, waren vergeblich. Ein Flügel hing schlaff herab, bewegte sich nicht. Leonard schnappte seine Schlapfen, schleuderte sie in Richtung Katze. Fauchend flüchtete sie in die Toreinfahrt. Als Leonard sich umdrehte, stand der Bub im Zimmer, schaute ihn fragend an.

Zieh dir was an und komm mit.

Die Morgenkrähe hatte sich unter einem Auto versteckt. Bei dem Versuch, sie zu packen, hackte die Krähe mehrmals gegen Leonards Hand. Fluchend zog er sie zurück, spuckte auf die Wunden, drückte ein Taschentuch darauf.

Das ist die Morgenkrähe, von der ich dir erzählt hab. Eine Katze hat sie erwischt.

Der Bub schaute unter den Wagen. Auf den staubigen Lack des Kotflügels schrieb er die Frage, woher er wisse, dass sie die Morgenkrähe sei.

Der weiße Fleck auf ihrem Flügel. Daran erkenn ich sie.

Der Bub dachte nach. Dann schaute er unter dem Fahrzeug hindurch zur Toreinfahrt, wo die Katze hockte.

Wir müssen die Krähe einfangen

Ja, aber dazu brauchen wir ein Netz. Ich hol eines. Bis dahin bleibst du im Hof und passt auf sie auf.

Während Leonard in der Werkstatt die Wunden desinfizierte und einen Verband anlegte, sah er die Katze sich an Murats Rolltor entlang anschleichen. Doch Erik war wachsam. Er nahm einen Stein, schleuderte ihn auf das Rolltor. Das Scheppern schreckte die Katze. Sie flüchtete hinter einen Stapel kaputter Autotüren.

Gut gemacht, rief Leonard durch die offene Werkstatttür.

Aus dem Keller holte er ein Netz. Aus Holzlatten zimmerte er einen Rahmen mit einem Griff, auf dem Rahmen montierte er das Netz. Unter der Werkbank zog er eine Kiste hervor, leerte sie auf dem Boden aus, bohrte Löcher in die Seitenwände. Als Deckel schnitt er eine Holzplatte zurecht.

Bei seiner Rückkehr in den Hof war die Krähe auf einen Mauervorsprung geflüchtet. Der Bub war ihr gefolgt, die Katze im Blick, die hinter dem Stapel Autotüren weiter lauerte.

Gemeinsam näherten sie sich der Krähe. Leonard von links, der Bub von rechts. Versuchte die Krähe durch die Mitte abzuhauen, konnte Leonard sie mit dem Netz einfangen. Doch die Krähe rührte sich nicht. Leonard bemerkte, dass sie nur ihn anschaute, nicht aber den Buben. Als er nur mehr einen Schritt von ihr entfernt war, streckte Erik den Arm aus, ohne ein Zögern sprang die Krähe darauf, krallte sich fest. Der Bub streichelte sie. Sein Gesicht so nahe an dem mächtigen Schnabel, Leonard hatte Angst, sie könnte ihn angreifen. Doch nichts geschah. Auch als der Bub zugriff, sie in die Kiste setzte, geschah das ohne Gegenwehr der Krähe. Leonard verschloss die Kiste mit dem Holzdeckel.

Gemeinsam trugen sie sie in die Werkstatt. Die Krähe kratzte am Holz, stocherte mit dem Schnabel wild durch die Löcher. Der Bub berührte ihn. Die Krähe verharrte, zog sich zurück, machte dabei einen Laut wie ein sanftes Gurren. Durch ein anderes Loch kam ihr Schnabel zum Vorschein. Wieder berührte ihn der Bub, so lange, bis sich die Krähe nicht mehr rührte.

Der Bub zupfte Leonard am Ärmel seines Pyjamas, deutete in den Hof. Leonard folgte ihm aus der Werkstatt. Vor der Nische zwischen Werkstattwand und Hausmauer, in der Leonard über Jahre Gerümpel und Altmetall gelagert hatte, kritzelte der Bub eine Skizze.

Bauen wir das

Eine Voliere?

Bei ihrer Rückkehr vom Tierarzt stand Tinas Transporter im Hof. Im Trubel um die verletzte Krähe hatte Leonard ihren Besuch zum Frühstück vergessen. Sie saß in der offenen Tür ihres Fahrzeugs und telefonierte. Ihr Haar hatte sie straff zu einem Pferdeschwanz zusammengebunden, an der Kopfhaut schimmerte grau der Haaransatz. Tina beendete ihr Gespräch.

Überrascht, dass ich hier bin?

Nein. Wir hatten nur einen turbulenten Morgen. Da hab ich vergessen, dich anzurufen.

Da drängte sich der Bub mit der Kiste zwischen beide.

Tante Tina! Wir haben eine verletzte Krähe

Ach, wirklich.

Ich hab sie Norah genannt

Hübscher Name.

Wir bauen eine Voliere

Was du nicht sagst. Und, ist sie da drin, deine Norah?

Der Bub stellte die Kiste auf Tinas Schoß, öffnete den Verschluss des Deckels, den Leonard vor der Abfahrt zum Tierarzt montiert hatte.

Die Krähe duckte sich beim Öffnen der Kiste. Tina wollte sie streicheln, Leonards Warnung kam zu spät. Die Krähe hackte auf ihre Hand ein. Tina fluchte.

Blöder Vogel!

Der Bub klappte erschrocken den Deckel zu, legte seine Arme schützend um die Kiste.

Leonard deutete mit dem Daumen auf ihn.

Nur nach ihm schnappt sie nicht.

Er gab dem Buben den Werkstattschlüssel.

Bring Norah in die Werkstatt. Tina und ich kommen gleich nach.

Nachdem Leonard Tinas Hand verarztet hatte, hielt er sie fest.

Nun hat sie uns beide erwischt. Der blöde Vogel.

Sie lachten. Tina küsste ihn auf den Mund.

Ich hab dich vermisst letzte Nacht.

Leonard erwiderte den Kuss, bemerkte den Buben hinter dem Werkstattfenster. Er löste sich von Tinas Lippen. Sie versuchte ihn nochmals zu küssen, doch er wandte sich ab.

Was ist?

Nichts. Nur der Bub.

Tina schaute zur Werkstatt, zuckte mit der Schulter.

Glaubst du, er hat noch nie zwei Erwachsene sich küssen sehen?

Darum geht's nicht. Ich will ihn nur nicht noch mehr verwirren.

Tina strich über Leonards Wange. Der Verband rieb an seinen Bartstoppeln.

Ich denke, der einzige Verwirrte hier bist du. Oder?

Leonard nahm sie in den Arm und küsste sie. Nach dem Kuss ließ er sie langsam los, blickte ihr in die Augen. Diese schwarzen Augen.

Il faut oublier. Tout peut s'oublier.

Du erinnerst dich?

Wie könnt ich's vergessen. Du hast mich damals gezwungen, das ganze Lied auswendig zu lernen. Meine ersten französischen Worte.

Qui s'enfuit déjà. Oublier le temps, des malentendus, führte Tina die Liedzeile zu Ende. – Ich habe gehofft, du würdest mich danach nie verlassen.

Ne me quitte pas, sagte Leonard. Am Ende ist es dann doch passiert.

Marseille. In einem Plattenladen. Da hat er eine Kassette mit Liedern Brels entdeckt. Zu Philippes Überraschung hat er sie gekauft. Ein Caporal der Legion und Jacques Brel? Einige Lieder hat er ihm vorgespielt, ihm von Tina erzählt. Tina Maalouf. Ein besonderes Mädchen.

Zu dritt fuhren sie zu Tinas Gärtnerei. Sie hatte alles vorrätig, was man für den Bau einer Voliere brauchte. Tina saß neben Leonard, Erik am Fenster. Bei jedem Schaltvorgang berührte

Leonard Tinas Knie. Sie legte ihren Kopf auf seine Schulter, ihre Hand ruhte auf seinem Oberschenkel. Ihre dunkle Stimme summte ihm ins Ohr: Laisse-moi devenir l'ombre de ton ombre.

Leonard lächelte. Jeden Brief hatte Tina früher mit dieser Liedzeile enden lassen. Manchmal waren sie auf der Straße der Abschaumsiedlung in der Sonne gestanden, hatten versucht, ihre Schatten zur Deckung zu bringen. Eng aneinandergeschmiegt. Umhüllt von Leichtigkeit.

Im Rückspiegel fiel Leonard ein blauer Kombi auf, der ihnen seit geraumer Zeit folgte. Bei einem Kreisverkehr bog er ohne zu blinken plötzlich ab. Die Reifen quietschten beim Beschleunigen aus der Kurve, Tina hob erschrocken den Kopf, ließ Leonard los. Der Bub schaute ihn an.

Alles in Ordnung, nickte ihm Leonard zu.

Das ist aber der falsche Weg, sagte Tina.

Ich weiß.

Mehrmals änderte Leonard die Fahrtrichtung, blickte durch den Rückspiegel, bis er sicher war, dass der blaue Kombi verschwunden blieb. Erst dann kehrte er auf die Hauptstraße zurück.

Tinas Gärtnerei grenzte an einen Friedhof, der mitten in einer Wohnhaussiedlung lag. Nach dem abgebrochenen Medizinstudium hatte Tina eine Ausbildung als Gärtnerin gemacht. Die Auswahl dieses Berufs war eher zufällig geschehen. Ein Zettel auf dem Brett für Jobangebote an der Uni. »Aushilfe in Gärtnerei gesucht«. Aus der Aushilfe wurde eine Lehre, und als die Besitzer in Pension gegangen waren, übernahm Tina den Betrieb.

Den Pick-up ließ Leonard vor der Einfahrt stehen. Beim Aussteigen fragte ihn Tina, was auf der Fahrt los gewesen sei.

Nichts.

Nichts? Du hast während der Fahrt Haken geschlagen, als wärst du auf der Flucht. War's wegen dem blauen Fahrzeug?

Du hast es bemerkt?

Ich bin nicht blind, Leonard.

Dann belass es dabei.

Er erwiderte ihren Blick, bis sie mit einem Kopfschütteln umdrehte, Erik auf dem Weg zwischen den Glashäusern hindurch folgte. Er schaute ihnen nach. Hatte er mit dem Buben nicht genug Probleme? Im Gehen blickte Leonard zurück auf die Straße. Aber außer einem alten Mann mit Hund war niemand unterwegs.

Hinter den Glashäusern erstreckten sich Blumenzeilen in allen Farben. Der Bub lief zwischen den Beeten hin und her, roch an den Pflanzen. Die Sicherheit und Freude, mit der sich der Bub hier bewegte, überraschte Leonard.

Ist er schon mal hier gewesen?, fragte er Tina.

Öfters.

Wie das?

Er ist mit Max hergekommen.

Mit Max?

Ja, Leonard. Dein Bruder hat hier ausgeholfen. An Samstagen. Manchmal sogar an Sonntagen, wenn Tove geschäftlich unterwegs war. Und sie ist oft unterwegs gewesen. Im Büro hat Erik dann seine Hausaufgaben gemacht und danach hat ihn Max mitarbeiten lassen.

Hat Max Geld gebraucht?

Tina lachte.

Nein! Geld hat er genug gehabt. Er hat hier ohne Bezahlung gearbeitet. Für Kaffee, ein Mittagessen und nachmittags Kuchen. Einfach so. Weil ihm das Gärtnern Freude bereitet hat. Hier draußen zu arbeiten, das hat ihn einfach entspannt. Selbst Regen und kalter Wind haben ihn davon nicht abhalten können.

Aber Max hat doch selbst einen Garten gehabt?

Hast du dort Blumen gesehen? Gemüsebeete?

Leonard verneinte.

Na siehst du. Eigentlich mochte Tove keine Gärten.

Der Bub zerrte Tina zu einem Blumenbeet am Zaun. Leonard dachte an seine erste Ankunft bei Max' Haus. Wie erstaunt er gewesen war über diesen leeren Garten. Nur Rasen und Büsche. Denn als Kind hatte Max Blumen geliebt. Jedes Frühjahr hatte er Samen gesetzt, hatte beschriftete Kärtchen in die frische Erde in den Töpfen gesteckt. Der Vater hatte ihm Tischchen mit Rädern gebastelt, damit Max die Töpfe und Wannen je nach Lichtbedarf in den Räumen verschieben hatte können. Die Wohnung in der Abschaumsiedlung war ein Garten, erfüllt vom Duft nach Erde und Blumen. Selbst in der winzigen Studentenwohnung, in der ihn sein Bruder eine Woche lang vor der Polizei versteckt hatte, waren in jeder Ecke Pflanzen und Blumen gestanden. Ein Garten ohne Blumen? Offensichtlich hatte sich Max dem Willen seiner Frau gefügt. Wie schon ihr Vater sich der Mutter gefügt hatte, bis sie fortgegangen war. Eine Wiederholung der Schicksale?

Erik pflückte eine Blume, gab sie Tina. Tina küsste ihn auf die Stirn, steckte sich die Blume ins Haar.

Bist ja ein richtiger Charmeur.

Der Bub grinste, und während er draußen bei den Beeten blieb, gingen Leonard und Tina zu einem Schuppen. Im Inneren roch es nach trockenem Holz, zwischen den Balken hingen Spinnweben, glänzten im einfallenden Licht. An den Wänden stapelten sich Arbeitsgeräte. Durch das Fenster sah Leonard einen fremden Mann auf den Buben zugehen. Er wollte aus dem Schuppen laufen, doch Tina hielt ihn zurück.

Das ist Markus. Er arbeitet hier. Erik kennt ihn.

Tina nahm eine Leiter, in einer Vertiefung unter dem Dach begann sie, nach einem geeigneten Gitter für die Voliere zu suchen. Metall scharrte über Holzplanken, Staub wirbelte auf. Leonard beobachtete durch das Fenster den Buben mit dem Mann. Sie hockten neben einem Beet, unterhielten sich mit Zeichen. Sein Bruder war also öfters hier gewesen. Eine unglückliche Ehe. Max' Liebe zu Pflanzen. Leonard fragte Tina, ob sie und Max etwas miteinander gehabt hätten.

Tina hielt mitten in der Bewegung inne, stieg von der Leiter. Vor ihm stehend schaute sie ihm in die Augen.

Du Trottel.

Nach der Rückkehr von der Gärtnerei arbeiteten Tina und Leonard in der Werkstatt gemeinsam an der Voliere. Tina hatte geschickte Hände. Sie sägte und bog und hämmerte und schleifte. Nichts erinnerte mehr an das Mädchen vor dreißig Jahren, das sich trotz seines Selbstbewusstseins gescheut hatte, ein Werkzeug anzugreifen.

Durch das Werkstattfenster behielt Leonard den Buben im Blick, der die Ecke entrümpelte, in der sie die Voliere einrichten wollten. Er schleppte verrostetes Zeug über den Hof, legte es auf die Ladefläche des Pick-ups, vorsichtig, da er dort die Kiste mit der Krähe abgestellt hatte. Er ließ sie nicht aus den Augen. Mitunter schob die Krähe den Schnabel durch ein Loch. Den streichelte der Bub, und Leonard schien es, als würde er mit der Krähe reden.

Ob Erik je wieder werde sprechen können, fragte ihn Tina.

Der Doktor meint ja. Aber es gibt keine Sicherheit.

Und wenn nicht?

Er wird es packen, der Bub.

Bist du da sicher?

Er ist ein Steiner.

Reden ist ja nicht gerade die Stärke der Steiners.

Ehe Leonard etwas erwidern konnte, küsste ihn Tina auf die Schulter, schob ihre Finger in Leonards Hosenbund, ihre Handfläche warm an seinem Rücken. So blieben sie eine Weile stehen, schauten dem Buben zu, wie er eine Metalltür über den Hof trug, zweimal so hoch wie er selbst. Er musste sie mehrere Male abstellen, schwitzte, atmete schwer, ehe er sie auf die Ladefläche zu dem anderen Gerümpel legen konnte. Als er entdeckte, dass sie ihn von der Werkstatt aus beobachteten, blieb er stehen.

Leonard hob den Daumen.

Hab ich's dir nicht gesagt? Er packt es.

Am Nachmittag war das Maschendrahtgitter montiert, eine Tür führte in die Voliere, auf den Boden hatten sie Rindenmulch gestreut, den Tina auch aus der Gärtnerei mitgenommen hatte. Noch fehlten aber die geplanten Äste, in deren Laubwerk die Krähe sich verstecken könnte.

Tina hatte die Idee, zum Fluss zu fahren, in der Au würden Stürme regelmäßig Äste von den Bäumen brechen, sie müssten sie nur vom Boden einsammeln. Die Krähe sollte einstweilen in der leeren Voliere zurückbleiben. Doch Erik wollte die Krähe nicht alleine lassen.

Erst wenn wir fertig sind

Und wenn uns Norah inzwischen entwischt?

Sie entwischt mir nicht

So fuhr Leonard allein los. Bei seiner Rückkehr stand die Werkstatttür offen. Leonard war sicher, er hatte sie bei der Abfahrt versperrt. Er stieg aus und horchte. Außer dem Gurren der Tauben auf dem Werkstattdach kein Geräusch. Das Schloss der Werkstatttür war unversehrt. Die Fenster der Wohnung waren verschlossen. Keine Bewegung hinter den

Vorhängen. Alles schien ruhig. Aus dem Versteck unter der Werkbank holte Leonard die Beretta.

In der Küche war niemand. Ohne ein Geräusch schlich er die Stufen zum Stockwerk hinauf, öffnete die Tür zum Zimmer des Buben. Der Bub lag schlafend auf dem Bett. Sein Arm ruhte auf der Kiste mit der Krähe. Die Krähe rührte sich nicht. Tina saß auf dem Sessel neben dem Bett, auf ihren Oberschenkeln aufgeschlagen ein Buch über Raketentechnik. Sie war eingenickt. Leonard schloss die Tür, ging in sein Zimmer. Vom Fenster aus schaute er in den Hof. Langsam versickerte die Anspannung. Die Pistole versteckte er unter der Matratze, legte sich auf das Bett.

Mit geladener Waffe war er durch seine eigene Wohnung geschlichen. Dieses friedliche Bild, Erik und Tina, eingeschlafen, während er jederzeit bereit gewesen wäre zu töten. Wie sollten diese beiden Welten je zueinanderfinden? Er schloss die Augen, hörte das Öffnen von Eriks Zimmertür, Tinas Schritte. Sie kam zu ihm ans Bett. Die Augen geschlossen spürte er das Senken der Matratze, Tina, die sich neben ihn legte. Er schaute sie an, wollte etwas sagen, doch sie beugte sich über ihn, hielt ihren Zeigefinger auf seinen Mund. Mit der anderen Hand öffnete sie seine Hose.

Die Voliere einrichten mussten Leonard und Erik allein. Tina war in ihre Gärtnerei zurückgefahren. Sie luden die Äste von der Ladefläche des Pick-ups, sortierten sie nach Größe und Gewicht, legten sie vor der Voliere auf das Kopfsteinpflaster. Danach nahmen sie Maß, schnitten die Äste zurecht, montierten sie mit Nägeln und Schrauben, prüften, ob sie den Bewegungen, dem Gewicht der Krähe standhalten würden. Leonard fragte den Buben, ob ihm klar sei, dass sie Norah, wenn sie gesund sei, wieder freilassen müssten. Der Bub blickte ihn erstaunt an, deutete zum Himmel.

Dort wartet ihre Familie

Als sie fertig waren, ließ Erik in der Voliere die Krähe frei. Anfangs blieb sie in der Nähe des Buben regungslos sitzen. Erst nach einigen Minuten begann sie, das fremde Terrain zu erkunden, entdeckte dabei die Äste, die sie wie Stufen montiert hatten, damit die Krähe sie, ohne fliegen zu müssen, hochhüpfen konnte. Sie sprang von Ast zu Ast, bei jeder Bewegung öffnete sie den gesunden Flügel, den verletzten hatte der Tierarzt mit einem Verband fixiert. Sie kämpfte mit dem Gleichgewicht, dennoch gelang es ihr, im dichten Blattwerk zu verschwinden.

Leonard fiel die Zeichnung ein. Die zwei Personen im Wald, die Bäume voller Vögel. Er erinnerte sich, was Tina erzählt hatte. Wie entspannt Max an den Wochenenden in der Gärtnerei oft gewesen war, allein mit dem Buben. Waren die zwei Personen auf der Zeichnung Max und Erik? War es vielleicht ein Versprechen, auf dessen Einlösung der Bub wartete, gemeinsam mit dem Vater in den Wald gehen, unter den Schlafplätzen der Krähen übernachten?

Es war bereits dunkel, als sie zur Klinik aufbrachen. Erst nach Leonards langem Bitten und Drängen hatte sich Erik von der Krähe verabschiedet. Beim Starten des Motors strahlten die Scheinwerfer auf das Holzschild, das Leonard an der Gittertür der Voliere angebracht hatte. Die Buchstaben glänzten im Scheinwerferlicht.

NORAH

Als Leonard losfahren wollte, sprang der Bub aus dem Wagen, stürmte zurück zur Voliere. Beim Öffnen der Gittertür sprang die Krähe von Ast zu Ast Erik entgegen, hüpfte auf sein Handgelenk, krallte sich fest. Der Bub streichelte sie, drückte sie sanft an sich.

Als sich Leonard schimpfend der Voliere näherte, geriet die Krähe in Panik. Beim Versuch, von dem Arm des Buben auf einen Ast zu flüchten, stürzte sie kopfüber zu Boden. Erik fing sie. In Panik hackte die Krähe gegen seine Hand. Blut spritzte. Dennoch versuchte der Bub sie einzufangen, doch Leonard schnappte ihn, zerrte ihn aus der Voliere. Mit dem einen Arm hielt er ihn fest, mit der anderen drückte er ein Taschentuch auf die blutende Wunde. Der Bub biss ihn. So fest, dass er ihn sofort losließ, in einem Reflex hob Leonard den Arm, wollte mit der flachen Hand zuschlagen. Doch beim Anblick des Buben, die Arme zum Schutz hochgerissen, senkte er die Hand. Erik warf das blutgetränkte Taschentuch zu Boden, stapfte in einem Bogen an Leonard vorbei zum Pick-up, knallte die Beifahrertür zu.

Beinahe hätte er zugeschlagen. Ein Kind! Er sah seine Mutter vor sich. Ihr vernichtender Blick, nachdem sie ihn verprügelt hatte, dieses Gefühl, in ihren Augen nur Dreck zu sein.

Aus der Werkstatt holte Leonard Verbandszeug. Die Wunde an der Hand des Buben blutete noch immer. Dennoch weigerte er sich, sie verbinden zu lassen.

Willst du wirklich hier sitzen bleiben und langsam verbluten?

Der Bub zuckte mit der Schulter.

Na ja, wenn's dein Wunsch ist.

Leonard setzte sich hinters Lenkrad.

Nur, in der Klinik werden sie sagen, wenn ich nicht auf dich aufpassen kann, darfst du nicht mehr raus.

Der Bub reagierte nicht. Stattdessen starrte er durch die Windschutzscheibe auf die dunkle Voliere, in deren Ästen die Krähe verschwunden war.

Willst du das wirklich? Norah nicht wiedersehen?

Der Bub biss sich auf die Lippen. Ohne ihn anzuschauen, legte er die verletzte Hand auf Leonards Oberschenkel. Blut tropfte auf die Hose. Leonard reinigte die Wunden, streute Wundpuder darauf. Der Bub verzog das Gesicht, hielt jedoch ruhig. Leonard drückte einen Verband auf die verletzten Stellen, wickelte eine Mullbinde um die Hand.

In der Klinik erzählen wir, dich hat eine Krähe im Park attackiert. Dass es ein blöder Unfall gewesen ist.

Das tun Krähen nicht. Einen überfallen

Das weißt du.

Warum lügen

Weil sie uns sonst vielleicht verbieten, dass du Norah wiedersehen darfst?

Warum

Weil sie Angst um dich haben.

Ich hab aber keine Angst

Das wissen wir. Aber die nicht.

Wer sind die

Die Leute in der Klinik, die sich um dich kümmern.

Aber du kümmerst dich doch um mich

Diese Gewissheit. Mit der der Bub diesen Satz geschrieben hat. Ganz spontan. Ohne Zögern. Als kannten sie einander schon seit Jahren und nicht erst seit Tagen. An diesem Abend hat er sich im Spiegel des Klinikaufzugs betrachtet. Den Mann mit dem schütteren roten Haar, den Falten im Gesicht, den wuchtigen Schultern, dem misstrauischen Blick. Woher dieses Vertrauen, hat er sich gefragt.

Ein brauner Kombi auf dem Klinikparkplatz. Die zwei Männer, der Kahlköpfige, der Hagere, hatten sich keine Mühe gemacht, sich unauffällig zu verhalten. Als Leonard bei seinem Fahrzeug ankam, stiegen sie aus, kamen zu ihm herüber.

Der Hagere lehnte sich gegen den Pick-up, die Hände in den

Hosentaschen. Der Kahlköpfige rollte mit den Schultern, als stünde er vor einem Boxkampf.

Geht's dem Neffen gut?, fragte der Hagere.

Leonard antwortete nicht. Er griff nach dem Päckchen Zigaretten auf dem Armaturenbrett, zündete sich eine an. Den Rauch blies er in Richtung des Hageren.

Und? Was wollt ihr?

Wir wollen dir was zeigen.

Wo?

Außerhalb der Stadt. Du brauchst nur hinter uns herzufahren.

Die beiden gingen zurück zum Kombi. Leonard rauchte zu Ende. Erst dann folgte er dem Fahrzeug, das bei der Parkplatzausfahrt mit laufendem Motor wartete. Sie fuhren Richtung Norden, danach folgten sie dem Fluss stromabwärts. Vorbei an Speditionen, Containerplätzen und dem hell erleuchteten Kraftwerk ließen sie die Stadt hinter sich. Nach gut zwanzig Kilometern bogen sie in einen Feldweg ein, der am Wasser endete.

Der Hagere stieg aus. Der Kahlköpfige blieb im Kombi sitzen. In seiner Hand sah Leonard eine Pistole.

Mein Freund vertraut dir nicht.

Vertraust du ihm?, fragte Leonard.

Der Hagere grinste.

Sie gingen zur Uferböschung. Das letzte Hochwasser hatte das Gras unter einer feinsandigen Decke begraben. Eine Bucht mit einem schmalen Sandstrand. Dosen und Plastikflaschen lagen herum, Zigarettenstummel, gebrauchte Kondome. Reste eines langen Sommers. Sie schauten auf das dunkle Wasser. Ein Schubverband glitt an ihnen vorüber. Der Hagere deutete auf das Schiff.

Um genau so etwas geht es.

Und wann?
In circa einer Woche.

Bei Leonards Rückkehr zur Werkstatt hockte die Krähe auf dem Boden der Voliere und bewegte sich nicht. Erst als Leonard näherkam, sprang sie auf die Äste, verschwand im Blätterwerk. Das Futter, das ihr der Bub vor der Abfahrt zur Klinik in einer Schale auf den Boden gestellt hatte, hatte sie nicht angerührt. Leonard nahm die Schale, kippte den Inhalt in den Müll. In der Küche setzte er sich an den leeren Tisch, die einzigen Geräusche in der Wohnung waren das Klacken der Uhr an der Wand und der tropfende Wasserhahn. Mit den Fingern strich er über die Flecken eingetrockneter Arrabbiata-Sauce, kratzte sie von der Tischdecke. Er sah den Buben vor sich. Wie er die Spaghetti um die Gabel wickelte, das Verlangen in den blauen Augen, wie er die viel zu große Portion in den Mund stopfte, Patzen der Sauce aus seinen Mundwinkeln auf den Tisch tropften.

Am Kühlschrank entdeckte Leonard eine Zeichnung. Beim Verlassen der Wohnung war sie ihm nicht aufgefallen. Sie zeigte einen Mann vor einer Feuerstelle, der einen Hammer hob. Die Figur des Mannes von hinten betrachtet, in groben Strichen dargestellt, kantig, wuchtig, als wäre er aus Betonblöcken geformt. Ihm war nicht aufgefallen, dass ihn der Bub während der Arbeit gezeichnet hatte. Er verteilte die Zettel für Einkäufe und Notizen an den Rand der Kühlschranktür. In das Zentrum heftete er die Zeichnung.

Im Stockwerk ging Leonard in das Zimmer des Buben. Die Holzkrähe schwebte über dem Bett. Sie hatten vergessen, sie mitzunehmen. Er tippte gegen die Flügel, die Holzkrähe wippte lautlos auf und ab. Den hingeworfenen Pyjama des Buben faltete er, schob ihn unter die Decke. Danach drehte er das

Licht ab. Eine Weile blieb er in der Dunkelheit stehen. Der Geruch frischer Farbe hatte sich verflüchtigt.

Zurück in der Küche wurde ihm bewusst, wie leer er seine Wohnung plötzlich empfand. Er zog sich um. Laufschuhe, Trainingshose, T-Shirt, ein Sweater. In der kalten Abendluft rochen die Straßen nach feuchtem Mauerwerk. Es dauerte einige Straßenzüge lang, bis Leonard seinen Rhythmus fand. Er rannte durch Pfützen, Wasser spritzte nach allen Seiten. Wusch! Wlasch! Er erinnerte sich an das Lachen des Buben im Pick-up. Als er absichtlich durch die tiefen Wasserlacken am Straßenrand gefahren war. Wusch! Wlasch! In seiner Vorstellung hörte er den Buben lachen. Laut. Und hell. Und voller Energie.

Im Erdgeschoß von Tinas Haus brannte Licht. Beim Öffnen des Gartentors bellte Lilly. Leonard hörte ihr Tapsen im Flur, ihr Knurren, ihr Schnuppern unter dem Türspalt hindurch. Nachdem sie Witterung aufgenommen hatte, gab sie Ruhe. Tinas Schatten tauchte im Gang auf, hinter der Tür blieb sie stehen, er ergab sich zu erkennen. Das Außenlicht ging an. Im Schein der Lampe dampfte sein überhitzter Körper. Sie schaute auf die Straße, suchte nach seinem Pick-up. Doch vor dem Grundstück stand nur ihr Transporter.

Meine Güte. Bist du bis hierher gelaufen?

An der Deckenlampe hingen Staubfäden, die Zugluft bewegte sie. Die Fäden glitzerten grau im Morgenlicht. Leonard lag wach auf dem Rücken, Tina im Arm. Er atmete flach, seine Atmung an Tinas angepasst.

Er hatte diese Nacht kaum geschlafen. Aufwachen, Wegdämmern, bei jeder seiner Bewegungen Tinas Hände, die ihn hielten, an sich heranzogen. Tinas Hände. Die mehrmals in dieser Nacht an seiner Müdigkeit gerührt hatten, bis er hellwach in sie eingedrungen war.

Er dachte an Véronique. Nach ihrem Tod hatte er sich geschworen, dass sie die letzte Frau in seinem Leben gewesen sein würde. Über zehn Jahre hatte er sich daran gehalten. Er versuchte sich zu erinnern, wann er gestern Abend die Entscheidung getroffen hatte, quer durch die Stadt zu laufen, der Ausfallstraße nach Norden zu folgen, bis er, vorbei an der Abschaumsiedlung, vor Tinas Haustür gestanden war. Doch es war keine Entscheidung gewesen. Es war ihm einfach passiert. Mitten im Laufen. Diese Sehnsucht.

Guten Morgen, flüsterte Tina, sah ihn durch das Geflecht ihrer Haare an. Sie zur Seite streifend erhob sie sich aus seinem Arm, beugte sich über ihn. Ihre Haare fielen auf seine Brust. Sie küsste ihn.

Wird Zeit, dass wir aufstehen.

Sie warf die Decke zur Seite, rollte sich aus dem Bett. An der Balkontür zog sie die Vorhänge zurück. Die milchige Morgensonne zeichnete Striche auf ihre Haut. Er sah ihren Bauch, auf dem er gelegen war, spürte die Weichheit ihres Körpers an seinen Handflächen, dieser wilde Drang, diese Frau zu packen, niederzuhalten, dennoch zärtlich. Die Erinnerung an die Tina seiner Jugend, die ihn durch alle Begegnungen mit ihr begleitet hatte, das knochige Mädchen, verblasste.

Kaffee?, fragte sie.

In der Küche roch es nach geröstetem Brot. Sie habe nichts anderes zu Hause als Schwarzbrot und Butter, entschuldigte sich Tina, fragte, welchen Kaffee er mochte, deutete auf einen gläsernen Krug mit bunten Kapseln. Er setzte sich auf die Eckbank, bat um die stärkste Sorte, einen doppelten Espresso.

Lilly schlief zusammengerollt neben dem Kühlschrank. Vor dem Fenster trieb der Wind die letzten Blätter von den Bäumen. Die Hollywoodschaukel, die rostigen Gartenmöbel erinnerten Leonard an den ersten Morgen hier, die Unmöglichkeit der Vorstellung zurückzukehren. Dennoch saß er nun in Tinas viel zu enger Jogginghose und T-Shirt in ihrer Küche, erfüllt von friedvoller Schwere, aber gleichzeitig nagte der Zweifel, hier nicht herzugehören. Der schmerzvolle Gedanke, er durfte nicht hier sein. Seine Anwesenheit würde sie gefährden.

Tina stellte die Tasse mit dem Espresso auf den Tisch, dazu zwei Teller, Butter, Messer und den Korb mit gerösteten Brotscheiben.

Was denkst du, Leon?

Nichts Besonderes.

Das soll ich dir glauben? Auch wenn deine Augen alt und erfahren geworden sind, kannst du mich nicht täuschen.

Leonard schaute weiter aus dem Fenster. Der Wind trieb das Laub zum Gartenzaun, die Blätter blieben am Gitter hängen, wirbelten hoch, fielen herab, blieben hängen. Tinas Hartnäckigkeit war mit dem Alter nicht aufgeweicht.

Dein Blick erinnert mich ein wenig an die Tage, als deine Mutter dich verprügelt hatte, du dann mit blauen Flecken und Striemen am Körper zu uns gekommen bist. Als du nichts hast sagen können, nur schweigend auf meinem Bett gelegen bist. Dieser Blick. Den meine ich. Hinter dem du die Wut, deine Tränen, aber auch deine Angst verborgen hast.

So was siehst du alles?

Gefühle kennen kein Alter, Leonard.

Er schwieg. Doch Tina forderte eine Antwort.

Du willst es nicht hören.

Was?

Glaub mir, Tina. Du willst es nicht hören.

Woher weißt du das? Ich bin kein Mädchen mehr.

Sie griff nach seiner Hand.

Glaubst du wirklich, ich ahne nicht, wie dein Leben möglicherweise ausschaut, hinter der Fassade?

Und wenn deine Ahnung stimmt?

Dann überlass mir die Entscheidung, wie ich damit umgehe.

Am nächsten Vormittag erhielt Leonard einen Anruf vom Jugendamt. Doch es war nicht Krutis, der ihn anrief, es war seine Kollegin, Frau Seifert, die Mitarbeiterin, die ihn vor Tagen morgens zu Hause aufgesucht hatte. Sie müsse mit ihm noch einige offene Fragen klären. Seine Frage nach Krutis ließ sie unbeantwortet.

Kurz vor halb fünf stand Leonard in Frau Seiferts Büro. Auf dem Büroschild stand zwar noch Krutis' Namen, doch sein Schreibtisch war leer geräumt. Frau Seifert telefonierte. Sie deutete ihm, vor der Tür zu warten.

Auf dem Gang überlegte Leonard, ob Krutis etwas zugestoßen war. Während des Tages hatte er mehrmals versucht ihn zu erreichen, jedoch war jeder seiner Anrufe in eine Sprachbox umgeleitet worden. Auch in der Klinik wusste niemand etwas von einem Betreuerwechsel.

Nach einer halben Stunde bat ihn Frau Seifert ins Büro, entschuldigte sich für die Verzögerung.

Sie werden sich sicher wundern, warum ich Sie heute hierher gebeten habe und nicht Herr Krutis. Herr Krutis ist in nächster Zeit verhindert. Und einige seiner Fälle sind mir zugefallen, darunter Ihrer. Was im Prinzip keine Auswirkungen haben wird, Ihr Fall ist ja bestens dokumentiert.

Frau Seifert öffnete eine Datei, überflog die Zeilen. Ohne Leonard anzuschauen, fragte sie ihn, ob er die Beschreibung, die Krutis von ihm verlangt hatte, mitgebracht habe. Leonard verneinte.

Und warum nicht?

Wie Sie im Akt wahrscheinlich vermerkt haben, war der Bub dieses Wochenende erstmals bei mir zu Hause. Und da hab ich die Beschreibung vergessen.

Vergessen Sie manchmal auch Aufträge Ihrer Kunden, Herr Steiner?

Eigentlich nie.

Dann darf ich hoffen, Sie vergessen nicht eines Tages Ihren Neffen.

Sie machte eine Notiz. Leonard wollte etwas erwidern, beließ es aber bei einem langen Blick. Frau Seifert bemerkte ihn.

Sie schauen, Herr Steiner? Sie glauben nicht, wie oft Kinder von ihren Eltern bis zur Verwahrlosung vergessen werden. Und Sie scheitern schon bei einer so kleinen Aufgabe?

Ich hab es versucht.

Versuchen reicht nicht.

Es hat nicht funktioniert.

Was heißt, nicht funktioniert?

Es ging einfach nicht.

Hat Ihnen irgendjemand gesagt, dass es einfach wird? Sie haben von uns eine Aufgabe bekommen und Sie haben sie nicht erledigt. Wie sollen wir da Vertrauen aufbauen? Sie wollen sich um ein traumatisiertes Kind kümmern? Wissen Sie, Kinder, die nicht reden, sind wie Zeitbomben. Keiner weiß, wann sie loslegen. Was werden Sie machen, wenn Erik plötzlich seine Zimmerwände mit Urin bespritzt? Oder sonst einen Irrsinn anstellt. Wie wollen Sie damit fertigwerden, wenn Sie bei einer, gelinde gesagt, einfachen Schreibarbeit schon scheitern?

Frau Seifert blickte ihm in die Augen.

Ich bin auch nicht gescheitert. Nur, Handeln und Schreiben sind für mich zwei verschiedene Dinge, antwortete Leonard ruhig. Aber sollte so etwas mit Erik passieren, dann bin ich keiner, der davonläuft.

Das sehen wir dann, wenn es wirklich passiert, Herr Steiner. Wissen die Menschen um Sie herum, was Sie vorhaben?

Ein Freund weiß davon.

Das sind alle?

Ja. Aber das hat Herr Krutis sicher alles festgehalten.

Natürlich. Aber ich will es aus Ihrem Mund hören. Und ich kann Ihnen sagen, ich bin mit Herrn Krutis' bisherigem Weg nicht wirklich einverstanden. Aber es obliegt letztendlich sowieso dem Gericht, zu entscheiden, ob Ihrem Antrag auf Obsorge stattgegeben wird oder nicht. Ich dokumentiere nur. Sie haben also nur einen einzigen Freund? Das ist Ihr ganzes soziales Netz, das Sie aufweisen können?

Leonard nickte.

Und wenn Ihnen was zustößt? Was wird dann mit Ihrem Neffen?

Dann hätten Sie das Problem, das Sie am Tag des Unfalls hatten.

Ist das Ihr ganzer Plan?

Ich habe keinen Plan. Ich bin hier.

Zwanzig Minuten. Mehr Zeit hatte ihm Frau Seifert für die Erledigung der Aufgabe, eine Beschreibung von sich zu erstellen, nicht gewährt. Ohne lange nachzudenken, begann Leonard Stichworte zu notieren, nach wenigen Minuten schrieb er Loyalität und Verantwortung, die zwei Eigenschaften, die Krutis erwähnt hatte, und Ausdauer fügte er hinzu. Danach war die Beschreibung, eine dreiviertel Seite, rasch beendet.

Erzählen Sie mir etwas über diese Tina Maalouf.

Sie ist eine Freundin.

Eine Freundin im Sinne von Lebensgefährtin oder eine Freundin im Sinne von Freundschaft ?

Das ist noch nicht klar.

Dennoch erwähnen Sie sie.

Tina und ich, wir kennen uns von früher. Aus unseren Jugendtagen. Wir haben uns nach dem Tod meines Bruders durch Zufall wiedergetroffen. Sie lebt in derselben Siedlung wie er. Sie kennt den Buben, ist mit seinen Eltern befreundet gewesen.

Also eine wiederaufgenommene Bekanntschaft?

Ja.

Aha. Und Sie würden ihr Erik anvertrauen?

Sie kennt den Buben und sie war mit meinem Bruder befreundet.

Das reicht Ihnen schon, sie als eine Person Ihres Vertrauens zu nennen? Denn diese Tina Maalouf ist in unseren Augen niemand. Sie könnte in Zukunft zu jemandem in Ihrem Leben werden, das mag stimmen, aber heute ist sie bloß ein Name auf dem Papier. Was ist mit Ihrer Mutter?

Sie hat uns verlassen, wie Sie wissen.

Haben Sie je versucht, sie zu finden?

Nein.

Niemals?

Nein.

Warum nicht?

Sie hat uns im Stich gelassen.

Dann bleibt also nur noch der norwegische Teil der Familie, der sich beharrlich weigert, Erik aufzunehmen.

Sie haben es in Norwegen nochmals versucht?

Das norwegische Jugendamt hat alles probiert. Leider ohne Erfolg. Also bleiben vorerst nur mehr Sie. Wie geht es Ihnen dabei, bei dem Gedanken an diese Verantwortung?

Ich hab kein Problem damit.

Aber Sie wissen schon, Herr Steiner, dass wir Ihr Leben Stück für Stück auseinandernehmen. Denn Ihre Vorgeschichte füllt einen dicken Akt bei uns. Noch dazu sind Sie kein offener Mensch. Wie sollen wir Ihnen da vertrauen? Einem Mann mit schwer gezeichneter Kindheit und Jugend, der bis jetzt nur Verantwortung für sich selbst übernommen hat. Nicht gerade viel Material, mit dem Sie das Gericht überzeugen könnten.

Aber es geht um den Sohn meines Bruders.

Mögen Sie ihn denn?

Ich kenne ihn noch zu wenig.

Das ist keine Frage der Zeit, Herr Steiner. Mögen Sie ihn?

Doch.

Unwillkürlich spürte Leonard das Lächeln auf seinem Gesicht.

Frau Seifert sah es ebenfalls. Seufzte. Dann schob sie Leonard einen Zettel hin. Es war eine Einladung zu einem Informationsabend für einen Pflegeelternkurs. Die Vortragende war Frau Seifert selbst.

Wenn es Ihnen ernst ist mit Ihrem Neffen, dann sollten Sie Nägel mit Köpfen machen, Herr Steiner. Dieser Kurs wäre ein Schritt in die richtige Richtung. Und morgen bringen Sie mir eine ordentliche, eine ausführliche Beschreibung von sich.

Nach diesem Treffen hat er sich in ein Café gesetzt. Durch die Scheibe hat er die Leute auf der Straße beobachtet. Ein Mann in staubiger Arbeitsjacke und Hose ist ihm aufgefallen. Ein Mann in seiner Größe, ein Blonder. Arbeitsstiefel hat er angehabt, so wie sie Männer auf Baustellen tragen, mit Stahlkappen. Einen Namen hat er ihm gegeben. Manfred. Danach hat er begonnen sich vorzustellen, dieser Manfred zu sein. Einen Tag vom Aufstehen in der Früh bis zum Schlafengehen abends hat er beschrieben. Einen Mann mit Träumen, Wünschen, Widersprüchen. Mit jedem Satz hat sich Manfreds Leben mit seinem verwoben, mit jedem Satz haben sich neue Fragen aufgetan, über zwanzig

Seiten Notizen sind dabei entstanden, beim Abtippen im Werkstattbüro hat er ihn dann Leonard genannt. Leonard Steiner, geboren am 30. April 1964. Jeden Satz seines erfundenen Leonard hat er auf Glaubwürdigkeit untersucht. Wie ein Alibi. Und später, mitten in der Nacht, als er schlaflos im Bett gelegen ist, der überraschende Wunsch, nur für einen Tag dieser fremde Manfred sein zu dürfen.

Am nächsten Morgen, nachdem Leonard seine Beschreibung im Jugendamt abgegeben hatte, besuchte er den Buben in der Klinik. Erik war in einer Behandlung und so wartete er im Zimmer, betrachtete die neue Zeichnung an der Pinnwand. Sie zeigte wieder den Wald, die zwei Personen, die Vögel in den Bäumen waren als Krähen zu erkennen. Ein sich wiederholendes Motiv nannte es der Arzt. Ob es sich dabei um etwas Vergangenes oder Zukünftiges handelte, das blieb verborgen, wie auch ein Hinweis, wo dieser Ort sich befand.

Leonard schaute aus dem Fenster auf einen nebelverhangenen Himmel. Er dachte an die fluglahme Krähe in der Voliere. Das Zutrauen, das sie dem Buben entgegenbrachte, die Verbindung zwischen den beiden, die er nicht nachvollziehen konnte. Das Interesse für diese Vögel, woher kam es? Er erinnerte sich an die aufgeschlagene Seite im Buchplan, die der Bub am Sonntag studiert hatte. Leonard hatte den Ort am westlichen Stadtrand sofort erkannt, die Wälder, wo er mehrmals im Monat laufen ging und im Winter in der Dämmerung Heerscharen von Krähen zu ihren Schlafplätzen in den Bäumen heimkehrten, der Himmel tausendfach erfüllt von ihren Rufen.

Leonard ging zum Nachtkästchen des Buben. Er wollte sich den Stadtplan nochmals anschauen, vielleicht hatte der Bub etwas eingezeichnet. Da hörte er Schritte am Gang. Die Tür wurde geöffnet. Als der Bub ihn am Fenster stehen sah, hellte sich sein Blick auf.

Alles okay?, fragte Leonard.

Der Bub nickte.

Sie setzten sich auf das Bett. Die Hand des Buben war neu verbunden worden. In drei Tagen, schrieb er, würde bereits ein Pflaster genügen.

Leonard schaltete sein Handy an. Er suchte die Fotos von Norah, die er am Morgen geschossen hatte. Der Bub strich mit den Fingern übers Display, als wollte er die Krähe hinter dem Maschendrahtzaun streicheln. Aus der Jackentasche zog Leonard ein zweites Handy, das er auf dem Weg in die Klinik gekauft hatte.

Das gehört ab jetzt dir. Damit können wir uns gegenseitig Nachrichten schicken. Wann immer wir wollen.

Cool

Der Bub drehte das Handy auf.

Der Pincode ist dein Geburtstag.

Der Bub tippte die Zahlen ein, eine Melodie ertönte, auf dem Display erschien ein Foto der Voliere als Hintergrund.

Leonard gab ihm seine Nummer. Der Bub speicherte sie unter »Onkel«. Leonards Handy brummte. Nachricht von Neffe. Er öffnete sie.

Wann werd ich Norah wiedersehen

Wahrscheinlich am Wochenende.

Leonards Handy brummte ein weiteres Mal.

So spät erst

Vielleicht geht's früher.

Das Handy vibrierte. Der Bub sandte ihm drei Smileys.

Die Zeichnungen des Buben gingen Leonard nicht mehr aus dem Kopf. Vor seiner Rückkehr in die Werkstatt fuhr er nochmals zum Haus seines Bruders. Doch nirgendwo ein Krähenfoto, eine Vogelskizze. Blieb nur mehr das Untergeschoß, das er bei seinen bisherigen Besuchen außer Acht gelassen hatte. Eine Stiege führte von der Küche in den Keller. Einen Kesselraum für die Heizung, eine Waschküche, dazu ein Vorratsraum, der auch als Werkstatt diente. Beinahe hätte er die zweite Tür, die aus dem Vorratsraum in eine Kammer führte, übersehen. In dem fensterlosen Raum befanden sich ein Regal, ein Computertisch mit Laptop und Scanner, dazu mehrere Metallbecken an der Wand und fotomechanische Geräte. Neben dem Lichtschalter war ein zweiter Schalter montiert. Leonard legte ihn um, die Deckenleuchte erlosch und stattdessen ging über den Metallbecken eine rote Lampe an. Er stand in einer Dunkelkammer.

In dem schmalen Regal neben dem Computertisch reihten sich Ordner mit Jahreszahlen. Die ältesten waren vor elf Jahren angelegt worden. Leonard nahm einige heraus, blätterte sie durch. Es waren Fotoalben mit Geländekarten und Beschreibungen der Orte, der Zeit, welche Vögel beobachtet worden waren. Die Orte beschränkten sich nicht nur auf Europa. Türkei, der Nahe Osten, bis hinein in den Maghreb, nach Zentralafrika war sein Bruder gereist. Ein Foto zeigte ihn auf dem Dach eines Land Rovers am Rand einer Steinwüste im Abendlicht. Leonard nahm das Foto aus der Folie, überlegte, wie es gewesen wäre, Max und er in der Wüste, an jenem Ort, der ihm trotz Krieg Ruhe und Frieden beschert hatte. Sie beide gemeinsam auf dem Dach des Land Rovers, Schulter an Schulter. Die Stille, der Wind. Der Sand, der an ihrer Haut kratzte.

Im Regal unter den Fotoalben fand Leonard mehrere Ordner mit der Aufschrift *Krähen*. Auch hier Bilder der Vögel, ihre Schlafplätze, ihre Brutplätze eingezeichnet auf Karten. Darunter das Waldgebiet, das der Bub in seinem Stadtplan gesucht hatte. In einem anderen Ordner fand Leonard Dutzende

Handskizzen, die die Verhaltensweisen der Vögel darstellten. Leonard blätterte sie durch. Das Talent zum Zeichnen hatte der Bub von Max geerbt. Ein Ordner in dieser Regalreihe hingegen war noch nicht beschriftet. In ihm befanden sich nur lose Folien, in einer steckte ein Heft. Leonard zog es heraus, blätterte es durch. Die Seiten waren wie ein Vokabelheft angelegt. Rufe der Krähen in der einen Spalte, ihre Bedeutung in der anderen. Dazu Hinweise auf Computerdateien, in denen ihre Rufe abgespeichert waren.

Im Ablagefach des Computertisches fand Leonard ein Aufnahmegerät, dazu ein Richtmikrofon. Er schaltete das Gerät ein, drückte die Abspieltaste. Windgeräusche. Das Krächzen von Krähen. Im Hintergrund ein fernes Flugzeug. Und die Stimme seines Bruders, der die Aufnahme flüsternd kommentierte.

Wieder und wieder hat er sich diese Aufnahmen angehört. Bis die Worte, ihr Sinn verschwommen gewesen sind und er nur mehr die tiefe, sonore Stimme gehört hat. Der Klang seines Bruders.

Der Informationsabend für den Pflegeelternkurs fand im Vortragssaal einer Volkshochschule statt. Ein kahler Raum mit schmalen Oberlichten statt Fenstern, Sessel mit montierten Schreibunterlagen, die hochgeklappt werden konnten. Eine grüne Schultafel hing an der Wand, über die eine weiße Leinwand für Projektionen gespannt war. Leonard zählte dreizehn Paare. Er war der einzige Alleinstehende.

Als Frau Seifert beim Betreten des Saales die Leute verteilt auf den gesamten Raum sitzen sah, blieb sie stehen, sagte, dass sie keine Lust habe, die nächste halbe Stunde brüllen zu müssen. Sie bat die Wartenden, doch in den beiden ersten Reihen Platz zu nehmen. Erst danach stellte sie sich als Leiterin des

Pflegeelternkurses vor. Leonards und ihre Blicke kreuzten sich. Nach dem Ausschalten des Saallichts flammte der Projektor auf, es folgte ein minutenlanges Stakkato von Bildern, die Wohnungen zeigten, die in einem hohen Grad verwahrlost und verdreckt waren, dazwischen Aufnahmen von misshandelten Kindern, ihre geschundenen Körper, ihre Gesichter, in denen sich Scham und Angst spiegelten. Nach Erlöschen des Projektors war es still. Nach einer Weile machte sich in der Dunkelheit Unruhe breit. Sesselbeine und Füße scharrten über den Boden, Husten und Räuspern, bis Frau Seifert das Saallicht einschaltete, die Anwesenden aus der unangenehmen Dunkelheit erlöste.

Was sie gerade gesehen hätten, begann Frau Seifert ihren Vortrag, seien Kinder, die eine Pflegefamilie suchten, samt den Lebensverhältnissen, in denen sie aufgewachsen seien. Sozialromantiker und Leute mit unerfülltem Kinderwunsch sollten ihre Sachen packen und verschwinden. Es wäre Zeitverschwendung, blieben sie hier. Was Pflegekinder brauchten, seien Personen mit der Ausdauer und Festigkeit einer Staumauer und tonnenweise Einfühlungsvermögen. Dann stemmte sie die Hände in die Hüften und wartete. Niemand rührte sich. Frau Seifert nickte. Sie ließ die Leinwand in die Höhe fahren. Auf der Tafel stand in Großbuchstaben eine Frage zweimal unterstrichen: *Warum sind Sie hier?*

Doch anstatt auf Antwort zu warten, meinte Frau Seifert, dass sie nicht bereit war, irgendwelche Geschichten von glücklichen Kindern zu erzählen, die endlich ein Zuhause gefunden hatten. Der einzige Grund ihrer Anwesenheit heute war, sie, die angehenden Pflegeeltern, mit der Wirklichkeit zu konfrontieren. Denn die meisten der Kinder, die zu Pflegefamilien kämen, seien Kinder, auf denen lange und schwer herumgetrampelt worden sei. Und das einzige Ziel dieses Kurses sei, sie auf die Gefühlsextreme dieser Kinder vorzubereiten. Und wie sie damit umgehen konnten.

Leonard war der Erste, der den Vortragssaal verließ. Im Auto begann er, die Broschüre, die Frau Seifert ausgeteilt hatte, durchzublättern, dachte dabei an die Eltern, die er in der Klinik-Cafeteria beobachtet hatte. Ihre Versuche, sich in der Gegenwart des kranken Kindes von Sorgen nichts anmerken zu lassen. War das Kind aber abgelenkt, überschattete Traurigkeit und Hilflosigkeit ihre Blicke, die sofort aus ihren Gesichtszügen verschwand, wenn sie das Kind wieder anschaute. Und jetzt, nach dem kurzen, aber sehr eindringlichen Vortrag von Frau Seifert, wurde ihm bewusst, wie weit er von dem Ziel, für den Buben ein Pflegevater zu werden, noch entfernt war. Ob er das je schaffen würde? Gerade er? Mit seiner Vergangenheit?

Zu Hause hatte Leonard unerwarteten Besuch. Die Küchentür zum Hinterhof hing aufgebrochen mit kaputtem Schloss in den Angeln. Der Hagere lehnte an der Abwasch, der Kahlköpfige lümmelte am Küchentisch.

Was wollt ihr hier?, fragte Leonard.

Du ignorierst unsere Anrufe, antwortete der Hagere.

Er zog das Handy, das er Leonard gegeben hatte, aus dem Hosensack, warf es auf den Küchentisch. Der Kahlköpfige drückte eine Taste, das Display leuchtete. Leonard las, sieben Anrufe in Abwesenheit.

Das Handy haben wir in deiner Werkstatt gefunden. Wir hatten doch abgemacht, es soll immer aufgedreht und du erreichbar sein.

Und wer repariert jetzt meine Küchentür?

Der Hagere spuckte in die Abwasch.

Du bist doch der Schlosser.

Nachdem Leonard die Tür repariert hatte, fuhren sie ohne

Angabe eines Zieles gemeinsam los. Leonard hockte wie blind im Laderaum eines Lieferwagens, versuchte sich den Weg, den sie fuhren, einzuprägen, achtete auf Geräusche. Nach fünfunddreißig Minuten endete die Fahrt.

Der faulige Geruch von Wasser war das Erste, das ihm beim Aussteigen auffiel. Dazu das Rumoren schwerer Elektromotoren. Er schaute sich um. Die Rampe einer lang gezogenen Lagerhalle, ein hoher Zaun mit Stacheldraht, der das Areal begrenzte. Hinter dem Zaun stapelten sich Container zu haushohen Wänden, durchbrochen von schmalen Gassen. Hinter den Containern befand sich der Hafen, standen Kräne, wurden Flussschiffe entladen.

Leonard folgte den beiden über eine Laderampe in eine Halle. Noch war der Name der alten Spedition nicht verschwunden, doch nun war das Innere des Gebäudes durch Zwischenwände unterteilt. An manchen Rolltoren waren Firmennamen zu lesen, andere hatten nur Nummern. Durch eine Eisentür betraten sie einen der Räume. Neonröhren flammten auf.

Und? Was sagst du jetzt?, fragte der Hagere.

In der Halle stand der gut fünf Meter hohe Nachbau einer Schiffswand. Auf zwei Tischen lag sorgfältig geordnet Werkzeug. Das eine zum Entern eines Schiffes, das andere zum Aufbrechen eines Tresors. Das Werkzeug für den Tresor war das modernste und teuerste, das Leonard je gesehen hatte. Er ging die nachgebaute Schiffswand ab, strich mit der Hand über das Metall.

Ein ziemlicher Aufwand.

Das zahlen unsere Auftraggeber.

Ihr kennt sie?

Hast du je einen deiner Auftraggeber gekannt?

Ja.

Und wie ist es ausgegangen?

Am Ende hat es Tote gegeben.

Leonard schnappte sich einen Enterhaken, schleuderte ihn hoch, prüfte den Halt. Das Seil straffte sich. Er kletterte die glatte Bordwand hoch, rutschte mehre Male ab. Auf dem schmalen Metallrand ließ er sich nieder, schaute auf die beiden Männer hinab.

Mitten auf dem Fluss würden sie ein Frachtschiff entern. Bei voller Fahrt. Der Kahlköpfige würde sie in einem Schlauchboot an das Ziel heranbringen. So der Plan, den Leonard bereits kannte. Im Lagerraum, erfuhr er nun, würde ein Tresor auf sie warten. Ein EN3 mit Elektronikschloss, kein besonderes Modell, dafür aber mit EMA-Anschluss, der Alarm direkt zum Kapitän auf die Brücke geschaltet. Um die Elektronik würde sich der Hagere kümmern. Leonards Aufgabe würde es sein, den Tresor in maximal zehn Minuten zu öffnen. Ein kleines Zeitfenster nur, aber mit der Ausrüstung auf dem Tisch kein Problem.

Also, was sagst du?, fragte der Hagere.

Leonard klopfte auf den Schiffsrumpf.

Solide Arbeit.

Aber?

Kein Aber.

Hätt mich auch gewundert, sagte der Hagere.

Warum?

Bei deiner militärischen Vergangenheit.

Ist das so?

Der Hagere nickte.

Leonard überraschte Ron im Schlaf. Er hatte die Sensoren der Bewegungsmelder umgangen, war durch den Geräteschuppen in ihr Haus eingedrungen. Sie erwachte erst, als er bereits neben ihrem Bett stand. Mit der Faust schlug er ihr ins Gesicht, zerrte sie von der Matratze, schleuderte sie gegen den Bücherkasten. Bücher kippten aus den Regalen, fielen auf sie herab. Leonard zog die Beretta aus dem Halfter, zielte auf Ron, die benommen auf dem Boden lag.

Woher wissen die zwei Männer von meiner Zeit in der Legion?

Welche zwei Männer?

Die zwei, die du engagiert hast.

Ron wischte sich das Blut von den Lippen.

Ist das wieder deine Paranoia?

Von wegen Paranoia! Du bist die Einzige, die von meiner Zeit in der Legion weiß. Sonst niemand. Bei deiner militärischen Vergangenheit. So hat es einer der beiden Wichser ausgedrückt. Also, woher soll er diese Information haben, außer von dir?

Vielleicht hat er geraten?

Geraten?! Verarsch mich nicht. Du weißt, was ich meine.

Ich hab damit nichts zu tun. Das hab ich dir schon einmal gesagt. Und das sag ich jetzt wieder.

Lüg mich nicht an.

Leonard zielte auf Rons Knie. Den Finger am Abzug, wollte er abdrücken. Gleich hier und jetzt alles beenden. Tabula rasa. Doch da dachte er an den Buben. Schoss er, musste er die Stadt verlassen, war der Bub auf sich allein gestellt. Er steckte die Waffe weg. Ron kam auf die Beine. Sie lehnte sich an die Wand, betastete ihren Kiefer.

Da ist nichts gebrochen. Der Schlag war nicht hart genug.

Leonards Schultern und Arme locker, die Bereitschaft, jederzeit zuzuschlagen. Ron wich zur Seite. Erstmals, seit er sie kannte, sah er Angst in ihren Augen. Er drückte sie gegen die Wand.

Diesen Coup auf dem Schiff zieh ich durch. Was immer wir

da rausholen, du kriegst es. Machen deine zwei Typen aber nur eine falsche Bewegung, sind sie tot. Und ist die Sache beendet, sind wir geschiedene Leute. Seh ich dich danach je wieder in meiner Nähe, bist du tot. Verstanden?

Ein harter Schlag in den Magen und Ron ging abermals zu Boden. Ohne sich umzudrehen, verließ Leonard das Haus. Die Sensoren über der Haustür erfassten ihn. Das Ticken der Alarmanlage begleitete ihn zum Gartentor. Er hörte Ron fluchen. Das Ticken verstummte.

Mithilfe des Buben erholte sich die Krähe rasch. Nach einem Gespräch mit dem behandelnden Arzt holte Leonard den Buben jeden Nachmittag zu Ende der Therapiezeit aus der Klinik ab. Bis Einbruch der Dunkelheit blieb er in der Voliere, fütterte die Krähe, wechselte den Verband, spielte mit ihr. Danach aßen sie gemeinsam zu Abend, fuhren im Pick-up zurück in die Klinik, dort wartete Leonard, bis der Bub zu Bett gegangen war, und jeden Abend beim Abschiedskuss auf die Stirn derselbe Satz, den der Bub auf seinen Arm schrieb:

Und morgen kommst du wieder

Nur an diesem Donnerstagnachmittag wurde die Routine der letzten Tage gestört. Frau Seifert kam unangemeldet zu Besuch. Dem Buben schien ihre Anwesenheit nichts auszumachen, keine Frage, wer diese fremde Frau sei, auch nachdem sie ihn in der Küche eingehend befragt hatte. Beim Abschied meinte sie, sie sei positiv überrascht und werde das auch so in ihrem Bericht vermerken. Ein Anmeldeformular für den Pflegeelternkurs ließ sie auf dem Küchentisch liegen.

In vier Wochen geht's los, Herr Steiner.

Leonard wartete, bis sie den Hof verlassen hatte. Er hatte sich nichts anmerken lassen. Wie drückend er ihre Anwesenheit empfunden hatte. Ihre Fragen an den Buben, ähnliche Fragen, die ihm vor langer Zeit auch gestellt worden waren. Als wäre er mit einem Fingerschnippen wieder vierzehn. Reiß dich zusammen, befahl er sich, doch sein Kopf gehorchte nicht. Seit dem Abend in der Volkshochschule, den Bildern der misshandelten Kinder, kehrten Erinnerungen wieder. So intensiv, wie er es in den dreißig Jahren nie erlebt hatte. Egal, wo er gerade war, was er tat, sie nahmen von ihm Besitz, füllten ihn mit stummer Wut.

Leonard fachte das Feuer in der Esse an. Er prügelte auf glühendes Eisen, schwitzte, dass die Haut brannte. Es nützte nichts. Die Hände der Männer. Die ihn niederhielten, die Hose herunterzogen, ihn packten. Der erste Stoß, der ihn in Stücke riss, als rammte jemand einen Pfahl in seinen Körper.

Hör auf, Bruder!

Murat stand neben ihm an der Esse, brüllte ihn an.

Hör auf!

Murat packte seinen Arm, nahm ihm den Hammer aus der Hand. Das flachgedroschene Eisen fiel zu Boden. Leonard hob es auf. Zerborstene Metallstücke lagen verglüht auf dem Steinboden. Wie Granatsplitter auf einem Schlachtfeld.

Was ist los mit dir?, fragte Murat. Seit Minuten drischst du wie ein Irrer auf das Ding ein.

Leonard warf das Eisen in den Löschtrog. Murat legte die Hand auf seine Schulter. Er schüttelte sie ab. Murat wiederholte seine Frage. Er stieß ihn zur Seite, taumelte zur Werkbank. Weg von Murat, der Nähe, die ihn bedrängte. Er schaute aus dem Werkstattfenster in den Hof, in Murats Spenglerei sprühte eine Schleifmaschine Funken. Er wartete, dass Murat die Werkstatt verließ. Doch Murat blieb.

Du siehst scheiße aus, Bruder.

Leonard schaute zu Boden. Sein Blick suchte nach einer Ritze im Stein, an der er Halt finden könnte. Doch es gab keinen

Halt. *Diese kalten Hände, die nach ihm greifen, ihn packen.* Seine Beine gaben nach. An der Werkbank suchte er Halt. Murat stützte ihn.

Was ist los mit dir? Bist du krank?

Leonard schüttelte den Kopf.

Was dann?

Leonard presste seine Lippen zusammen, hielt die Tränen zurück. Murat legte seinen Arm um ihn, Leonard wehrte ihn ab.

Dann sag mir sofort, was los ist.

Es brauchte mehrere Anläufe. Bis Leonard stockend über die Nächte in den Heimen zu erzählen begann. Mit einer Stimme, die er bei sich selbst so noch nie gehört hatte. Eine Stimme, nicht Mann, nicht Kind.

Schweigen danach. Im Fenster die Spiegelung ihrer Gesichter, nah beisammen.

Aber jetzt, Bruder, greift dich keiner mehr an.

Keiner mehr, hörte sich Leonard mit seiner gewohnten Stimme antworten. Er richtete sich auf, spürte die Kraft in seinen Körper zurückkehren, den Panzer seiner Muskeln, der ihn durch all die Jahre geschützt hatte.

Keiner mehr, wiederholte er mit fester Stimme.

Nie mehr.

Murat legte die Hand auf Leonards Schulter.

Dann komm mit. Ich muss dir was zeigen.

Leonard folgte Murat in den Hof zur Voliere.

Schau dir das an. Er spricht.

Murat hatte recht. Der Bub bewegte die Lippen. Obwohl er keinen Laut von sich gab, folgte die Krähe jedem seiner Worte.

Der Kleine würde wieder gesund werden! Leonard griff nach dem Handy, schickte dem Arzt eine SMS. Sah staunend zu, wie der Bub der Krähe den Verband abnahm, sie auf seinen Arm hüpfte, er ihn auf und ab bewegte, die Krähe ihre Flügel spreizen musste, flattern, um das Gleichgewicht zu halten. Der verletzte Flügel schien ausgeheilt. Nicht mehr lange und sie würden sie freilassen, weg aus dem Käfig mit den verdorrenden Zweigen. Leonard überlegte, wie der Bub reagieren würde, wenn der Abschied bevorstünde. Gerade jetzt, da er weitere Fortschritte zu machen schien und die Krähe Teil davon war. Doch der Bub überraschte ihn noch mehr. Nach dem Abendessen schrieb er, sie müssten Norah freilassen.

Bist du sicher?

Sie muss zurück zu ihrer Familie

Sollten wir nicht vorher zum Tierarzt?

Sie wird fliegen

Und wann?

Übermorgen

So schnell schon?

Ja

Und nach einer Weile fügte er die Frage hinzu, ob Tante Tina auch kommen könne.

Warum?

Weil Tante Tina geholfen hat, die Voliere zu bauen

Nach dem täglichen Abendtraining mit den beiden Männern in der Lagerhalle tauschte Leonard den Toyota, den er sich für die Fahrten in den Hafen besorgt hatte, gegen seinen Pick-up. Auf dem Weg zu Tinas Haus fuhr er lange Umwege, bis er sicher war, dass ihm niemand gefolgt war.

Tinas Transporter parkte vor der Einfahrt. Das Haus war dunkel. Leonard wollte bereits umkehren, da hörte er Tinas Stimme.

Ich bin hier oben.

Vom Schlafzimmerbalkon warf Tina ihm den Hausschlüssel zu. Beim Betreten des Hauses kam ihm Lilly bellend entgegen, sprang an ihm hoch. Gemeinsam gingen sie hinauf ins Schlafzimmer.

Tina saß in eine Decke gehüllt auf einem Campingsessel auf dem Balkon. Leonard küsste ihre kalte Wange.

Wird das jetzt öfters geschehen, dass du überraschend abends bei mir auftauchst?

Stör ich dich?

Im Gegenteil.

Eine Weile saßen sie schweigend nebeneinander, schauten auf die Lichter der Häuser, sahen Schatten hinter Fenstern, aus einigen Schornsteinen stieg Rauch auf. Diese eingefrorene Stille. Leonard zündete sich eine Zigarette an. Der Rauch vermischte sich mit der kalten Luft zu einer weißen Wolke.

Und sonst, fragte er.

Ganz gut. Und dir?

Er erzählte von dem Buben. Dass er nun jeden Tag bei ihm gewesen sei, sich um die Krähe kümmere, zu sprechen angefangen habe, zwar noch ohne Stimme, aber er spreche.

Dann scheint es ja wahr zu werden, was du gesagt hast. Dass er es packen wird.

Er macht Fortschritte.

Das scheint dich aber nicht sonderlich zu freuen.

Warum?

Weil du so ernst dreinschaust. Er macht Fortschritte. Das ist doch ein Grund, dich zu freuen.

Schon. Aber am Samstag will er die Krähe freilassen, und sie ist möglicherweise der Schlüssel zu seinem Fortschritt. Mit ihr hat er zu sprechen angefangen.

Und du denkst, wenn die Krähe weg ist, war alles umsonst?

Vielleicht?

Kannst du das nicht auch anders sehen? Wäre es nicht möglich, dass er stark genug ist, sie gehen zu lassen?

Tina griff nach Leonards Zigarette. Sie nahm einen Zug. Gemeinsam rauchten sie sie zu Ende. Er fragte Tina, ob sie am Samstag Zeit habe, bei der Freilassung dabei zu sein. Es sei der Wunsch des Buben.

Dann verdanke ich deinen überraschenden Besuch also Eriks Wunsch?

Ehrlich gesagt? Ja.

Dann hast du also darüber nachgedacht? Ob du es mir überlassen kannst, wie ich mit der Wahrheit über dein Leben umgehe?

Es gibt nichts zu erzählen.

Bist du da sicher?

Leonard schwieg. Tina dämpfte die Zigarette am Balkongeländer aus. Den Stummel ließ sie zu Boden fallen. Lilly schnupperte daran. Ohne auf Lilly zu schauen, begann sie ihren Kopf zu kraulen.

Dann wirst du Erik sagen müssen, dass ich leider verhindert bin.

In dieser Nacht hat er nochmals über Tinas Worte nachgedacht, es ihr zu überlassen, wie sie mit seinem Leben umgehe. In dieser Nacht hat er dann alles aufgeschrieben. Nicht die Erfindung eines Leonard wie fürs Jugendamt, sondern die Geschichte des Leonard, der ihm jeden Morgen beim Rasieren im Spiegel begegnet. Danach ist er zu Tina gefahren, aus dem Bett hat er sie geläutet, vor dem Haus auf den Stiegen hat er gewartet, bis sie fertig gelesen hat. Danach haben sie gemeinsam eine Zigarette geraucht. Jetzt weißt du es, hat er zum Abschied gesagt. Ja, jetzt weiß ich es, hat sie erwidert. Nicht mehr.

Nach dem mehrtägigen intensiven Trockentraining in der Lagerhalle war es Freitagabend so weit, auf dem Fluss zu proben.

Das Schlauchboot war ein Modell, wie es Leonard vom Militär kannte. Strapazierfähiges PVC, PS-starker Motor. Der Kahlköpfige manövrierte sie an die Bordwand eines vorbeifahrenden Schiffes heran. Leonard und der Hagere warfen die Enterhaken, kletterten die Schiffswand empor. Nach einer halben Minute waren sie zurück im Schlauchboot, lösten mithilfe von Stangen die Haken vom Schiff, verschwanden in der Dunkelheit des Flusses, ohne von der Schiffsbesatzung entdeckt worden zu sein. Nicht einmal das Radar hatte sie erfasst, Alarm ausgelöst. Den toten Winkel der Flussschiffe nannte es der Kahlköpfige.

Bis Mitternacht übten sie das Entern an mehreren Frachtschiffen, die flussaufwärts unterwegs waren. Bei jeder Aktion steigerten sie das Tempo, wurden ihre Handgriffe sicherer. Sieben Sekunden, um auf das Schiff zu kommen. Schneller als in der Halle. Die Ruhe, der präzise Drill, mit dem sie übten, ließen Leonard vermuten, dass nicht nur er militärische Vergangenheit hatte. Dieser Aspekt machte die beiden Männer noch bedrohlicher, als sie bereits waren. Denn bei der Rückkehr vom Ziel ins Schlauchboot würde er vielleicht schon überflüssig sein. Für Männer, die im Umgang mit Waffen trainiert sind, wäre es ein Leichtes, ihn auf dem schwankenden Boot abzuknallen. Den Rest würden der Fluss und die Schiffsschraube erledigen. Er brauchte eine Idee, wie er sich schützen könnte. In drei, spätestens vier Tagen würde es so weit sein. Bis dahin würden sie einander nicht sehen. Keine Telefonate. Keine SMS.

Und die Bezahlung?, fragte Leonard.

Wie abgemacht. Gleich nach dem Einsatz.

Auf dem Weg zurück in die Stadt fuhr Leonard zu seiner Garage. Im Kasten mit dem doppelten Boden hatte er neben Geld, gefälschten Pässen und der Pistole auch zwei Handgranaten versteckt. Jugoslawische M75, die er bei einem Einbruch in ein Privathaus zufällig gefunden hatte. Nun würden sie seine Lebensversicherung bei dem Überfall auf das Schiff sein. Niemand schoss auf einen Mann mit einer scharfen Granate in der Hand. Nicht auf einem Schlauchboot.

Bei Leonards Rückkehr nach Hause stand Tinas Transporter vor der Werkstatt. Tina schlief zusammengekauert auf dem Fahrersitz. Ihr Gesicht wirkte entspannt, die langen Wimpern ihrer geschlossenen Augen ruhig. Nur die herabhängenden Mundwinkel erzeugten den Eindruck von Traurigkeit. Leonard klopfte gegen die Scheibe. Tina erwachte. Sie rieb sich die Augen, schien nicht zu wissen, wo sie war. Als Leonards Blick sie einfing, lächelte sie. Sie richtete ihr Haar, ein kurzer, prüfender Blick im Rückspiegel.

Überrascht?, fragte sie beim Aussteigen.

Kann man so sagen. Ehrlich, ich hab nicht gerechnet, dich so schnell wiederzusehen. Oder dich überhaupt wiederzusehen.

Tina zog eine Tasche vom Beifahrersitz.

Wo ist Lilly?

In der Früh kümmert sich ein Nachbar um sie.

Tina bemerkte Leonards fragenden Blick auf die Tasche. Mit der flachen Hand rieb sie über das bauchige Leder.

Was Frau so braucht, wenn sie auswärts übernachtet.

Das Geräusch der Dusche. Ihre Schritte im Bad. Ihr Gewand über die Lehne des Sessels gehängt. Noch nie hatte eine Frau bei Leonard hier übernachtet. Er war sich sicher gewesen, nachdem Tina die Wahrheit über sein Leben gelesen hatte, sie würden einander nicht mehr sehen. Er verdrängte die Frage, wie es weitergehen könnte. Er legte sich auf das Bett, schloss die Augen, hörte sie das Zimmer betreten, ihr Kramen in der Tasche. Sie streifte sich etwas über. Stoff glitt an ihrer Haut hinab. Er blinzelte. Sie stand unter der Lampe, einzelne Strähnen ihres Haars schimmerten silbrig. Sie trug ein weißes Negligé. Ihre Brustwarzen hoben sich unter dem Stoff ab. Sie bemerkte seinen Blick, hielt inne, drehte einen Fuß nach innen, ihre Schultern fielen herab, eine kurze Geste der Verlegenheit, als wäre sie Mädchen und nicht Frau.

Du siehst hinreißend aus, sagte er.

Sie kam zu seinem Bett. Er rückte zur Seite, sie schlüpfte unter die Decke. Sie roch nach Lavendel. Er nahm sie in den Arm. Ihr Körper, weich und entspannt, schmiegte sich an ihn. Er küsste sie.

Knirschen von Sand. Wind fegt über Haut. Regentropfen klatschen kalt ins Gesicht. Geschmack von Salz. Pfeifen und Knistern im Dünengras. Rauschen. Wellen donnern. Der Bub und Tina und Lilly und er. Gemeinsam auf dem Strand vor seinem Haus. Auf der Île de Ré. Ein Moment der Leichtigkeit. Geträumt in dieser gemeinsamen Nacht.

Leonard erwachte in einem leeren Bett. Mit Tina im Arm war er eingeschlafen, die Erinnerung, ihr Kopf auf seiner Brust, der Geruch ihres Haares, eine sanfte Schwere, die ihn, ohne lange wach zu liegen, hatte einschlafen lassen. War diese Nacht nur ein Traum? Er richtete sich auf, sah Tinas Tasche auf dem Tisch liegen, die Wildlederjacke über die Stuhllehne geworfen. Er schaute auf die Uhr. Es war zehn. Er hatte sieben Stunden durchgeschlafen.

Im Gang roch Leonard Kaffee. Wasser rauschte. Scheppern von Geschirr. In der Küche lief der CD-Player. Er hörte Tina singen. Es erinnerte ihn an früher, ihre helle Stimme. Doch nun war es die Stimme einer erwachsenen Frau, dunkel und gebrochen. Vous êtes les étoiles … nous sommes l'univers … vous êtes en un grain de sable … nous sommes le désert …

vous êtes milles phrases et moi je suis la plume … Leonard blieb stehen und horchte bis zum Ende des Liedes.

Nach der Dusche kam er in der Küche. Auf dem Tisch standen Teller, Gebäck, Butter, Marmelade. Tina saß angezogen am Tisch, die Zeitung aufgeschlagen vor ihr.

Ausgeschlafen?, fragte sie.

Er nickte, küsste ihren Hals.

Und du?

Ich bin ein paar Mal aufgewacht.

Sie griff nach seiner Hand.

Du schläfst unruhig.

Ich hab geträumt.

War's wenigstens ein schöner Traum?

Du, Erik und Lilly. Wir sind am Meer gewesen.

Er setzte sich neben sie. Erst jetzt entdeckte er die Blumen in dem Wasserglas auf dem Tisch.

Aus deiner Gärtnerei?

Woher sonst?

Du bist weg gewesen?

Irgendwer musste ja das Geschäft aufsperren. Hilde, meine Gärtnerin, hat mich angesehen, als wär ich vom Mond, als ich danach gleich wieder abgefahren bin. Noch dazu mit einem Blumenstrauß in der Hand.

Tina streichelte seine Wange, berührte seine Augen.

Deine Augen bewegen sich im Schlaf. Sie zucken unruhig hin und her. Als würdest du dauernd auf der Hut sein. Erst am Morgen, als ich aufgestanden bin, bist du ruhig und entspannt gewesen. Als wäre für einen Moment all die Härte aus dir verschwunden.

Tina küsste ihn. Ihre Lippen schmeckten nach Kaffee. Sie wollte aufstehen, doch Leonard hielt sie fest.

Et qu'il y a des reines autant qu'il y a des femmes.

Du hast zugehört?

Wie früher schon. Wenn du gesungen hast.

Beim Abschied im Hof horchte Leonard noch auf das Knattern des VW-Motors, als es bereits längst verklungen war. Murat winkte ihn zu sich in die Werkstatt.

Schaust müde und verliebt aus, Bruder.

Nach einem doppelten türkischen Kaffee ging Leonard zurück in die Wohnung, räumte das Geschirr in die Spüle, wusch ab. Die Blumen stellte er ans Fenster. Die ersten Pflanzen in seiner Wohnung seit Friedrichs Tod. Dessen Kakteen, die jedes Jahr geblüht hatten, waren Leonard innerhalb weniger Monate einer nach dem anderen eingegangen.

Nach dem Aufräumen der Küche rauchte er eine Zigarette im Hinterhof. Beim Frühstück hatte ihn Tina über seine Jahre in Frankreich gefragt. Ob er nicht manchmal Sehnsucht habe? Niemand erwarte ihn dort, hatte er geantwortet. Frankreich sei Vergangenheit. Verknüpft mit zwei Menschen, die tot waren.

Sie hatten über Tinas Reisepläne geredet. Étretat. Normandie. Die Atlantikküste. Sie beneide ihn um die Jahre in Frankreich, denn dieses Land sei ein alter Traum von ihr. Seit ihrer Kindheit. Seit den Sommern, die sie nahe Bayonne im Haus ihres Onkels verbracht hatte.

Leonard erinnerte sich. An den Mercedes ihres Vaters, ein vollgepackter Anhänger, den Abschied von Tina an einem Julimorgen, den Schmerz, den er damals empfunden, aber nicht zugegeben hatte. Tinas Briefe und Ansichtskarten. Er hatte sie lange aufgehoben. Biarritz, Bordeaux, die Pyrenäen, der Atlantik. Orte fern von der Abschaumsiedlung.

Lebt dein Onkel noch?, hatte er gefragt.

Er ist seit Jahren tot und sein Haus, das gibt es auch nicht mehr.

Doch der Traum sei geblieben. Irgendwo entlang dieser Küste einen Neuanfang wagen. Aber sie sei nie aufgebrochen, hatte Tina erzählt, festgeschraubt in ihrem Leben hier.

Niemand sei festgeschraubt, hatte er ihr entgegnet, einen Augenblick gehofft, die Tina von früher wiederzuentdecken. Eine Spur ihrer Unerschrockenheit. Dieser Wille, anzupacken. Doch sie hatte ihn nur angeschaut, in ihren Augen die Antwort, es sei zu spät.

Da hatte er ihr von seinem Haus auf der Île de Ré erzählt, dem weitläufigen Grundstück, groß genug für Glashäuser, Beete, ein Geschäftslokal. Tina hatte gelacht. Doch dann hatte sie seinen Blick bemerkt. Das sei nicht sein Ernst, dieses Angebot. Er hatte genickt. Sie solle darüber nachdenken, hatte er gesagt.

In der Klinik erfuhr Leonard vom behandelnden Arzt, dass, nachdem der Bub in dieser Woche so gute Fortschritte gemacht hatte, die Therapeuten und er in Absprache mit dem Jugendamt Erik wieder bei ihm übernachten lassen wollten.

Leonard war überrascht. Er hatte nicht damit gerechnet, dass der Bub dieses Wochenende wieder bei ihm sein würde. Er dachte an den Coup in vier Tagen oder gar früher, fragte, ob das nicht zu schnell gehe. Der Arzt zerstreute seine Bedenken. Selbst Frau Seifert, eine skeptische Beobachterin der Entwicklung, sei einverstanden.

Haben Sie mit dem Buben schon gesprochen?

Nein. Wir fänden es besser, wenn Sie Erik selbst fragen. Und sollte es Komplikationen geben, Herr Steiner, die Telefonnummer der Klinik haben Sie, und im Notfall rufen Sie mich direkt an.

Der Arzt zog eine Visitenkarte aus seiner Schreibtischschublade, auf die Rückseite notierte er eine Telefonnummer.

In meinen Augen, Herr Steiner, und nach allem, was ich

bisher von Ihnen gesehen und gehört habe, sind Sie der geeignete Mann für Erik. Auch wenn der erste Eindruck, Ihr abweisendes Auftreten, täuschen mag.

Tut er das, Doktor?

Wie sehen Sie sich denn selbst?

Als jemand, der eigentlich kein Kind in seinem Leben brauchen kann.

Im Klinikpark wartete Leonard auf Erik. Nach dem Gespräch mit dem Arzt war ihm wieder bewusst geworden, dass er ohne Plan war. Wäre er sicher, nur Ron und die zwei Männer stünden hinter dem Überfall auf das Schiff, wüsste er, was zu tun wäre. Was aber, wenn es noch Hintermänner gab? Zwar hatten die Auftraggeber nie Kontakt zu den Leuten, die die Arbeit durchführten, blieb also Ron. War sie nur die Mittelsfrau, könnte er jede Verbindung zu sich und dem Buben mit einem Schlag trennen. Doch er wusste nicht, inwieweit Ron involviert war, und vier Tage reichten nicht aus, es herauszufinden. Die Gier ertrinkt im eigenen Blut. An diesen Satz, den er Le grand Cortazar beim Sterben ins Ohr geflüstert hatte, hätte er sich erinnern sollen. Als die zwei Männer zum ersten Mal aufgetaucht waren. Den Buben nach Norwegen bringen. Die zwei Männer und Ron töten. Abtauchen.

Jemand boxte ihn in die Rippen. Leonard zuckte zusammen, sah den Buben grinsend neben sich stehen. Nun hat er es endlich geschafft, ihn zu überrumpeln. Er stand auf, boxte ihn sanft gegen die Brust.

Der Bub schrieb, ob er bereit sei.

Natürlich. Und du?

Ein bisserl Angst

Vor Norahs Freilassung?

Der Bub nickte.

Das ist normal.

Wär's nicht besser wir warten noch

Kann sie fliegen?

Ja

Nach kurzem Überlegen fügte der Bub ein wahrscheinlich hinzu.

Wenn ja, dann ist die Voliere ein Gefängnis für Norah. Wenn wahrscheinlich, müssen wir es darauf ankommen lassen.

Aber sie ist dort sicher in der Voliere

Kommt darauf an, von welcher Seite des Gitters du es betrachtest.

Der Bub schaute ihn fragend an.

Dann stell dir vor, du bist Norah. Und stell dir vor, du spürst, du kannst fliegen und hockst hinter Gittern. Wie würdest du dich dann fühlen?

Gefangen

Siehst du?

Der Bub blickte auf seinen Block, drehte den Kugelschreiber auf dem Papier, dachte nach.

Dann lassen wir sie frei

Und schauen, ob sie fliegen kann.

Und wenn nicht

Dann fangen wir sie ein.

Versprochen

Wir werden sie nicht im Stich lassen, deine Norah.

Der Bub schaute ihn lange an, bis er sicher schien, dass Leonard das Versprechen halten würde. Erst dann lächelte er, deutete auf eine Baumgruppe im Park, auf deren Ästen sich Krähen versammelten. Ein lautstarkes Durcheinander verschiedener Rufe. Wieder fiel Leonard die Zeichnung des Buben ein. Zwei Personen im Wald, in den Ästen über ihnen die Vögel. Er versuchte sich vorzustellen, mit Erik auf dem Waldboden zu liegen, eingegraben in die kalte Herbsterde, der modrige Geruch, die Stille des Waldes, und plötzlich kam es ihm vor wie die Nächte in der Wüste. Die Weite des Firmaments, unter der er sich frei gefühlt hatte.

Möchtest du heute bei mir übernachten?, fragte er den Buben.

Der Bub nickte.

Und Sonntag

Da musst du leider wieder zurück.

Erik senkte den Blick. Leonard erwartete eine Frage, doch alles, was der Bub aufschrieb, war der Wunsch nach einer Pizza.

Quattro Stagioni. *Pizzeria San Giorgio* stand auf der riesigen Schachtel, Brösel und fettige Teigreste lagen verteilt über die gesamte Tischdecke. Zwei hungrigen Wölfen gleich hatten sie sich über Giorgios Pizza gestürzt, sie mit Fingern direkt aus dem Pappkarton in Teile zerfleddert, Stück für Stück verzehrt.

Leonard räumte die Schachtel in den Müll. Die Tischdecke schüttelte er im Hinterhof aus, Tauben stürzten sich auf die Krümel. Bei seiner Rückkehr in die Küche war Erik nicht mehr da.

Leonard fand ihn im Hof in der Voliere auf dem Boden sitzend, die Krähe auf dem Arm. Er fütterte sie mit Pizzarand, dabei bewegten sich seine Lippen, formten lautlose Worte. Leonard blieb im Hof stehen, weit genug entfernt, um die Krähe nicht zu erschrecken, dachte an den Traum der letzten Nacht. Der Bub auf dem Inselstrand, die graue Weite des Atlantiks. Er überlegte, wie lange der Bub brauchen würde, die französische Sprache zu erlernen. Ob es ihm dort überhaupt gefallen konnte? Ein Flugzeug rauschte über den Hof. Der Bub deutete in den Himmel, der Schnabel der Krähe folgte neugierig seinem Finger, sie flatterte, um das Gleichgewicht zu halten. Sie stieß zwei kurze Schreie aus. Der Bub nickte. Als verstünde er sie.

Leonard ging zurück in die Wohnung. Die Tasche des Buben trug er ins Zimmer, begann sie auszuräumen. Die Kleidung war ordentlich gefaltet. Pyjama, eine zweite Hose, T-Shirt zum Umziehen, Socken, Unterhosen, Waschzeug, sogar an seine Badeschlapfen hatte er gedacht. Auf dem Boden der Tasche lagen sein Laptop, DVDs und Computerspiele. So gut, wie der Kleine organisiert war, so flexibel, würde ihm ein Umzug nach Frankreich vielleicht nichts ausmachen? Ein neuer Wohnort, fernab aller Erinnerungen an Tod und Verlust. Leonard begann nachzurechnen. Wie lange das Geld, das er an mehreren Stellen in der Stadt gebunkert hatte, reichen würde, den anfänglichen Engpass nach einem Umzug durchzustehen. Doch mitten in seiner Rechnung fiel ihm das Gespräch mit dem Arzt ein, was er ihm am Ende gesagt hatte: Kein Mann, der ein Kind in seinem Leben brauchen könnte. Eine Antwort, spontan, ohne zu überlegen. War er wirklich noch dieser Mann?

Es war später Nachmittag, als sie losfuhren. Ohne Widerstand hatte sich die Krähe von Erik in die Kiste packen lassen. In dem weitläufigen Park nur wenige Autominuten von Leonards Werkstatt entfernt wollte der Bub sie freilassen. Leonard hatte Tina angerufen, bei ihrer Ankunft wartete sie am Parkeingang.

Ein großer Tag für die Krähe, sagte Tina, als sie ausstiegen.

Der Bub nickte, zog die Kiste aus dem Wagen.

Er freut sich, dass du gekommen bist.

Und du?

Da fragst du noch?

Ich würd's gerne hören.

Leonard küsste sie.

Schön, dass du da bist.

Sie folgten dem Buben in den Park, der sich über zwei Hügel erstreckte. Am Rand eines künstlich angelegten Teiches blieb der Bub stehen. Tina und Leonard setzten sich auf eine Bank, beobachteten, wie Erik die Kiste öffnete, die Krähe heraushob. Einen Moment duckte sich die Krähe im Gras, erst als sie sich sicher schien, dass ihr keine Gefahr drohte, erhob sie sich, drehte den Kopf neugierig nach allen Richtungen. Der Bub hielt ihr seinen Arm hin, doch die Krähe hüpfte von ihm weg. Einige Meter entfernt blieb sie stehen, mit dem Schnabel streifte sie durch ihr Federkleid, spreizte die Flügel, hüpfte einige Meter voran, flatterte, hob ab. In engen Kreisen schraubte sich die Krähe dem Himmel entgegen. Den Kopf zur Seite gelegt blickte sie zu Erik hinab, stieß lang gezogene Rufe aus.

Rah-ah!

Rah-ah!!

Der Bub folgte ihr die steile Wiese hinauf, bis zu einer Baumgruppe auf dem Hügel. Dort verschwand er im Schatten der Bäume. Leonard wollte aufstehen, doch Tina hielt ihn zurück.

Lass ihn Abschied nehmen.

Sie umfasste Leonards Arm, lehnte sich an seine Schulter. Leonard sah Erik zwischen den Bäumen auftauchen, hörte die Rufe der Krähe, wünschte sich, ihn antworten zu hören. Doch es antwortete nur eine Krähe aus einem Waldstück am anderen Ende des Teiches.

Sicher ihre Freundin, sagte Tina.

Glaubst du?

Klar doch. Sie werden sich einiges zu erzählen haben.

Die zweite Krähe flog zu der Baumgruppe und, als wären ihre Rufe ein Kommando, tauchten aus verschiedenen Richtungen andere Krähen auf. Ein lautes krächzendes Geschwätz erhob sich.

Sag ich's nicht? Die haben sich viel zu erzählen.

Tina zog Leonard an sich, küsste ihn auf die Wange.

War schön heute Nacht bei dir.

Leonard lehnte den Kopf an Tinas Schläfe. Eine Weile blieben sie eng aneinandergeschmiegt sitzen, bis Tina ihn nach dem Haus auf der Île de Ré fragte, wie lange er das bereits habe.

Dreizehn Jahre.

Hast du je darin gewohnt?

Manchmal.

Mit der Französin?

Leonard erwiderte Tinas Blick.

Nicht nur mit ihr. Auch ihr Bruder Philippe ist da gewesen. Wir sind damals zwangsläufig nie lange an einem Ort geblieben.

Aber habt ihr vorgehabt, dort einmal zu wohnen?

Dazu ist es nie gekommen.

Aber wäre es denkbar gewesen?

Denkbar?

Leonard wollte nicht über Véronique sprechen. Sie war tot. Warum diese Fragen über eine Tote, er wusste nicht einmal, wo sie begraben lag.

Wir haben damals zu viel Geld gehabt, wir drei. Wir haben nicht mehr gewusst, wohin damit. Uns sind die Verstecke ausgegangen, in denen wir Bargeld gebunkert hatten. Also haben wir drei Häuser gekauft. Eines nördlich im Elsass für Véronique, eines bei Grasse für Philippe und das auf der Île de Ré ist meins. Alles bar auf die Hand damals und die Häuser weit verstreut über Frankreich, damit niemand einen Zusammenhang erkennen konnte.

Aber hast du in den letzten Jahren nie daran gedacht, dorthin zu ziehen? Auf die Île de Ré?

Nein.

Warum hast du es dann behalten?

Keine Ahnung. Die Nachbarin, die sich um das Haus und das Grundstück kümmert, hat mir manchmal Angebote von

Käufern geschickt. Manche sind richtig gut gewesen. Aber ich bin nie darauf eingestiegen.

Warum? Wegen der Erinnerungen? Der Französin?

Verdammt noch mal, Tina! Lass da Véronique raus! Sie ist seit zehn Jahren tot. Erschossen in einem Hotelzimmer in Dijon. Kannst du dir vorstellen, was es heißt, jemanden, den du liebst, zerfetzt von Kugeln auf dem Boden liegen zu sehen?

Er riss sich von Tina los.

Ich hatte einfach all die Jahre keinen Bock, nach Frankreich zu fahren, Papiere zu unterschreiben, mich mit Käufern zu treffen oder mit irgendeinem Scheißmakler zu telefonieren. Das Haus dort ist Vergangenheit.

In deiner Erinnerung auch?

Was willst du hören?

Ich möchte wissen, wie ernst du deinen Vorschlag heute Morgen gemeint hast.

An diesem Vorschlag gibt's nichts zu zweifeln, Tina. Wenn du das Haus haben willst, kannst du es haben.

Einfach so?

Leonard schnippte mit den Fingern.

Einfach so.

Er zog das Zigarettenpäckchen aus der Jacke. Die angezündete Zigarette nahm ihm Tina aus dem Mund und während sie gemeinsam rauchten, dachte er an den Traum heute Nacht. Tina, der Bub und er. Doch nur Stunden später, als er über einen Umzug nachgedacht hatte, waren es in seiner Vorstellung nur mehr der Bub und er gewesen.

Tina fragte, wo er in diesem Angebot bliebe. Leonard antwortete, er wisse es nicht. Er sah Erik aus dem Wald kommen, stand auf. Tina griff nach seiner Hand, hielt ihn zurück.

Ohne dich, Leonard, will ich das Haus nicht haben.

Wenn du darauf verzichten willst. Deine Entscheidung.

Er wandte sich ab, ging dem Buben entgegen. Erik weinte. Auf Leonards Arm schrieb er, sie sei weg.

Dann ist sie jetzt bei ihrer Familie. Das ist doch gut so. Oder?

Der Bub nickte, drückte sein Gesicht gegen Leonards Bauch. Leonard zog ihn an sich, ihn fest im Arm haltend, schaute er zu der Bank, auf der er mit Tina gesessen war. Sie war leer.

Nach dem Abendessen ging Erik in sein Zimmer. Doch es waren keine Computerspielgeräusche zu hören, es blieb ruhig. Als Leonard nachschaute, ob alles in Ordnung sei, lag der Bub auf dem Bett, die Holzkrähe über seinem Kopf im Blick. Leonard setzte sich zu ihm.

Du vermisst sie, deine Norah?

Sie ist nicht mehr zurückgekommen

Was hast du erwartet?

Ich weiß nicht

Hast gehofft, Norah würde bei dir bleiben?

Ja irgendwie

Aber du hast geahnt, dass es nicht so sein wird?

Die Beine angezogen lehnte sich der Bub an die Wand, entwarf Skizzen von Krähen. Er strich sie durch, zeichnete neue, übermalte sie so wütend, dass das Papier einriss. Leonard nahm die Hand des Buben, die Finger verkrampften sich um den Kugelschreiber. Er zog ihn sachte weg.

Du weißt doch, dass Krähen intelligente Vögel sind.

Der Bub nickte.

Gut. Dann weißt du ja auch, dass Krähen ein gutes Gedächtnis haben. Die vergessen nichts. Das Gute und das Schlechte, das ihnen zustößt.

Der Bub griff sich den Kugelschreiber.

Sie erzählen sogar alles weiter

Genau. Und so wird Norahs Familie immer wissen, dass du

sie gerettet hast. Norah ist nicht weg. Du hast ihr geholfen, nach Hause zu kommen. Gibt's was Besseres?

Der Bub hob den Kopf, schaute ihn lange an. Er legte Block und Bleistift beiseite, schlüpfte an Leonard vorbei aus dem Bett, aus seiner Tasche im Kasten nahm er eine DVD, seinen Laptop. Zurück auf dem Bett startete er den Computer, legte die DVD ein. Auf dem Cover las Leonard den Titel *Refviksanden 2009.*

Windgeräusche. Meeresrauschen. Sphärenklänge. Das Bild einer Bucht. Die Kamera schwenkt über einen weißen Sandstrand, tintenblaues Wasser, an den Rändern das dunkle Grün der Wiesen zwischen bemoosten Felsen. Die Bewegung der Kamera stoppt an einer Frau, einem Kind, nähert sich. Die Frau trägt ein Sommerkleid, einen Sonnenhut festgebunden mit einem Tuch, ihr rotes Haar flattert im Wind. Leonard erkannte Tove.

Vor ihr sitzt der Bub auf der Decke, im Sonnenlicht das blonde Haar fast weiß. Er blickt in die Kamera, lacht und winkt. Die Kamera umkreist die beiden, öffnet den Winkel, zeigt drei riesige Vögel aus weißem Sand geformt, dazu drei Namen in den Sand gegraben. Erik, Tove, Max. Danach kurze Szenen, Rückblenden. Hände, die schaufeln, graben, Sand aufschütten und Flügel, Köpfe, Körper der Vögel formen, die Schnitte schneller werdend wie der Rhythmus der Musik. Harter Schnitt. Schwarzspann. Stille. Blauer Himmel wird aufgeblendet. Windgeräusche. Meeresrauschen. Die Kamera schwenkt herab, das Meer im Hintergrund, davor Max in der Mitte, links und rechts in seinen Armen der Sohn und die Frau, vor ihnen die drei Vögel aus Sand. Sie lachen, rufen, winken in die Kamera. Leonard versuchte, die Stimme des Buben herauszuhören, doch das hohle Pfeifen des Windes verhinderte es, dazu die Stimmen der Erwachsenen und das Donnern der Wellen. Abblende.

Eine Weile blieb es drückend still im Zimmer. Leonard wartete, dass der Bub etwas schrieb. Doch der Bub rührte den Kugelschreiber nicht an. Er trug den Computer zum Schreibtisch, ging zum Fenster, blickte in den dunklen Hof. Leonard folgte ihm.

Im Haus gegenüber ging das Stiegenhauslicht an. In den Gangfenstern tauchten eine Frau und ein Mann auf, Stockwerk für Stockwerk, bis sie im Erdgeschoß hinter Murats Spenglerei verschwunden waren. Nach Minuten erlosch das Licht.

Leonard legte die Hand auf die Schulter des Buben.

Manchmal, weißt du, da vermisse ich auch jetzt noch meinen Vater und meine Mutter. Auch nach all den vielen Jahren, die sie weg sind. Das hört nie auf. Egal wie alt du wirst, daran musst du dich gewöhnen. Auch wenn es anfangs sehr weh tut.

In dieser Nacht ist der Bub zu ihm ins Zimmer gekommen, ist zu ihm unter die Decke geschlüpft. Die ganze Nacht ist er wach gelegen, hat dem Buben beim Schlafen zugehört. Jede Regung des Buben hat er wahrgenommen, seinen Atem auf der Haut. Diese Wärme. Die tief hinab in ihn eingedrungen ist.

Sonntagabend kehrten sie in die Klinik zurück. Nach dem Niederlegen bat ihn der Bub, ihm zu erzählen, wie es Norah jetzt gehe.

Wo schlafen Krähen eigentlich?, fragte Leonard.

In Bäumen, schrieb der Bub.

Alle gemeinsam?

Ja

Leonard stellte sich das Ufer des Flusses vor, von wo aus er mit den zwei Männern im Schlauchboot aufs Wasser hinausgefahren war. Einen bewaldeten Wasserarm beschrieb er dem Buben, in dem ein umgefallener Baum lag. Er erzählte von

Tanten und Onkeln, die Norah habe, die sich jeden Abend dort zum Schlafen auf den Bäumen versammelten, an dem Ort, den schon die Großmutter für die Familie ausgesucht hatte, eine alte Krähe, die immer im obersten Ast übernachtete. Ein Ort, an den sie mit der Familie jeden Herbst zurückkehrte, der Fluss ruhig und dunkel dahingleitend, das leise Plätschern der Wellen, nur manchmal durchbrochen vom nächtlichen Geschnatter einiger Enten. Norah saß nun wieder zwischen ihren Eltern, und wenn sie aufwachte, sah sie die Lichter vorüberfahrender Schiffe, erfüllt von dem Glück, bei ihrer Familie zu sein.

Erik schlief ein. Leonard drehte die Nachttischlampe ab, blieb sitzen. Er wollte noch nicht nach Hause zurückkehren. In die Wohnung ohne den Buben. Er sah sein Gesicht, als er ihm am Morgen Spiegeleier mit Speck gemacht hatte. Dazu geröstetes Brot. Das herzhafte Knirschen beim Hineinbeißen, und nachmittags, als er lesend bei ihm in der Werkstatt auf Friedrichs Stuhl gesessen war, während er ein Fenstergitter gefertigt hatte, keine Angst vor dem Feuer, der Hitze. Später hatte er ihn den Hammer halten lassen, auf einer Kiste vor dem Amboss stehend hatte der Bub auf das glühende Eisen eingeschlagen, die Funken und Glutfetzen, die nach allen Seiten davongespritzt waren. Bei jedem Schlag die Erregung im Blick des Buben, aber auch Wut, der er freien Lauf ließ.

Leonard dachte an den Moment am Abend zuvor, nach dem Video, das ihm der Bub gezeigt hatte, wie sie beide am Fenster gestanden waren, er ihm gesagt hatte, dass er seinen Vater, seine Mutter manchmal vermisse. Der Versuch des Buben zu sprechen, trotz aller Anstrengung kein Laut. Was hatte er ihm sagen wollen? Geschrieben hatte er nichts. Leonard fragte sich, wie nahe die Erkenntnis des Todes seiner Eltern bereits an ihn herangerückt war. Dieser elende Schmerz, der dem Buben noch bevorstand. Leonard beugte sich über den Schlafenden, küsste seine Stirn, streifte die Decke glatt.

Bis morgen, Kleiner.

Auf dem Weg zum Wagen schaute Leonard auf das Handy, das ihm der Hagere gegeben hatte. Eine Nachricht im Speicher. Er öffnete sie. *Dienstag 16:00.* Leonard löschte die Mitteilung. Nicht einmal achtundvierzig Stunden, dann legten sie los.

In Tinas Haus brannte Licht. Lilly bellte. Nach dem Läuten kam sie zur Haustür gelaufen. Leonard wartete. Doch niemand öffnete die Tür. Er läutete abermals, Lilly begann hin und her zu laufen, winselte. Als nach einem weiteren Läuten Tina nicht zur Tür kam, umrundete Leonard das Haus. An der Rückseite entdeckte er Tina auf der Wohnzimmerbank liegend, der Fernseher lief, zwei leere Weinflaschen standen auf dem Tisch, eine halb leere auf dem Boden, daneben ein umgefallenes Glas. Auf der Bank, dem Teppich entdeckte Leonard Erbrochenes. Mit dem Ellenbogen schlug er die Scheibe ein, öffnete das Fenster von innen, kletterte ins Haus. Tina atmete, war aber ohne Bewusstsein. Lilly sprang an ihr hoch. Leonard packte sie, sperrte sie in die Küche. Zurück bei Tina, kontrollierte er ihren Rachen nach Erbrochenem, setzte sie auf. Sie kam zu Bewusstsein, ohne aber wirklich zu registrieren, was mit ihr geschah. Er steckte ihr Zeige- und Mittelfinger in den Mund, so tief in den Rachen, dass sie zu würgen begann. Sie wehrte sich, er hielt sie fest, bis sie sich übergab. Erst als nur mehr gallige Flüssigkeit aus ihr herausbrach, ließ er locker. Erschöpft sackte Tina zurück auf die Bank. Er zog sie aus, trug sie ins Bad, hob sie in die Duschwanne. Mit kaltem Wasser spritzte er sie ab, bis sie endlich zu sich kam. Wo sie sei, brabbelte sie.

Wieder da.

Leonard drehte das Wasser ab. Mit einem Handtuch rieb er sie trocken. Gehüllt in ihren Bademantel trug er sie in die Küche. In einem Kasten fand er Kräutertee. Die volle Kanne stellte er auf den Tisch, dazu ein großes Häferl.

Trinken.

Nachdem Tina die erste Tasse ausgetrunken hatte, er ihr eine zweite eingeschenkt hatte, ließ er sie allein in der Küche sitzen, sammelte im Wohnzimmer die Glasscherben ein, verklebte das eingeschlagene Fenster mit einem Karton, reinigte die vollgekotzte Sitzbank, den Teppich. Danach kehrte er zu Tina zurück. Sie hatte die halbe Kanne ausgetrunken.

Es tut mir leid, stammelte sie.

Das braucht es nicht.

Er setzte sich neben sie. Tina lehnte sich an ihn, murmelte eine Frage. Er verstand nicht. Sie wiederholte die Frage, doch mitten im Satz winkte sie ab.

Ich bin müde.

Leonard brachte sie ins Schlafzimmer. Er zog ihr den Bademantel aus, legte sie aufs Bett, deckte sie zu. Sie schlief sofort ein.

Nach dem Trockenwischen des Bades schnappte Leonard Lillys Leine und machte mit ihr einen Spaziergang. Vorbei an Max' Haus gingen sie bis zur Abschaumsiedlung. Vor dem Haus, in dem er als Kind aufgewachsen war, blieb er stehen. Er erinnerte sich, wie er vor nicht einmal vier Wochen hier gestanden war. Die zwei Idioten, die versucht hatten, ihn fertigzumachen. Es schien ihm alles länger her. Als wären die Wochen Monate gewesen.

Bei seiner Rückkehr zu Tinas Haus, zwei Stunden später, brannte Licht in der Küche. Die Schlafzimmertür zum Balkon stand offen. An der Haustür ließ Leonard Lilly von der Leine. Sie stürmte los, Leonard hörte Tina sie begrüßen.

Na, meine Feine.

Tina saß am Küchentisch, vor sich ein Glas Wasser, eine aufgerissene Packung Aspirin-C-Brause.

Warst mit Lilly eine Runde spazieren?

Wir hatten Lust darauf.

Beim Versuch, nach ihrer Hand zu greifen, zog Tina sie zurück. Sie entschuldigte sich für den Zustand, in dem er sie vorgefunden hatte. Er fragte sie, ob sie das öfters mache.

Mich so zu betrinken? Nein. Seit ich allein bin, trinke ich zwar gerne, aber so wie heute war es noch nie.

Leonard setzte sich an den Küchentisch.

Du bist ganz schön weg gewesen.

Ich weiß.

Ich hab das Fenster einschlagen müssen.

Ich hab's gesehen. Ich werd morgen den Glaser anrufen.

Ihre Blicke verschränkten sich. Eine Weile saßen sie schweigend einander gegenüber, bis Leonard sie fragte, ob er ihr nichts von seinem Haus hätte erzählen sollen.

Deinem Haus auf der Île de Ré? Vielleicht. Aber nein! Warum? Es hat halt was gefehlt bei deinem Angebot.

Tina nahm einen Schluck Wasser.

Dein Angebot, Leonard, das hat alte Wunden aufgerissen. Dieser Plan, nach Frankreich zu gehen. Diese Hoffnung, von hier wegzukommen. Dass dort alles besser werden würde, eine pubertäre Hoffnung, ich weiß. Aber er hat mir geholfen, mit der Einsamkeit hier fertigzuwerden. Und dann kommst du daher, erzählst mir von diesem Haus und dass ich es haben könnte. Einfach so.

Sie schnippte mit den Fingern.

Dein Haus am Atlantik, Leonard. Dein Angebot, dort zu leben. Das hat mir wieder meine Einsamkeit vorgeführt. Im Alltag hier hab ich sie ja kaum mehr bemerkt. Da ist sie untergegangen. Die Gärtnerei, Lilly. Manchmal arbeite ich dreizehn, vierzehn Stunden, stehe Samstag und Sonntag im Geschäft. Und wenn die Melancholie doch mal zuschlägt, dann ein paar Gläschen Wein vor dem Fernseher. Aber jetzt bist du da. Und du machst mir dieses Angebot. Das Haus steht leer. Ich kann es haben. Aber was würde es ändern? Ich bin hier allein. Ich wäre dort allein. Nur ein anderer Ort.

Tina schaute auf das leere Glas. Nach einer Weile hob sie den Kopf, blickte ihm in die Augen.

Als ich dich gestern mit Erik gesehen hab, da ist es mir klar geworden. Für mich gibt es keinen Platz in deinem Leben. Du mit Erik. Das ist alles, was du geben kannst. Da bleibt am Ende für mich nichts mehr übrig. Vielleicht in ein paar Jahren, wenn dich dieses neue Leben geöffnet hat. Aber darauf will ich nicht warten, Leonard. Ein Fehler möglicherweise, aber so wie ich es jetzt sehe, ist unsere Begegnung wie das schmerzhafte Echo einer vergangenen Zeit.

Tina stand abrupt auf. Dann bat sie Leonard, das Haus zu verlassen.

An diesem Abend hat er Tina das letzte Mal gesehen. Die Hoffnung, einander zufällig zu begegnen, hat sich nie erfüllt, auch hat er nie einen Versuch unternommen, sie zu Hause oder in ihrer Gärtnerei aufzusuchen. Und auf seine Karte, seinen Brief aus Frankreich, die Einladung, ihn zu besuchen, hat sie nie geantwortet.

Am Morgen des Überfalls fuhr Leonard in die Klinik. Erik schien wie verwandelt. Keine Wiedersehensfreude, die Nähe, die Vertrautheit, die sich während des Wochenendes zwischen ihnen aufgebaut hatte, existierte nicht mehr. Verschlossen, ohne ihn anzuschauen, schlang der Bub die Nusstorte in der

Cafeteria hinunter, trank sein Cola, eine flüchtige Umarmung zum Abschied, nicht mehr.

Der behandelnde Arzt nannte das Verhalten eine Stimmungsschwankung. Ob es einer der regelmäßig zu erwartenden Rückzüge sei oder mit dem Geburtstag des verunglückten Vaters zusammenhänge, konnte er nicht sagen.

Max' Geburtstag! Leonard fluchte in sich hinein. Seit Jahren das erste Mal, dass er den Geburtstag des Bruders vergessen hatte. Kein Wunder, dass der Bub aus der Spur war.

Gerade heute sei es wichtig, dass Erik jemand Vertrauten in seiner Nähe habe, hörte Leonard den Arzt sagen. Er fragte ihn, wann die letzte Therapiestunde zu Ende sei.

Um halb vier.

Leonard schüttelte den Kopf.

Da bin ich zu einem Termin unterwegs.

Und lässt er sich nicht verschieben, Ihr Termin?

Nicht so kurzfristig.

Leonard fühlte sich elend, den Buben an einem solchen Tag in Stich lassen zu müssen. Er hatte keine Wahl. Nicht heute. Er sagte dem Arzt, dass es ihm leidtue.

Der Doktor blickte von seinem Computer hoch.

Dann ist es wahrscheinlich besser, Herr Steiner, Sie kommen heute gar nicht und wir kümmern uns um Erik.

Ein aufgeworfener Erdhügel. Das schlichte Holzkreuz. Leonard entzündete eine Kerze am Grab seines Bruders, schob sie in die Laterne. Es dauerte, bis die Flamme sich voll entfaltete, das beruhigende gelbe Flackern hinter der schmutzigen Scheibe. Der Coup heute Nacht. Das Risiko, nicht lebend da rauszukommen. Er hatte es verdrängt.

Zu Hause schrieb er Murat einen Brief. Aus dem Versteck in der Werkstatt entnahm er achttausend Euro, gab sie in ein zweites Kuvert, dazu eine Liste der Verstecke, wo er weiteres Geld gebunkert hatte. Murat war der Einzige, dem er diese Verantwortung übertragen konnte, sich zumindest finanziell um Erik zu kümmern, sollte ihm in dieser Nacht etwas zustoßen. Mit den beiden Kuverts in der Jacke ging er zu Murats Werkstatt.

Im Büro bot ihm Murat Kaffee an. Er fragte nach dem Buben, wann er endlich bei ihm einziehe. Leonard erzählte ihm von der Freilassung der Krähe am Wochenende, dann legte er den verschlossenen Brief auf den Tisch.

Was ist das, Bruder?

Eine Bitte. Falls ich morgen Früh nicht bei dir in der Werkstatt auftauche, dann gehst du mit diesem Kuvert zu einem Anwalt. Er ist Strafverteidiger, ich habe vor einer halben Stunde mit ihm gesprochen. Er weiß über dein mögliches Kommen Bescheid. Adresse und Telefonnummer gebe ich dir noch.

Ich soll zu einem Anwalt gehen, Bruder?

Es geht um das Leben des Buben, und der Anwalt wird dich zur Polizei begleiten.

Zu den Bullen mit einem Anwalt? Warum?

Das ist unwichtig, Murat. Wichtig ist nur, dass du in Begleitung dorthin gehst. Und erst dort lässt du die Kieberer das Kuvert öffnen. Sie sollen sehen, dass es verschlossen ist und du keine Ahnung hast, was drinsteht und nur ich für den Inhalt des Briefes verantwortlich bin. Deswegen auch der Anwalt. Er ist zu deinem Schutz dabei, damit dir die Kieberer keinen Strick drehen. Verstanden?

Murats Nicken kam zögernd. Überrascht blickte er auf das offene Geldkuvert, das Leonard auf den Tisch legte. Er nahm es, sah den Packen Geldscheine, stieß einen Pfiff aus.

Eine Menge Kohle, Bruder.

Sie wird fürs Erste reichen. Wo du mehr davon findest, steht auf der Liste im Kuvert. Denn falls ich heute Nacht nicht zurückkehre, gehört mein ganzes Geld dem Buben und du sorgst dafür, später, in ein paar Jahren, wenn alle Wogen sich geglättet haben, dass er es kriegt. Ist das okay für dich?

Klar doch. Aber warum der Brief, die Kohle, der Anwalt?

Zu deinem Schutz. Je weniger du weißt, desto sicherer. Aber die Erklärung über alles steht in dem verschlossenen Brief. Wenn die Kieberer den lesen, wissen die, was zu tun ist.

Leonard holte Zettel und Kugelschreiber von Murats Schreibtisch, schrieb Telefonnummer, Adresse und Namen des Anwalts darauf, den er zu Mittag aufgesucht hatte.

Und noch mal, Murat. Du gehst keinesfalls alleine zu den Kieberern.

Dann sag mir wenigstens, in welchen Scheiß du da geraten bist, dass du die Bullen brauchst?

Es geht nicht um mich, Murat. Wenn ich morgen Früh nicht auftauche, geht es nur mehr um den Buben.

Und wo wirst du sein?

Ihre Blicke trafen sich. Leonard wartete. Der Blick seines Freundes wanderte zwischen den Kuverts hin und her. Er nahm den Zettel mit der Telefonnummer, der Adresse und dem Namen des Anwalts, las ihn durch. Danach warf er das Papier zurück auf den Tisch, verschränkte die Arme vor der Brust, starrte Leonard an.

Wer bist du?

Das willst du nicht wissen.

Und wenn doch?

Noch mal, Murat. Es ist besser, wenn du nichts weißt. Ich wollte dich da nie reinziehen, aber glaub mir, es geht jetzt nur mehr um den Buben. Sollte aber heute Nacht alles gut gehen, werd ich für immer in deiner Schuld stehen.

Murat schüttelte den Kopf.

Um das geht's nicht, Bruder. Nicht um das.

Ich weiß, Murat. Und genau deswegen bin ich zu dir gekommen. Weil du der Einzige bist, dem ich vertraue.

Leonard stand auf.

Zum Abschied umarmte ihn Murat. Er flüsterte einige türkische Sätze. Für Leonard klang es wie ein Gebet.

Die Zeichnungen des Buben. Ein Versprechen des Vaters. Ihn zu seinem Geburtstag mit in den Wald zu nehmen, bei den Krähen zu übernachten. Der Unfall, der Tod des Vaters, der Mutter, für den Buben nur ein Albtraum. Eine eigene Realität hat er sich geschaffen, wie es die Ärzte befürchtet haben. In dieser Realität war der Vater am Leben. Der Vater, den er im Wald wiedersehen, der sein Versprechen halten würde. Nichts anmerken hat er sich lassen, der Bub. Der einzige Hinweis waren die Zeichnungen. Die niemand verstanden hat. Bloß einmal hätte der Bub sein Vorhaben beinahe verraten. Die aufgeschlagene Seite des Buchplans, die er kurz gesehen hat. An diesen Gedanken, diese Hoffnung, der richtigen Spur zu folgen, hat er sich geklammert. Während er die Ausfallstraße entlanggerast ist, das Aufblitzen der Radarboxen.

Kurz nach drei hatte Leonard den Anruf aus der Klinik bekommen. Der Bub ist verschwunden. Er war in seinem Versteck, in der Garage am Stadtrand gestanden, mitten in der Vorbereitung für den Überfall. Um vier sollte er die beiden Männer auf einem Parkplatz der Ostautobahn treffen. Kilometer siebenundfünfzig. Jetzt war es vier.

Das Handy, das ihm der Hagere gegeben hatte, läutete. Leonard warf es aus dem fahrenden Fahrzeug. Sein eigenes klingelte kurz darauf. Die Nummer des Hageren auf dem Display. Er drückte die rote Taste. Alle weiteren Anrufe ignorierte er, auch die kurzen Glockenschläge beim Eingehen einer Nachricht. Er blickte zum Himmel. Die Wettervorhersage hatte recht behalten. Nach dem Schneeregen am Nachmittag eine sternenklare Nacht. Der erste Kälteeinbruch des Spätherbsts. Temperaturen um die minus acht Grad. Keine Nacht, um draußen zu übernachten, ohne Erfahrung, wie man sich in dieser Kälte verhalten musste.

Auf der Straße, die Leonard im Buchplan des Buben gesehen hatte, hielt er den Pick-up an. Er stieg aus, schaute sich um. Die Straße war er mehrmals abgefahren, aber nichts erinnerte an den Wald, den Erik gezeichnet hatte. Leonard entfaltete eine Straßenkarte auf der Kühlerhaube. Im Strahl der Taschenlampe suchte er nach einer Anhöhe, von der aus er sich orientieren konnte. Nur einen Kilometer von seinem Standort entfernt fand er eine Aussichtswarte eingezeichnet.

Der Aufgang zum Turm war mit einer Gittertür versperrt. Nach einigen Fußtritten gab das Schloss nach. Leonard rannte die Eisenstufen hinauf. Auf der Plattform schaute er sich nach allen Himmelsrichtungen um, verglich die Silhouette mit der Zeichnung des Buben, die er aus der Klinik mitgenommen hatte. Wind kam auf, bewegte die Baumwipfel. Vereinzelt hörte er Rufe von Krähen. Der Bub da irgendwo draußen. In der Kälte. Bei Minusgraden. Möglicherweise hatte ihn sogar der Schneeregen erwischt, war er durchnässt. Blieb er nicht in Bewegung, würde er schnell müde werden, und wurde er müde, würde er erfrieren.

Im Abendlicht sah Leonard eine Schar Krähen aus dem Wald aufsteigen, eine Runde drehen, wieder landen. Hatte sie etwas aufgeschreckt? Ein Hügel, gut drei Kilometer entfernt, auf dessen Kamm eine Baumgruppe, die wie eine Burg aussah. Er verglich die Silhouette mit der Zeichnung, eine vage Übereinstimmung. Er schloss die Augen, prägte sich die Richtung ein, rannte zurück zu seinem Wagen, suchte auf der Karte nach einem Weg, der zu diesem Ort führte. Aber es war nichts eingezeichnet. Eine Straße gab es. Sie lief parallel zu der, auf der er sich gerade befand. Er müsste einen gut dreißig Kilometer weiten Umweg fahren, um zu dieser Straße zu gelangen. Also musste er laufen. Jede Minute zählte. Denn das letzte Mal war der Bub um zwei bei einem Therapiegespräch in der Klinik gesehen worden. Danach hatte er es geschafft, ungesehen das Areal zu verlassen. Durchnässt. Durchfroren. Verzweifelt. So sah Leonard den Buben vor sich. Dazu die schmerzliche Erkenntnis, dass da niemand war, der ihn erwartete. Der Vater tot. Die Mutter tot. Der Unfall kein böser Traum. Die plötzlich hereinbrechende Angst würde ihm die Orientierung, alle Kräfte rauben. Da nützte keine Zähigkeit, da nützte kein Wille mehr. Das wusste Leonard. Diesen Moment, wenn alles einbricht, diese verzweifelte Leere. Er hatte sie erlebt.

Die Jacke, die Sporthose, die Decke, die er aus dem Zimmer des Buben in der Klinik mitgenommen hatte, packte er in den Rucksack. In der Ferne hörte er einen Helikopter. Suchten sie schon nach dem Buben? Er rief den Arzt an, gab ihm seine Position durch.

Was macht Sie so sicher, dass Erik dort ist?

Ein Gefühl, Doktor. Mehr nicht.

Zweige brachen unter seinen Schritten. Zweige brachen an seinen Schultern. Zweige peitschten sein Gesicht. Jeder Hieb ein Brennen auf der Haut, er schmeckte Blut, vermischt mit salzigem Schweiß. Er stolperte über Wurzeln. Er blieb an dornigen Büschen hängen, riss sich los, kletterte über modrige Stämme. Er überquerte einen Bach, rutschte aus, stürzte in kaltes Wasser. Jacke, Hose klebten an seinem Körper. Er fluchte. Wenigstens der Rucksack war trocken geblieben. Er rannte weiter. Folgte seinem inneren Kompass, der ihn selbst in unwegsamstem Gelände nicht im Stich ließ. Hoch über den Bäumen hörte er einen Hubschrauber. Sie wussten, wohin er unterwegs war, suchten aus der Luft den Wald mit einem Scheinwerfer ab.

Als er den Hügel mit der Baumgruppe erreichte, begann er den Namen des Buben zu brüllen. Seine Stimme brach sich an Stämmen und Zweigen, klang wie die eines verletzten Tieres. Außer Atem. Verzweifelt. Dennoch brüllte er weiter, in der Hoffnung, der Bub würde ihn hören, plötzlich im Strahl seiner Lampe auftauchen. Der Bub. Unversehrt. Am Leben. Er arbeitete sich durch das Dickicht den Hügel empor. Er lief durch nasses, schweres Laub, jeder Atemzug stach wie Eispickel in seine Lungen. Auf halber Anhöhe blieb er stehen. Der Hubschrauber kam näher. Im Licht seines Scheinwerfers erkannte er die Silhouette des Waldes wieder. Er riss die Zeichnung aus seiner Jacke, verglich sie. Das war der Ort, den Erik gezeichnet hatte! Entlang einer Felsformation entdeckte er einen schmalen Pfad, der auf seiner Karte fehlte. Er schrieb dem Doktor eine SMS. Danach wartete er, bis der Hubschrauber umkehrte, auf ihn zuflog, der Scheinwerferkegel ihn erfasste, ihm den Hügel hinauf folgte, die Umgebung ausleuchtete. In kleinen Quadraten begann Leonard den Wald systematisch abzusuchen, brüllte den Namen des Buben gegen die weiße Wand aus Stämmen, Zweigen und Büschen. Irgendwo hier! Irgendwo hier musste der Bub doch sein.

Beinahe hätte er ihn übersehen. Zwischen Bäumen ist er zusammengesunken gehockt. Eingeschlafen in der trügerischen Wärme des Erfrierens. Die nassen, gefrorenen Kleider hat er ihm vom Leib gerissen, ihn trocken gerubbelt, bis die Haut rot war im grellen Scheinwerferlicht. Die frischen Sachen aus dem Rucksack hat er ihm angezogen, mitten drin das Vibrieren seines Handys.

Eine Nachricht des Doktors. Etwas oberhalb, auf dem Hügel, eine Lichtung. Groß genug für die Landung des Hubschraubers. Den Buben an sich gepresst, ist er den Pfad entlang den Hang hinaufgestürmt. Bis zu dieser Lichtung. Dort hat er gewartet. Auf dem Boden kniend, den Buben eng an sich gepresst. Bis der Hubschrauber gelandet ist. Bis Hände nach dem Buben gegriffen, ihn zum Helikopter getragen haben. Der Wind der Rotorblätter beim Start, ein eisiger Orkan. Danach Stille, Dunkelheit. Nur der Lichtstrahl seiner Lampe, ein helles Dreieck auf dem Gras.

Erik lag in einem Einzelzimmer. Leonard hatte die Stationsleitung darum gebeten. Auf die Frage, ob denn der Bub eine Zusatzversicherung habe, hatte er geantwortet, er begleiche die Rechnung.

Die Hand auf die Brust des Buben gelegt, saß Leonard am Bett. Der Bub atmete flach, öffnete hin und wieder die Augen. Leonard ahnte, was in dem Buben vorging, wollte ihn trösten. Aber ihm fielen keine Worte ein, die den Schmerz des Buben lindern würden. Er konnte nur dasitzen und warten.

Nach einer Weile richtete sich der Bub auf. Leonard drückte ihn sanft auf das Bett zurück.

Ganz ruhig, Kleiner. Ganz ruhig.

Der Bub griff nach Leonards Arm, kratzte Worte auf die Haut.

Papa ist nicht gekommen

Ich weiß.

Ist er tot

Ja.

Ist er im Himmel

Zusammen mit deiner Mama.

Aber sie haben sich gestritten

Wann?

Im Auto

Beim Unfall?

Der Bub schloss die Augen und nickte. Als der Bub nicht weiterschrieb, fragte ihn Leonard, was dann passiert sei.

Ich hab geschrien sie sollen aufhören

Endlich aufhören

Und dann?

Hat Papa sich umgedreht

Und hat mich böse angeschaut

Ein Blick. Und dann der Knall, die Wucht des Zusammenstoßes, die bis jetzt alles gelöscht hatten. Doch nun war sie zurückgekehrt, die Erinnerung. Leonard küsste den Buben, streichelte sanft seinen Kopf. Ins Ohr flüsterte er ihm, er könne nichts dafür.

Hörst du? Du kannst nichts dafür. Der Unfall wäre auch so passiert.

Der Bub reagierte nicht. Leonard hob ihn hoch, zog ihn an sich.

Der Lastwagen, hörst du, er ist so plötzlich gekommen, dein Papa hat nicht ausweichen können. Auch wenn er in diesem Moment nach vorn geschaut hätte. Auch wenn du ohne einen Mucks hinten gesessen wärst. Der Unfall wäre passiert. Das ist Schicksal. Hörst du? Schicksal. Aber du, du kannst nichts dafür.

Der Bub schaute ihn nicht an. Leonard schrieb es auf dessen Arm.

DU KANNST NICHTS DAFÜR.

Hast du verstanden?

Tränen rannen über die Wangen des Buben. Leonard drückte ihn an sich. Er wiederholte die Worte, wiegte ihn in seinen Armen, bis er nicht mehr weinte, erst dann ließ er ihn los.

Nachdem der Bub eingeschlafen war, ging Leonard zum

Fenster. Das Zimmer lag im siebzehnten Stock, blickte in Richtung seines Wohnbezirks. Durch die massiven Gläser drang kein Laut. Nur das regelmäßige Atmen des Buben war zu hören. So still und friedlich. Doch diese Nacht war nicht vorüber.

Bei Murats Ankunft im Spital verließ Leonard das Zimmer. Nach seinem Anruf war Murat sofort losgefahren. An der Tür blieb Leonard stehen, der Schein der Gangbeleuchtung streifte das blasse Gesicht des Buben. Er dachte an ihr erstes Kennenlernen nach dem Unfall. Der Bub so verloren in dem großen Bett. Der Gedanke damals, den Buben hätte es auf der Autobahn besser auch erwischt.

Auf dem Gang kam ihnen die Nachtschwester entgegen. Leonard stellte ihr Murat als seinen Freund vor, der die nächsten Stunden bei Erik bleiben werde, er selbst werde spätestens am Morgen ins Spital zurückkehren.

Ist das wirklich so?, fragte ihn Murat im Aufzug.

Was?

Du kommst am Morgen zurück?

Ich muss.

Und wenn nicht?

Dann weißt du, was zu tun ist.

Durch den Kabinenspiegel betrachtete Leonard Murat, der damit kämpfte, nicht zu fluchen, ihm nicht die Frage zu stellen, die ihn so quälte. Der Lift hielt im dritten Geschoß. Die Tür öffnete sich, doch niemand stieg zu. Murat drückte nervös die Taste fürs Schließen. Murat, sein einziger Freund. All die Jahre hatten sie Werkstatt an Werkstatt gelebt, Kaffee getrunken, Fußballspiele geschaut, und all die Jahre hatte er nicht begriffen, welch ein Mensch Murat wirklich war. Seine Warmherzigkeit. Seine Hilfsbereitschaft. Murat hatte ihn so genommen, wie er war. Daran hielt er sich auch jetzt.

Aus dem Automaten im Eingangsbereich des Spitals holten sie Kaffee. Sie setzten sich auf eine der leeren Bänke. Die Klimaanlage summte. Nachdem sie schweigend ausgetrunken hatten, verabschiedete sich Leonard.

Danke, flüsterte er.

Murat nickte.

Seil, Messer, Pistole, Schalldämpfer. Und frische Kleidung. Mehr brauchte Leonard nicht. Die holte er sich aus seinem Versteck in der Garage am Stadtrand. Während der Fahrt zu seiner Werkstatt überlegte er, wie er vorgehen sollte. Er vermutete die beiden Männer bei der Werkstatt. Die einzige Adresse, die sie und Ron kannten. Dort würden sie auf ihn warten. Er hatte nur zwei Möglichkeiten. Entweder konnte er die beiden überwältigen, alles über die Hintermänner aus ihnen herausprügeln und danach alle Verbindungen kappen, die den Buben gefährdeten, oder sein eigener Tod kaufte den Buben frei. Aber selbst da war sich Leonard nicht sicher. Die Zeiten, in denen Familie und Kinder tabu waren, gehörten der Vergangenheit an.

Den Kahlköpfigen entdeckte Leonard in einem blauen Lieferwagen nur hundert Meter von der Toreinfahrt zu seiner Werkstatt entfernt. Den Hageren vermutete er in der Wohnung. Wie schon beim Coup bei Szabo wählte Leonard den Weg über das Dach. Von dort aus beobachtete er den Hof, der Hagere war nicht zu entdecken. Leonard seilte sich bis zum Vordach seiner Werkstatt ab, mit einem Glasschneider brach er ein Stück der Fensterscheibe zu seinem Zimmer heraus, öffnete es. Lautlos stieg er ein, an der Tür zum Gang horchte er. Er hörte Schritte. Jemand schlich die Stiegen herauf. Mit gezogener Waffe, an die Wand gepresst, wartete er.

Leonards Angriff kam für den Hageren so überraschend, dass er keine Möglichkeit hatte, sich zu wehren. Zwei gezielte Schläge genügten und der Hagere sank bewusstlos zu Boden. Aus seiner Hosentasche fischte Leonard ein Handy, checkte Anrufe und Nachrichten. Wie er vermutet hatte, sendeten die beiden Männer einander SMS. Der Hagere meldete. Der Kahlköpfige antwortete. Die gleiche Frage, die gleiche Antwort, alle fünf Minuten.

Durch den benachbarten Hinterhof lief Leonard auf die Straße hinaus, schlich sich im toten Winkel des Lieferwagens an. Die Beifahrertür war nicht verriegelt. Mit dem Handy des Hageren schickte Leonard dem Kahlköpfigen die Nachricht: *Kein Mann.* Als das Brummen des Eingangssignals ertönte, der Mann abgelenkt war, riss Leonard die Beifahrertür auf, die Waffe gegen den Kopf des Kahlköpfigen gerichtet sagte er ruhig: Einen Mucks und das war's.

Die beiden Männer erwachten auf dem Boden einer Dusche. Die Dusche gehörte zu einem öffentlichen Brausebad, das vor einem Jahr dichtgemacht worden war und seitdem leer stand. Der einzige Ort, der Leonard in der Eile eingefallen war, wo er die Spuren der blutigen Sauerei, die nun bevorstand, schnell beseitigen konnte.

Aus der Werkstatt hatte Leonard zwei Taschenlampen mitgebracht, die legte er auf den Boden, richtete sie auf die Männer, riss ihnen die Klebebänder von den Mündern. Sie spuckten und fluchten, zerrten an den Kabelbindern. Leonard schnappte sich einen Plastikhocker. Die Waffe mit dem Schalldämpfer in der Hand, setzte er sich zu den beiden, ließ genug Abstand, dass sie nicht nach ihm treten konnten.

Ihr beide habt jetzt zwei Möglichkeiten. Ihr habt die Möglichkeit, schnell zu sterben. Oder langsam. Liegt ganz bei euch.

Der Kahlköpfige verfluchte ihn. Leonard stand auf. Der Blick des Kahlköpfigen folgte ihm.

Ich hab nur eine Frage an euch. Wer sind eure Auftraggeber?

Das würdest du gerne wissen, zischte der Hagere.

Leonard schoss ihm ins linke Knie.

Der Hagere brüllte vor Schmerz, rollte zur Seite.

Ich frage noch einmal. Wer sind die Auftraggeber?

Fick dich, schrie der Hagere.

Leonard schoss ihm in den Knöchel, ging zum Kahlköpfigen, drückte die Waffe gegen sein Knie. Der Mann versuchte, sein Bein wegzudrehen, doch Leonard fixierte es mit seinem rechten Fuß, verlagerte sein ganzes Gewicht auf die Sohle. Das Gelenk knackte. Der Kahlköpfige atmete schwer.

Willst du auch Schmerzen erleiden, wie dein Kumpel?

Der Kahlköpfige erwiderte seinen Blick. Leonard nickte.

Ich denke, du verstehst.

Er verließ den Duschraum, suchte nach dem Haupthahn. Er fand ihn im Keller. Wasser rauschte durch die leere Leitung. In der Dusche nahm er einen Schlauch, spritzte den Hageren ab, damit er wieder zu Bewusstsein kam. Er band ihm die Oberschenkel ab, stoppte die Blutung.

Wer sind eure Auftraggeber?

Der Hagere schwieg.

Leonard wandte sich dem Kahlköpfigen zu.

Jetzt schau gut zu.

Leonard prügelte auf den Hageren ein. Jeder Schlag bewusst und mit der vollen Wucht seines Körpers. Er brach ihm Rippen, zerschmetterte das gesunde Knie mit einem Bleirohr. Der Hagere schrie und stöhnte, doch er redete nicht. Leonard bemerkte, wie der Kahlköpfige sich abwandte. Er richtete die Waffe auf dessen Knie.

Zuschauen.

Er begann, mit dem Fuß gegen den Hageren zu treten. Als sein Kopf, sein Körper nur mehr eine blutige Masse Fleisch war, alle Knochen, die es zu brechen gab, gebrochen waren, ließ er von ihm ab, spritzte ihn mit kalten Wasser ab. Blutige Luftblasen quollen aus seinem Mund. Der Hagere atmete noch. Leonard ging zu dem Kahlköpfigen, schaute auf die Uhr.

Fünfundvierzig Minuten. Und er lebt noch. Bei dir wird es viel länger dauern, wenn du nicht redest.

Der Kahlköpfige hat ihm alles erzählt. Wie er vermutet hat, ist Ron die einzige Verbindung zu den Auftraggebern gewesen, hat die beiden angeheuert. Nachdem er nicht beim Treffpunkt an der Autobahn erschienen war, haben sie den Überfall auf das Schiff nicht durchführen können. Den Auftrag, ihn zu töten, haben die zwei von Ron bekommen, die Bezahlung im Voraus. Zu sicher ist sie gewesen, dass die zwei ihn erwischen würden. So hat er sie in ihrem Versteck außerhalb der Stadt überraschen können. Ein Haus am Waldrand. Ein Versteck, das er aber kannte.

Die drei Leichen brachte Leonard flussabwärts in einen Auwald. An einer Lichtung schaufelte er zwei Gruben. Eine so breit und tief, dass er zwei Körper nebeneinander hineinlegen konnte, die zweite, die schmälere, nur für Ron. Das Graben tat ihm gut, die Mechanik der Bewegung lenkte ihn von Rons Anblick ab. Auch wenn sie ihn verraten hatte, auch wenn er wusste, sie hätte genauso gehandelt wie er. Sie zu halten, zu spüren, wie sie sich mit ihrer ganzen Kraft gegen das Sterben aufbäumte, ihre Hände festgekrallt an seiner Jacke, das Zerren und Reißen. Ihre Augen. Die erst verwundert, dann voller Wut, ihn am Ende nur mehr verzweifelt angesehen hatten. Der Moment, als er das Messer aus ihrem Körper gezogen hatte.

Nachdem er die Gruben ausgehoben hatte, zog er die Toten aus, legte sie hinein, überschüttete sie mit Benzin. Die verkohlten Überreste bedeckte er mit ungelöschtem Kalk, danach schaufelte er Erde darüber, schüttete Wasser darauf.

Dann fuhr Leonard zum Fluss, zog sich aus, stieg in das kalte Wasser, wusch sich Blut und Dreck und Schweiß von der Haut. Als er fertig war, rief er Samuel an. Nach drei Versuchen hob Samuel ab, fluchte in den Hörer, wer um diese Zeit ihn anriefe.

Ich.

Was gibt's?

Ich hätte was abzugeben.

Sofort?

Ja. Wie immer.

Wann bist du da?

In dreißig Minuten.

Samuels Schrottplatz lag auf einer Ausfallstraße im Osten der Stadt, zwischen Industriegebäuden und einem Einkaufszentrum. Das Einfahrtstor öffnete sich automatisch. Leonard fuhr zur Schrottpresse, den Wagen stellte er auf eine Hebebühne, montierte Reifen und Nummerntafeln ab. Aus der Fahrerkabine nahm er den Müllsack mit der Kleidung der Toten.

Muss das alles verschwinden?, fragte Samuel.

Alles.

Die Reifen auch?

Unbedingt.

Samuel deutete auf den Sack in Leonards Hand.

Und das?

Das erledige ich selbst.

Leonard drückte Samuel ein zusammengerolltes Geldbündel in die Hand. Fünftausend Euro. Samuel zählte nicht nach. Nachdem er den Lieferwagen entsorgt hatte, brachte er Leonard auf seinem Motorrad nach Hause. Eine Querstraße vor der Einfahrt zur Werkstatt ließ er ihn absteigen.

Also dann. Bis zum nächsten Mal.

Leonard wartete, bis das Rücklicht der Moto Guzzi nicht mehr zu sehen war.

In der Werkstatt machte Leonard Feuer in der Esse, öffnete alle Lüftungsklappen. Flammen flackerten zwischen den Kohlen empor. Er zog sich aus, stopfte seine Sachen zu den Kleidungsstücken der Toten, ging in die Wohnung, um sich heiß zu duschen. Danach kochte er Kaffee, trank ihn, während die Sachen aus dem Müllsack in der Esse verbrannten. Die Asche schaufelte er in einen Metallbehälter. Bevor er die Werkstatt verließ, ging er nochmals zurück in die Wohnung, aus dem Kasten in Eriks Zimmer nahm er Unterwäsche, eine Hose, ein T-Shirt, Socken, die gefütterte Jacke, die der Bub nach dem letzten Wochenende dagelassen hatte, packte alles in eine Tasche.

Auf dem Weg ins Spital machte Leonard einen Umweg zum Fluss. Unter einer Brücke kippte er die Asche ins Wasser. Den Metallbehälter warf er in einem weiten Bogen hinterher, die Strömung riss ihn mit, rasch versank er in den Wellen. Auf Ufersteinen sitzend zündete sich Leonard eine Zigarette an. Ein Schubverband fuhr stromabwärts vorüber. Vor dreizehn Stunden hätte er die zwei Männer an der Autobahn treffen sollen. Nun waren sie tot, Ron lag mit ihnen verbrannt und begraben im Wald. Die einzige Bedrohung für den Buben war ab jetzt nur mehr er selbst. Das Leben, das er führte.

Der Kontrollmonitor, an den die Ärzte Erik angeschlossen hatten, war aus dem Spitalszimmer verschwunden. Der Bub schlief tief und fest. Obwohl Murat die ganze Nacht wach gewesen war, lächelte er Leonard beim Betreten des Zimmers zu. Gemeinsam saßen sie am Bett des Buben und Leonard erzählte Murat von dem Moment, als er den Buben vom Waldboden hochgehoben hatte, die Panik, die er in diesem Moment gespürt hatte.

Ich hab gedacht, er wird sterben. Ich hab Gott in meinem Leben noch nie um etwas gebeten, aber in diesen Sekunden, als ich ihn leblos in meinem Arm gehalten hab, da hab ich ihn angefleht, es nicht zuzulassen.

Murat griff nach seiner Schulter.

Er wird wieder, Bruder.

Die Kuverts, die ihm Leonard gegeben hatte, legte Murat aufs Nachtkästchen. Als ihn Leonard bat, das Geld zu behalten, lehnte Murat ab. Dieses Geld nehme er nicht.

Dann vielleicht ein andermal?

Du kapierst nicht?

Leonard schaute Murat an. Murats Blick, eine Ahnung um Leonards verborgenes Leben und dass er nichts damit zu tun haben wollte. Gemeinsam verließen sie das Zimmer. Auf dem Weg zum Lift sagte Murat, was in dieser Nacht geschehen sei, wolle er nicht wissen. Wenn der Bub erwachsen ist, sie zwei alte Männer sein würden, dann vielleicht.

Leonard wartete, bis sich die Lifttür geschlossen hatte. Zurück im Zimmer setzte er sich an das Bett des Buben. *Wenn der Bub erwachsen ist.* Er dachte an die Samstagnacht, in der Erik zu ihm ins Bett gekrochen war. Die Ahnung, er würde ihn nicht mehr fortschicken. Die Wärme, die er bei diesem Gedanken empfunden hatte. Eine Wärme, die er vor Jahrzehnten tief in sich vergraben und versiegelt hatte.

Erik weckte Leonard. Er boxte gegen seine Schultern, bis er die Augen öffnete. Benommen schaute Leonard auf die Uhr, er war für Minuten eingenickt. Der Bub stand angezogen neben ihm. Die Jacke, die Hose, die Schuhe, die er ihm aus der Wohnung mitgebracht hatte. Die Tasche lag offen auf dem Bett.

Was wird das?

Der Bub griff nach seinem Arm, schrieb ihm eine Nachricht. Es brauchte zwei Wiederholungen, bis Leonard, endlich munter, das Geschriebene verstand.

Bring mich zu Norah

Das geht nicht.

Warum

Weil sie dich erst aus dem Spital entlassen müssen.

Er wollte Erik überreden zu warten. Doch der Bub blickte ihm in die Augen, wiederholte seine Bitte, bis Leonard nachgab, ihn an der Hand aus dem Zimmer führte.

Erik sprang aus dem Wagen, als sie bei der Werkstatt vorfuhren. Wie zwei Komplizen hatten sie sich aus dem Spital geschlichen. Die Hand des Buben fest an seiner. Der erwartungsvolle Blick in seinen Augen. Wie hätte er ihm die Bitte abschlagen können?

Kommt Norah in den Hof

Meistens.

Und wenn nicht

Keine Ahnung.

Der Bub blickte die Stockwerke hoch.

Können wir aufs Dach

Da willst du hinauf?

Der Bub nickte.

Ist aber ein altes Dach und ziemlich steil. Steiler als das in der Klinik.

Der Bub zuckte mit den Schultern.

Du hast keine Angst?

Du bist ja bei mir

Mit dem Lift fuhren sie ins oberste Stockwerk. Leonard erinnerte sich, wie er den Buben vom Klinikdach geholt hatte, die Sicherheit, mit der er die Schindeln hinabgestiegen war. Keinen Schritt hatte er gezögert.

Die Dachbodentür war unversperrt. Über eine Holzleiter stiegen sie hinaus ins Freie. Nach wenigen Schritten deutete Leonard dem Buben, sich zu setzen.

Keinen Meter weiter, klar?

Seitlich hinter dem Buben sitzend, griff er nach dem Gürtel an der Hose. So warteten sie, horchten nach allen Richtungen. Vereinzelt waren Autos zu hören, Straßenbahnen waren unterwegs, und wie aus dem Nichts schossen die Krähen aus dem Grau der Dämmerung auf sie zu. Erst waren es nur einzelne. Der Bub wollte aufstehen, doch Leonard hielt ihn zurück. Dann kamen immer mehr, im Tiefflug über die Dachgiebel hinweggleitend. Erik sprang auf. Beinahe hätte er sich von Leonards Hand losgerissen. Seiner Aufforderung, sich zu setzen, folgte der Bub nicht. Nur Augen und Ohren für die Krähen.

Leonard schloss die Faust fester um den Gürtel, spürte, wie sich der Bub vorbeugte, sein Vertrauen in seine Kraft, nichts würde geschehen. *Du bist ja bei mir.*

Der Bub spreizte die Arme. Leonard sah, wie er heftig atmend den Mund weit öffnete. Erst war es ein Krächzen, das Leonard vernahm. Leise. Mit jedem Sprung, mit jedem Atemzug wurde es lauter und kräftiger.

Ra-hah!

Ra-hah!!

Ra-hah!!!

Die Stimme des Buben. So laut. So hell. So klar.

Als erkannten die Krähen diese Stimme, änderten sie die Richtung. In enger werdenden Kreisen flogen sie an ihnen vorbei, so nah, dass die schwarzen Federn sie fast berührten. Höher und höher sprang der Bub, mitgerissen von dessen Freude stand Leonard auf.

Gemeinsam riefen sie die Krähen.

Und die Krähen antworteten.

Sein Haus auf der Île de Ré. Kaum wiederzuerkennen. Nicht die düsteren Steinquader. Die Fassade geweißt, karminrote Fensterläden, neue Dachschindeln. Wo früher eine Trockenmauer das Grundstück zur Straße abgeschlossen hat, befindet sich eine Einfahrt. Darüber ein Schild aus Eisen, »Le Forgeron«.

Ein neu angelegter Weg führt hinter das Haus. Am Ende des staubigen Gartens, zu den Dünen hin, steht nun ein Steinbau. Seine Schlosserei und Schmiede.

Seit vier Jahren leben sie gemeinsam hier. Französisch hat er schnell gelernt, der Bub, ist ein athletischer Junge geworden. In der Schule spielt er statt Fußball Rugby. Ein Sport, an dem er sofort Gefallen gefunden hat. Seine Kameraden nennen ihn »Tempête«. Wenn er den Ball annimmt, übers Feld trägt, ist sein Lauf so schnell und kraftvoll, dass ihm kaum einer nachkommt. Väterlichen Stolz empfindet er dann. Vor allem aber beim Anblick seiner Zeichnungen. Eine hängt in der Werkstatt. Ein Porträt von Max. Warum Max und er nie wieder zusammengefunden haben, hat der Bub bis heute nicht gefragt. Aber eines Tages wird er diese Frage stellen und er wird ihn anlügen müssen. Denn diesen anderen Leonard, es gibt ihn noch. Eine dunkle Unruhe, die ihn befällt. Der Drang, dieses Leben hier hinter sich zu lassen, wie ein Raubtier auf der Suche nach Beute herumzustreifen. Also geht er in diesen Nächten laufen. Am Meer entlang. Oft umrundet er die halbe Insel, vier, fünf Stunden, das Donnern der Wellen, das Salz auf den Lippen. Bis Kopf und Körper zur Ruhe kommen. Er nach Hause zurückkehren kann. Morgens findet ihn dann der Bub im Garten. In Decken gehüllt auf der Holzbank schlafend. Seinen verrückten Onkel nennt er ihn und lacht. Und dieses Lachen, es hilft ihm, den dunklen Drang zu vergessen. Für Wochen. Manchmal Monate schon.

Danke an Renate im Strandkorb auf Usedom, an die Bisambergrunde Regina, Ingrid und Marcel, die den Text begleitet haben, Trixi Kramlovsky, literarische Mentorin auf dem Weg zu meinen Geschichten.